W0365485

Verlag: Merlins Bookshop,
Inh. Dietmar Noss,
Waldstr. 22,
65626 Birlenbach

Coverfoto: Dietmar Herberth
ISBN: 978-3-96248-056-1
Druck: Bookpress.eu, 10-408 Olsztyn, Polen

S. 34

Liebe Leser,

Sündenmädchen ist ein autobiografischer Entwicklungsroman. Eine Reise zu den eigenen Wurzeln und wieder zurück.

Nicht selten entwickeln die Opfer Überlebensstrategien, an denen sie auch noch als Erwachsener festhalten. Das prägt nicht nur das eigene Handeln, sondern auch die Umgebung. So erging es auch mir.

Die Idee, mein Leben auf Papier zu bannen, besteht seit meiner Kindheit. *Das Schlüsselloch* wollte ich es damals im Alter von elf Jahren nennen.

Wie aufregend kann das Leben eines Kindes sein, um daraus einen autobiografischen-Roman zu verfassen?

Die ersten Geschichten schrieb ich mit zwölf. Das Interesse verlor sich in der Pubertät. Mit fünfunddreißig befasste ich mich ernsthaft mit der Schriftstellerei. Unmengen an Ratgebern und genervten Freunden später – irgendwer musste doch meine Texte lesen – waren die ersten Seiten von *Sündenmädchen* getippt.

Zu der Zeit lebte ich noch im Frauenhaus.

Anais C. Miller, Bestsellerautorin sozialkritischer Themen, ist für ihre Sozialdramen bekannt. Mein Plan war, dass sie Sündenmädchen für mich schreibt. Anais hatte sogar Interesse. Alles, was ich zu tun hatte, war stichpunktartig und in chronologischer Reihenfolge mein Leben aufzuschreiben. Als die Seitenzahl wuchs, da wuchs auch in mir das Bedürfnis, es allein zu schreiben.

Solltest du zart besaitet sein, empfehle ich dir Folgendes: Leg das Buch immer wieder mal aus der Hand oder lass es gleich bleiben.
Pädophile Szenen schrieb ich aus der Sicht der jungen Maren. Und diese empfand es nicht als Missbrauch, zumindest nicht immer. Ich möchte also keineswegs Missbrauch verherrlichen. Bist du bereit, in meine tiefsten Abgründe zu tauchen? Dann nehme ich dich gern mit. Entscheide selbst, wie weit du mich begleitest.

Sündenmädchen

Irgendwann ist man nicht mehr enttäuscht von dem, was ein anderer Mensch tut oder nicht tut, sondern vielmehr von der eigenen Dummheit, ernsthaft noch etwas anderes erwartet zu haben.

(Quelle: Facebook)

Kapitel 1 – Die Flucht

Ich höre ein Auto über Schotter fahren. Eilig renne ich zum Fenster, um mich zu vergewissern, wer genau da angefahren kommt. Es ist Frau Fischer, unsere Familienhelferin. Neben ihr sitzt meine Tochter, Pia. Ich bin erleichtert, denn für einen kurzen Moment hatte ich befürchtet, dass mein Freund vorzeitig heimgekehrt ist.

Beide steigen aus dem Auto. Frau Fischer bleibt in der Einfahrt stehen, nur Pia läuft weiter zum Hauseingang. Ich höre, wie der Schlüssel im Schloss herumgedreht wird, Schritte im Flur und das Surren eines Reißverschlusses. Ich stehe wie versteinert am Terrassenfenster. Eine Welle der Erschöpfung flutet meinen Körper und Geist. Der eigene Schweinehund bittet um eine Siesta auf der gemütlichen Couch.

Jetzt ist es zu spät für einen Rückzieher. Die Ruhepause muss wegen der Flucht aus den eigenen vier Wänden ausfallen.

»Mama?« Pia steht mit geröteten Wangen vor mir.

»Pia«, sage ich. Ein erzwungenes Lächeln umspielt meine Mundwinkel. »Hat dir Frau Fischer gesagt, wo wir jetzt hinfahren?«

»Ja, hat sie.«

»Okay, gut. Du hast genau fünf Minuten Zeit, um ein paar Sachen zusammenzupacken. Wir werden vorerst nicht zurück nach Hause kommen. Also wähle weise.«

Meine Tochter will etwas erwidern. Ich gebe ihr dazu keine Gelegenheit. Mein Zeigefinger deutet in Richtung Treppe. »Erzähl es mir später im Auto.«

Während Pia im ersten Stock herumpoltert, greife ich mir zwei von insgesamt vier Gepäckstücken. Mit dem Ellenbogen schaffe ich es, die Haustür zu öffnen. Frau Fischer kommt mir entgegen. Sie nimmt zwei Taschen und verstaut diese im Kofferraum.

So viele Sachen. Dabei habe ich nur das »Nötigste« eingepackt: Bekleidung, Spielsachen, Medikamente ...

Mein Kopf dröhnt und ich habe Angst. Angst davor, dass Rene eher nach Hause kommen könnte. Er klang vorhin am Telefon sehr cholerisch.

So aufgebracht habe ich ihn noch nie erlebt.

Pia kommt mit einem Rucksack nach draußen. Wir steigen in den Wagen. *Hab ich alles?*, überlege ich. Diese ganze Situation wirkt so abstrus.

Mit Schrittgeschwindigkeit geht es durch die Neubausiedlung.

Hoffentlich hat mich keiner der Nachbarn gesehen.

Je weiter wir uns von unserem Zuhause entfernen, desto schlechter geht es mir.

Meine Jüngste, Lotti, haben wir inzwischen aus der Nachmittagsbetreuung abgeholt. Sie ist der Meinung, dass wir einen Ausflug machen würden. Gut festgegurtet sitzt sie auf der Rücksitzbank und stellt unangenehme Fragen: »Wo fahren wir denn genau hin? Das ist aber nicht weit«, stellt Lotti enttäuscht fest, als ich ihr unseren Zielort nenne.

»Sei jetzt still«, schnauzt Pia sie an. Lotti zuckt zusammen, umklammert ihren Teddy und schaut nach draußen. Die Stimmung ist aufgeladen. Selbst Frau Fischer wirkt angespannt. Ich rutsche etwas tiefer in den Sitz und blicke meiner Fahrerin direkt ins Gesicht. »Das erinnert mich alles an eine Situation aus meiner Kindheit ... Es lähmt mich gerade«, flüstere ich.

Meine Fahrerin ringt sich ein Lächeln ab. »Das wird schon alles wieder. Du hast das Richtige getan.«

»So, habe ich das wirklich?« Mein Hals schnürt sich zu. Eine weitere Heulattacke bahnt sich an. Meine Tränendrüsen vibrieren und treffen die ersten Vorkehrungen, um den Tränen freien Lauf zu lassen.

Das Letzte, was ich jetzt will und kann, ist den

Kindern irgendwie Mut zu machen.

Den habe ich gerade verloren. In den Emotionen meines zwölfjährigen Ichs gefangen, scheiße ich mir vor Angst gleich in die Hosen.

Kapitel 2 - Eingesperrt

Wenn ich mir das Haus vorstelle, das ich für mich und meine Tochter wünsche, dann ist es nicht groß und vollgestopft mit Sachen. Unser Haus ist ein Zuhause, in dem wir uns lieb haben.
(Zitat aus: »Maid«, Netflix)

Unsere Fahrerin setzt uns am vereinbarten Treffpunkt ab. Eine junge Frau mit langen schwarzen Haaren wartet schon. Jetzt ist es also passiert! Ich komme mir vor, wie in einem schlechten Film. »Ist das hier unser Urlaub?«, fragt Lotti ungläubig und blickt sich in alle Richtungen um. Den Teddy hält sie weiterhin fest umklammert.

»Ja, Schatz, hier machen wir jetzt Urlaub.«

Die Dame vom Frauenhaus zieht abschätzig eine Augenbraue hoch.

Was hätte ich ihr denn sonst erzählen sollen, denke ich wütend.

»Na, kommt erst mal alle rein ins Büro«, schlägt diese mit einer piepsigen Stimme vor.

Im Gebäude selbst befindet sich eine weitere Mitarbeiterin, die uns freundlich begrüßt. Sie schnappt sich sofort meine Mädels und manövriert diese in ein Spielzimmer.

»Kannst du hier auf deine Schwester aufpassen? Wir müssen uns mit deiner Mama unterhalten«, fragt sie Pia.

»Na klar. Komm, Lotti, wir spielen was Schönes.«

»Ja toll!«

Wir setzen uns an einen kleinen Tisch. Ich soll noch mal genau preisgeben, warum ich hier bin. Völlig ausgelaugt erzähle ich die Kurzfassung. Danach kämpfe ich mich durch unzählige Papiere. Ohne sie wirklich durchzulesen, unterschreibe ich mechanisch. Mein Kopf dröhnt, ich will nichts mehr hören.

Sie legen mir nahe, das Handy abzugeben. Ich lehne ab. »Nie im Leben!«

Zu guter Letzt soll ich in bar eine Mietkaution hinterlegen. Der geforderte Betrag ist überschaubar, aber ich habe keinen einzigen Euro bei mir.

»Ist nicht so schlimm. Du bezahlst es einfach in den nächsten Tagen.«

Gedanklich notiere ich: *Zur Bank gehen und Geld abheben.*

»Habt ihr etwas zu essen mitgenommen?«, will die Frau mit der piepsigen Stimme wissen.

»Öhm nein, ich habe nur die nötigsten Sachen mit.«

»Dann müsstest du eigentlich etwas für euch besorgen. Aber du darfst heute nicht mehr dieses Haus verlassen.«

»Warum darf ich das Haus nicht mehr

verlassen?«

»Weil dein Wohnort zu nah ist. Die Gefahr, deinem Freund in die Arme zu laufen, wäre zu hoch.«

»Und nun?«

»Kein Problem, du bekommst von uns etwas zu essen. Komm mit!«

Das Angebot besteht aus Milch, Cornflakes, Tütensuppen, Nudeln, Toast, Marmelade ... Alles, was länger haltbar ist.

Mit unserem Gepäck, Tüten und Lebensmitteln bestückt, machen wir uns auf den Weg zur eigentlichen Wohnung. In einem gepflegten Mehrfamilienhaus wird uns ein kleines Zimmer im ersten Stock zugeteilt. Drei Betten sind liebevoll für uns hergerichtet. Im Schrank befinden sich Ersatzbettwäsche und Handtücher. Ein Bad ist auch auf der Etage. Die Wohnküche liegt einen Stock tiefer.

»Möchtest du deine Mitbewohnerin kennenlernen?«

»Eigentlich nicht ...«

Deprimiert muss ich feststellen, dass es keine wirkliche Frage war. Beschwingt öffnet die Dame vom Frauenhaus eine Tür. Schon hier draußen höre ich das Kindergekreische. Mir ist nicht nach anderen Kindern.

Ich will meine Ruhe!

Aber es ist zu spät. Frau Piepsstimme trällert

fröhlich drauf los: »Hallo, ihr Lieben. Wir haben einen Neuzugang. Wo ist denn eure Mama?«

Ein Mädchen in Pias Alter übernimmt das Wort und erklärt, dass »Mama« oben im Schlafzimmer sei. Lotti hat sich in der Zwischenzeit mit einem der Kinder verbündet und rennt durch das ganze Haus.

Na toll! Genau das habe ich befürchtet!

Jetzt werde ich Probleme haben, sie ins Zimmer zu bekommen, und ihr permanent hinterherrennen müssen. Überall im Haus hängen in gigantischen Druckbuchstaben bedruckte Zettel. Einer ist ganz besonders groß bedruckt:

›Passe immer auf deine Kinder auf!‹

Ja, ganz toll, danke!

Lotti taucht in die Tiefen des unbekannten Wohnblocks ab und ich bin zu fertig, um ihr hinterher zu stiefeln.

»Folgt mir bitte, dann zeige ich euch noch die Küche«, sagt die Sozialarbeiterin und läuft die Treppe zum Erdgeschoss hinunter.

Wir haben unser Zimmer im ersten Stock und die Küche ist unten?

Der Sinn entzieht sich mir, aber vielleicht herrscht in meinem Kopf auch zu viel Chaos, um einen logischen Grund hierfür zu finden.

Sie führt uns durch einen Flur. Es gibt noch ein Bad und einen Computerraum, so viel kann ich auf die Schnelle entdecken. Die Küche ist im selben Stil wie die anderen Wohnräume gehalten: ein nussbrauner Laminatboden, weiße Wände, ein Ikea-Regal für Spielsachen und Bücher, ein Sofa, Fernseher, Küchenzeile und Vorratsschränke. Wir bekommen einen kleinen Kühlschrank und einen Vorratsschrank zugewiesen. Ehe ich überhaupt Luft holen kann, werde ich noch mit den Hygiene-Regeln vertraut gemacht. Mein Kopf ist voll und das sage ich auch.

»Na gut, dann packt erst mal eure Sachen aus und kommt an.«

Lotti rauscht lachend im Affenzahn an mir vorbei. Ich bekomme sie gerade noch an der Hand zu fassen und ziehe sie zurück.

»Halt, Lotti! Wir gehen jetzt erst mal unsere Sachen auspacken.«

»Und dann?«, fragt sie atemlos.

»Und dann sehen wir weiter. Ich möchte jedenfalls nicht, dass du heute mit anderen ...« Meine Tochter hat sich aus meinem Griff gelöst und tobt wie ein Flummi die Treppe hinauf. *Wenigstens ist sie schon mal in die richtige Richtung gerannt*, denke ich genervt.

»Bevor ich euch auspacken lasse, erkläre ich dir noch die Hausregeln.«

Oh nein, bitte ...

Schwer ausatmend höre ich mir die Regeln und die Vorstellung der verschiedenen Räume mit den jeweiligen Funktionen an. Angestrengt versuche ich in meinem ganzen Kopfchaos eine geeignete Ecke dafür zu finden. Man stelle sich einen Raum mit lauter Müll und sperrigem Unrat vor. Um dort noch etwas unterzubekommen, müssen andere Dinge entweder raus oder zusammengeschoben werden. Ich entscheide mich für eine andere Variante und schmeiße die neuen Informationen zwischen all den anderen Gedankenmüll.

Ich schwöre mir, dort oben im Kopf bald wieder Ordnung zu schaffen. *Ganz bestimmt.*

Endlich habe ich es geschafft, meine Kinder, das Gepäck und mich in unser Zimmer zu bekommen. Wir machen uns dran, die ersten Sachen einzuräumen. Lotti liegt zufrieden auf ihrem Bettchen und spielt mit Puppen – ich hatte extra einen kompletten Koffer mit Spielsachen bestückt –, als sich die Tür öffnet und Fräulein Piepsstimme ihr Gesicht hindurchsteckt. »Die andere Frau wäre jetzt da. Vielleicht sagst du kurz Hallo, Maren?«

Langsam gehen mir ihre suggestiven Fragestellungen auf den Zeiger. Natürlich war das keine Frage, eher eine Aufforderung. Ich trete aus meinem Zimmer heraus und stehe einer Frau in meinem Alter gegenüber. Im Bruchteil einer Sekunde haben wir uns abgecheckt. Vielleicht liegt es an meiner finsteren Miene, denn mehr als ein »Hallo, ich bin die Fatima« bekomme ich nicht. Reicht ja auch! Ich will hier keine Freundschaften schließen. Gerade als ich ihr die gleiche Höflichkeit zukommen lassen möchte, befreit sich Lotti aus meinem Griff.

Sie ist mir wieder entwischt und düst mit einem der Kinder umher.

Fuck fuck! Bitte lasst mich sterben …

»Alles klar, kann ich wieder zu meinen Kindern?«, fragt Fatima an Fräulein Piepsstimme gerichtet. Die nickt und wünscht uns noch einen schönen Tag.

Ich lasse meiner Jüngsten ihre Spinnerei und wende mich wieder dem Gepäck zu. Erst als alle Sachen der Kinder verstaut sind, fällt mir etwas auf: Meine eigene Tasche ist nicht da.

Wo ist die denn?

Schweißperlen laufen mir übers Gesicht. Ich muss mich kurz setzen. Die Tasche steht zu Hause, auf dem Bett. Meine Kleidung, Hygieneartikel, einfach alles. Ein nicht enden wollender Horror. Vor Wut und Verzweiflung raufe ich mir die Haare.

Wie komme ich jetzt an meine Sachen?

Ich eile zum Haustelefon und wähle die Nummer des Büros. Fräulein Piepsstimme nimmt ab und fragt nach meinem Anliegen.

»Ich habe meine Reisetasche zu Hause vergessen. Da war alles drin. Was soll ich denn jetzt machen?«, wimmere ich.

»Ganz ruhig, ich komme noch mal schnell vorbei, okay?«

Kommentarlos hänge ich den Hörer ein und renne wie ein angestochenes Huhn herum. Das Einzige, was mir jetzt helfen könnte, wären meine ›Zaubertropfen‹. Die habe ich, dem Himmel sei Dank, eingepackt. Die Tropfen wirken innerhalb weniger Minuten und meine Laune wechselt von aussichtslos auf mir-ist-alles-scheißegal-dann-schlaf-ich-eben-in -Unterwäsche.

Fräulein Piepsstimme ist wieder da und fragt, was genau ich nicht mithabe.

»Meine Reisetasche, ich habe sie zu Hause liegen gelassen. Da ist alles drin. Was mach ich denn jetzt?«

Misstrauisch mustert sie mich. »Du kannst da heute auf gar keinen Fall wieder hingehen.«

»Aber meine Sachen …«, flehe ich.

»Du kriegst erst mal von uns etwas zum Anziehen und morgen sehen wir dann weiter«, versucht sie mich zu beruhigen.

»Aber da waren auch die Zahnbürsten und die Duschsachen drin.«

»Du kannst jetzt nicht wieder nach Hause, das ist dir klar, oder?« Ihre Stimme wirkt nicht mehr ganz so piepsig. Ihr ist es ernst. Ich bin für heute hier gefangen und es gibt keinen Weg, um an die Tasche zu gelangen. Zumindest heute nicht.

Zwanzig Minuten später kommt sie mit Hygieneartikeln und ein paar Kleidungsstücken unter dem Arm zurück. An den Sachen hängen noch die Etiketten. Sie hält ein paar Unterhosen in den Händen und wedelt damit herum.

Oh Gott, will sie mich etwa demütigen?

»Die Unterwäsche wird dir sicher zu groß sein, oder?«

Ich mag zwar nicht schlank sein, aber Größe 50 ist definitiv zu groß!

Ich bedanke mich und verkneife mir ein weiteres Mal nachzufragen, wann wir meine eigene Reisetasche holen können. Mir wird schon etwas einfallen. Für morgen.

Kapitel 3 – Falsche Erwartungen

Irgendwann ist man nicht mehr enttäuscht von dem, was ein anderer Mensch tut oder nicht tut, sondern vielmehr von der eigenen Dummheit, ernsthaft noch etwas anderes erwartet zu haben.
(Quelle: Facebook)

Hier stehe ich nun in einem kleinen Zimmer mit weißen Baumwollschlüpfern und überdrehten Kindern. Wie habe ich das nur wieder angestellt? Irgendwie ziehe ich das Pech an wie Scheiße die Fliegen. War es denn jemals anders in meinem Leben? Erschöpft setze ich mich auf einen unbequemen Bürostuhl. Er gehört zu dem Standardinventar des Frauenhauses. Noch vor wenigen Stunden genoss ich den Luxus einer Neubau-Doppelhaushälfte. Das Zimmer, welches ich mir mit meinen zwei Mädchen, Pia und Lotti, teile, ist nicht größer als unser Wohnzimmer. Was genau trieb mich und meine Kinder in ein Frauenhaus? Ein Teil von mir empfindet die Flucht aus der gemeinsamen Beziehung als richtig, der andere Teil zeigt Reue.

Mein Partner ist ein friedlicher Zeitgenosse. Ich bin diejenige, die ein

Emotionsregulationsproblem hat. Jedoch wurde mir Rene immer fremder. Man geht nicht einfach wegen einer Zwistigkeit in ein Frauenhaus. Das nicht. Aber wer von uns beiden trägt die Hauptschuld? Und spielt das überhaupt eine Rolle, wer mehr oder weniger Schuld hat? Um das herauszufinden will ich den heutigen Tag noch einmal Revue passieren lassen. Bis meine Schlaftablette wirkt, erscheint mir diese Tätigkeit als äußerst sinnvoll.

Ich erinnere mich daran, meiner sechsjährigen Tochter Lotti dabei geholfen zu haben, sich für die Schule fertig zu machen. Ich kämmte ihre vom Schlaf verstrubbelten Haare durch. Geräusche von klirrendem Geschirr drangen von unten an mein Ohr. Irgendjemand räumte emsig den Frühstückstisch ab. Lottis Haare waren entwirrt und ich entschied mich dafür, ihr einen geflochtenen Zopf zu machen. Ich hörte, wie die Haustür aufgerissen wurde. Ein paar Sekunden der Stille und ein anschließender Fluch meines Freundes. Alles in mir war auf Anspannung. Was würde jetzt da unten passieren? Mein Partner und Pia waren ständig am Streiten. Ich versuchte meistens dazwischenzugehen. Aber heute tat ich es nicht. Ich stand einfach nur da und versuchte Gesprächsfetzen aufzuschnappen.

»Pia! Komm sofort hierher!«, hörte ich meinen Freund aufgebracht rufen.

Ich unterbrach meine Frisierarbeiten und stupste meine Jüngste mit dem Ellenbogen an, in der Hoffnung, dass sie dann still sein und ich mehr von dem androhenden Streit mitbekommen würde. Lotti summte nämlich fröhlich *Biene Maja*, während sie ihre Milchzähne mit einer Zahnbürste bearbeitete. Natürlich animierte sie das, noch lauter zu summen. Genervt lief ich in den Treppenflur, um die Lage im Erdgeschoss besser einschätzen zu können. Pia war inzwischen seinen Anweisungen gefolgt und zu ihm in den Hausflur gegangen. Rene war aufgebracht, weil die Hunde ausgebüxt waren. Er hatte es eilig und musste zur Arbeit. Im Befehlston dirigierte er sie nach draußen, um die Hunde einzufangen. Etwas klapperte. Ich nahm an, dass sie versuchte, ihre Schuhe anzuziehen.

»Weißt du was, lass es sein. Bis du fertig bist, sind die Viecher über alle Berge.«

»Aber dafür kann ich doch nichts. Du hast doch …«

»Halt bloß deinen Mund!«, unterbrach er sie.

»Dann eben nicht.«

»Wenn du noch einmal deine Augen verdrehst, zieh ich dir eine drüber!«

Was hatte er da bitte gerade gesagt? Ich stand regungslos im Treppenflur, nicht fähig, etwas zu sagen. Die Stimmung war seit Wochen auf dem Tiefpunkt. Aber meiner Tochter Schläge anzudrohen, das ging entschieden zu weit.

Mechanisch half ich meiner Kleinen beim Anziehen. Er musste die Hunde wohl selbst wieder eingefangen haben, denn ich hörte irgendwann das Klackern der Krallen auf dem Wohnzimmerparkett.

Gott sei Dank sind sie nicht abgehauen, stellte ich erleichtert fest.

Ich wollte gerade nach unten, als mir Pia kreidebleich entgegenkam. Blass wie die Raufasertapete im Flur, lief sie an mir vorbei. Die Art, wie sie die Treppenstufen nahm, ließ alle Alarmglocken läuten.

Die Zwänge. Sie sind wieder da!

Seit Jahren war Pia in therapeutischer Behandlung. Ich wusste, dass ich eine Mitschuld für die Zwänge meiner Tochter trug. Ich litt seit Pias Geburt an Depressionen. Vor sieben Jahren erhielt ich die Diagnose Borderline. Meine Mädchen bekamen oft meine Wutausbrüche zu spüren. Nie hätte ich sie geschlagen, aber Worte können auch verletzen. Noch dazu lebte ich vor Rene in zwei toxischen Partnerschaften.

Mein Kind bei einem erneuten Rückfall zu erleben, brach mir das Herz. Ich fragte sie, ob die Zwänge wieder da wären. Pia schluchzte, aber blieb mir eine Antwort schuldig.

Nun stand ich unten im Erdgeschoss und Pia befand sich im ersten Stock. Einige Minuten zuvor war es noch anders herum gewesen. Es lag eigentlich nur ein Stockwerk zwischen uns, aber gefühlt trennten uns Welten.

»Was ist passiert?«, wollte ich von ihr wissen.

»Lass mich einfach, okay? Ich will nicht mehr. Ich gehe heute auch nicht in die Schule.«

Ich wäre gern darauf eingegangen, aber dafür war keine Zeit. Wir mussten los. Pia zum Bus und Lotti direkt in die Schule. Ich rief die Hunde, um sie anzuleinen. Pia war inzwischen wieder unten in der Küche und sagte noch einmal in voller Deutlichkeit, dass sie nicht in die Schule wollte.

Ich hätte sie gern umarmt, über ihre Haare gestreichelt, mich mit ihr und einer Tasse Tee auf die Couch gekuschelt. Stattdessen befahl ich meinem Teenager, sich anzuziehen. Lotti bekam mit, dass es wieder einmal Streit gab. Sie hatte eine Taktik entwickelt, um mit dieser Art Stress fertigzuwerden: Bocken, herumspringen, quengeln. Ich explodierte. Meine Wut galt natürlich nicht den Kindern. Aber sie mussten es nun ausbaden.

Der Weg zur Schule war eine Qual. Lotti jammerte. Ihr Ranzen war ihr wieder einmal zu schwer. Pia weigerte sich weiterhin in die Schule zu gehen. Ich war schlichtweg überfordert.

Wütend und den Tränen nahe holte ich mein

Handy aus der Tasche und wählte die Nummer meines Partners. Er sollte sich jetzt anhören, warum ich so wütend war. Einfach durchzuatmen, ruhig zu bleiben, um die Kinder nicht noch mehr zu verunsichern, kam mir in meiner blinden Wut nicht in den Sinn. Trotz jahrelanger Verhaltenstherapie konnte ich meine Emotionen nur schwer regulieren. Im Nachhinein taten mir meine affektierten Handlungen auch leid.

Es klingelte dreimal, bis Rene abnahm. »Ja, was ist?«, maulte er.

Das machte mich noch wütender.

»Was war das heute früh mit Pia? Warum drohst du ihr mit Schlägen? Hast du eine Ahnung, wie es ihr gerade geht?«

»Ach komm. Du nimmst sie natürlich wieder in Schutz.«

»Das tue ich doch gar nicht. Pia ist komplett durcheinander. Sie hat auch wieder diesen Treppenzwang.«

»Ganz ehrlich? Die simuliert wieder und du fällst voll drauf rein. Ich habe keinen Bock mehr.«

»War es ihre Schuld, dass die Hunde abgehauen sind, oder war es deine Schuld, hmm?«, brüllte ich in den Hörer. Mütter mit ihren Kindern liefen in großem Bogen an uns vorbei. Mein Geschrei passte wohl nicht in die *twas-Besseres-sein*-Neubausiedlung.

»Wie soll das weitergehen?«

»Wie soll was weitergehen?«, fragte er.

Wir drehten uns im Kreis. Genau dieses Verhalten brachte mich noch mehr um den Verstand. Er stellte sich dumm.

»Es ist wohl besser, wenn wir uns eine Weile nicht mehr sehen«, beschloss ich.

»Dann nimm doch deine Kinder und die Köter und verpiss dich!«

Er hatte aufgelegt. Ich war nicht fähig, das von ihm Gesagte zu realisieren. So etwas hatte er noch nie gesagt. Es kriselte schon seit vier Jahren. Jedes Jahr entfernten wir uns emotional immer mehr voneinander. Auch das Verhältnis zwischen Pia und ihm wurde immer schlechter. Aber seit ungefähr drei Monaten hatte sich die Aggressionsbereitschaft um ein Vielfaches erhöht.

Wenn ich dazwischenging, wurde er neuerdings zornig und verwies mich in die Schranken. Zumindest versuchte er es. Ich ließ mich von ihm nicht so schnell einschüchtern. Er war nicht der Erste, der das versuchte.

Pia und Lotti waren nicht sein Fleisch und Blut. Ihre leiblichen Väter hatten kläglich versagt. Und mein Freund würde momentan auch nicht den »Weltbesten Stiefvater«-Preis erhalten.

Ich schloss zu meinen Kindern auf.

»Ich gehe nicht zur Schule«, verkündete Pia erneut.

Ihr hübsches Gesicht schien um einige Jahre gealtert. Sie wirkte so blass wie ein Gespenst. Ihre eisblauen Augen waren mit Tränen benetzt.

Mein armes Mädchen ...

Nervös schaute sie in Richtung ihres Busses. Eine Menschentraube war an der Haltestelle versammelt und wartete auf ihre Fahrgelegenheit.

»Komm noch mit«, forderte ich sie auf. »Du kannst Lotti und mich begleiten. Es ist noch Zeit.«

Pia nickte erleichtert und nahm Lotti wieder an die Hand.

»Ich werde schauen, dass wir in ein Frauenhaus gehen«, sagte ich optimistisch.

»Das hast du schon so oft gesagt und nie gemacht. Mama, ich kann nicht mehr. Ich habe keine Kraft, um in die Schule zu gehen. Wir schreiben heute vier Tests. Wie soll ich das denn schaffen?«

Mein Herz zersprang gefühlt in tausend Stücke.

Schweigend liefen wir nebeneinander her. Die Gemüter hatten sich wieder beruhigt. Ich atmete gerade erleichtert durch, als Pia mir eine gehörige Standpauke hielt: »Es wird sich sowieso nichts ändern! Vielleicht sollte ich doch in ein betreutes Wohnen gehen.«

Die Wut gewann wieder die Oberhand. Zähneknirschend schluckte ich bitteren Zorn hinunter. Ich fühlte mich ungerecht behandelt. Pia warf mir indirekt vor, dass ich keinen Mumm hatte, um irgendwas an der Situation zu verbessern. Niemals würde ich das zulassen. Rene oder mein Kind? Diese Entscheidung fiel mir nicht schwer.

Wir hatten Lottis Schule erreicht. Halbherzig umarmte ich sie und schaute meiner *Abc-Schützin* hinterher. Alle paar Sekunden drehte sie sich nach mir um und winkte. Wir mussten uns beeilen, wenn Pia den Bus noch erwischen wollte. Dennoch erwartete Lotti, dass Mama zurückwinkte. Immer und immer wieder. Als sie komplett aus meinem Sichtfeld verschwunden war, konnten Pia und ich endlich gehen. Im Laufschritt liefen wir zurück zur Bushaltestelle. Meine Große war inzwischen der Ansicht, dass Schule doch wichtig sei.

Der gelbe Schulbus raste an uns vorbei. Wut und Überforderung wuchsen ins Unermessliche. Ich gab Rene an allem die Schuld.

»So eine Drecksscheiße!« Die Tränen kullerten herunter, ich konnte meine Emotionen nicht mehr kontrollieren.

Pia wechselte von Kind auf Erwachsene und versuchte, mich zu trösten. Gott sei Dank kam uns eine Nachbarin entgegengefahren.

»Was ist los?«, fragte sie mit russischem Akzent.

»Sie hat ihren Bus verpasst. Könntest du sie vielleicht mitnehmen?«

»Ja klar, spring hinten rein, Pia!«

»Danke, Nadja«, sagte ich so freundlich wie möglich. Gott sei Dank sprach sie mich nicht auf mein verheultes Gesicht an.

Hinter mir liefen Bekannte. Sie hatten mir schon an der Schule gewunken. Ich erhöhte mein Schritttempo, damit sie mich nicht einholen konnten. Sie sollten mich so nicht sehen. Mein Handy klingelte.

DER. SCHON. WIEDER.

Widerwillig nahm ich den Anruf entgegen. Seine Stimme klang nach Versöhnung. Er wollte sich bei Pia entschuldigen. Allerdings würde er sich nicht alles gefallen lassen.

Ich legte wortlos auf. Der konnte mir gerade gestohlen bleiben. Meine Gedanken kreisten ums Frauenhaus. Vielleicht wäre eine Auszeit ganz gut.

Aber mir fehlte momentan die Kraft dazu. Lieber hing ich meinen vertrauten Suizidgedanken nach. Diese Phantasien über ein schmerzloses Dahinscheiden waren mein Rettungsanker. Ich wägte beide Optionen ab: Trennung oder Selbstmord. Bei einer Trennung würde ich alles verlieren: unser Haus, die

Hunde. Wo sollten wir hin? Finanziell war ich relativ unabhängig. Ich bekam Erwerbsminderungsrente, private Rente und Geld aus gelegentlichen Schreibaufträgen. Aber Rene bezahlte die Miete. Der Wunsch zu sterben füllte meine Gedanken und wärmte mich. Ich hieß ihn willkommen. Alle Medikamente, die ich dazu bräuchte, hätte ich zu Hause. Ein Weinkrampf überfiel mich. Meine Kräfte waren langsam aufgebraucht, das spürte ich.

Zu Hause angekommen, kümmerte ich mich wie jeden Morgen um die die Hunde. Ich befreite sie von ihren Leinen, trocknete die Pfötchen ab und machte ihr Essen zurecht. Als die vierbeinigen Familienmitglieder versorgt waren, schleppte ich mich auf die Couch.

Mein Handy klingelte. Er rief schon wieder an. Ich nahm das Gespräch an und sagte ihm, dass ich mich umbringen wolle. Wie so oft nahm er es nicht ernst und legte auf. Auf dem Sofa liegend fragte ich mich, warum es denn nur so weit kommen konnte. Die Gedanken überschlugen sich. Eine Flut aus Emotionen brach über mich herein und drohte mich mitzureißen. Wie eine Ertrinkende ohne Halt trieb ich noch einige Zeit nach einer Lösung suchend umher. Sterben war ein schöner Gedanke. Ich drückte mein kleines Sofakissen fest auf meinen Bauch und umklammerte es wie einen Rettungsring.

Ich wollte nicht ertrinken und schon gar nicht, bevor der Haushalt erledigt war. In welchen Gefühlen ich gerade emotional zu ersaufen drohte, war mir nicht ganz klar. Es waren einfach zu viel, als dass ich es hätte einordnen können. Entschlossen, heute nicht mehr emotional unterzugehen, erhob ich mich, atmete tief durch und schritt erhobenen Hauptes Richtung Küche. Ein paar von meinen Leck-mich-am-Arsch-Tropfen und die Welt sah gleich ganz anders aus. Einem schmerzenden Fuß hatte ich es zu verdanken, diese Opiate nehmen zu dürfen.

»Vielleicht solltest du heute alles nehmen und sterben«, meldete sich die Stimme in meinem Kopf wieder.

Langsam spürte ich das gewohnte Kribbeln im Kopf. Das Zeug tat seinen Job und ich konnte meinen tun: Putzen. Die erste Etage war mit Staubsaugen dran. Ächzend schleppte ich den gewichtigen Nasssauger die Treppenstufen hinauf. Mir wurde kurz schwindelig. Taumelnd ließ ich mich auf mein Bett fallen. Eine kurze Pause musste erlaubt sein. Mit dem Handy in der Hand lag ich ausgestreckt auf dem Bett. Wie fremd gesteuert wählte ich die Nummer des Frauenhauses. Wollte ich das wirklich?

Eine freundliche Frauenstimme meldete sich. Ich konnte die ersten Minuten nicht reden, weinte und brabbelte unverständliche Worte. Irgendwann hatte ich mich so weit unter Kontrolle, dass ich ihr mein Anliegen schildern konnte.

»Wir könnten Ihnen für zwei Tage einen Platz reservieren. Überlegen Sie es sich noch mal und rufen dann wieder an. Wir werden Ihnen dann einen Treffpunkt nennen.«

Adrenalin rauschte durch meinen Körper. Geistig hatte ich schon längst eine Entscheidung getroffen, aber wohin mit den Hunden? Ich rief Rene an und erklärte ihm die Sachlage. Er war außer sich vor Wut. Es wäre ihm egal, wo die Hunde hinkämen. War das alles ein schlechter Traum? Betroffen rief ich meine Freundin Barbara an. Sie war über mein Privatleben bestens informiert und hatte Verständnis für meine Entscheidung. »Ich kann die Hunde in einer Stunde abholen.«

Wie ich jetzt in diese Einrichtung kommen sollte, war mir trotzdem ein Rätsel. Wir hatten zwar ein Auto, aber ich besaß keinen Führerschein. Also rief ich Frau Fischer, unsere Familienhelferin, an. Die Gute bot sich an, uns hinzufahren. Allerdings müsste sie um halb drei wieder zu einem anderen Termin. Es war inzwischen zwölf Uhr. Mein Kopf explodierte. Das konnte doch alles nicht wahr sein. Eilig packte ich erst alles für die Hunde zusammen und dann für die Kinder und mich.

Zwischendurch gab ich bei Pia in der Schule Bescheid, dass Frau Fischer sie dort abholen würde. Gepäck und Tüten türmten sich im Flur. Ich ließ die Hunde in den Garten und wartete auf meine Freundin.

Barbara fuhr in Schrittgeschwindigkeit unsere beschotterte Auffahrt hinauf. Die Hunde erkannten sie schon von Weitem. Schwanzwedelnd, mit tippelnden Pfötchen standen sie am Tor. Ich wuchtete einen zwanzig Kilo schweren Sack Hundefutter in Barbaras Kofferraum.

Als die Hunde im Auto verstaut waren, brach ich auf offener Straße zusammen. Es war ungewiss, für wie lange der Abschied sein würde. Meine Freundin machte mir Mut: »Mach dir keinen Kopf, die Hunde können solange bei mir bleiben, bis du wieder daheim bist.«

Bis du wieder daheim bist ... Wann würde das wohl sein?

Die Tablette wirkt. Erleichtert schlüpfe ich unter meine Bettdecke. *Hier ist alles anders als zuhause*, stelle ich heute zum hundertsten Male fest. Ich bin müde, aber mein Körper ist noch nicht bereit, um mich ins Land der Träume zu geleiten. Ich schwelge in vergangenen Erinnerungen. Die Flucht ins Frauenhaus hat eine alte Narbe aufgerissen. War ich doch als Kind in einer ähnlichen Situation. Angestrengt versuche ich mir diese ins Gedächtnis zu rufen. Die Erinnerung erscheint mir genauso blass wie der Rest meiner Kindheit. Ich muss versuchen, diesen Moment noch einmal Revue passieren zu lassen.

So leise wie möglich krieche ich aus dem angewärmten Bett. Pia schläft friedlich neben mir. Lotti hingegen liegt quer auf ihrer Matratze und schnarcht. Mit der Handytaschenlampe arbeite ich mich auf Zehenspitzen zum Schreibtisch vor. Ich öffne einen der zwei Schübe und hole vier DIN A4-Blätter heraus.

Im Treppenhaus brennt ein Nachtlicht. Außer mir scheinen alle anderen Bewohner zu schlafen. Ich steige hinab ins Erdgeschoss. Mein Ziel ist die Wohnküche. Auf der einen Seite bin ich müde, auf der anderen Seite verlangt etwas in mir, meine Erinnerungen aufzuschreiben. Nun sitze ich am Übergangs-Küchentisch, mit einer Tasse bitterem Instant-Kaffee und beginne damit, wirre Gedanken aufs Papier zu bringen.

Kapitel 4 – Die ersten Lebensjahre und so

Man trägt doch eine eigentümliche Kamera im Kopfe, in der sich manche Bilder so tief und deutlich einätzen, während andere keine Spur zurücklassen.
(Bertha von Suttner)

Meine Eltern lernten sich im Alter von siebzehn Jahren in einem Lehrlingswohnheim kennen und lieben. Aus einer Liebelei wurde Liebe, aus der Liebe heraus entstand ein Baby. Wäre es nach meinem Vater gegangen, so hätte ich mir ruhig noch zehn oder fünfzehn Jahre Zeit lassen können. Ich denke, dass ich eigentlich schon vor meiner Geburt eine Enttäuschung auf ganzer Linie für ihn gewesen sein muss. Das macht man eh nie wieder wett!

Jedem wird innerhalb des Elternhauses eine gewisse Rolle zuteil: Für meine Mutter war ich so etwas wie eine lebendige Puppe aus Fleisch und Blut. Meiner Mutter ging es nicht darum, Verantwortung für ein Kind zu übernehmen. Ein Baby sollte wohl eher eine Lücke in ihrem Herzen füllen. Selbst noch ein halbes Kind, beschloss sie die Pille abzusetzen. Ihr Plan ging auf. Mit aufgedunsenen Wasserbeinen und rundem Bauch schleifte sie meinen Vater vor den Altar.

Mein Vater war nach seiner Ausbildung ein Jahr Soldat bei der NVA. Danach widmete er sich, wie seine Eltern vor ihm, dem Ingenieurstudium. Mit neunzehn schon Vater zu werden, zählte nicht zu seinen Zielen im Leben. Sexuellen Vergnügungen gab er sich gern hin; natürlich mit der Annahme, dass seine Freundin sich um die Verhütung kümmerte. Für meinen Vater war ich ein Eindringling. Ich stand – früher wie heute – für alles Schlechte in seinem Leben. Wie ein bösartiger Tumor, der unaufhörlich wächst und wächst. Je größer, desto unangenehmer. Er kann mich nicht aus seinem Leben schneiden, also leben wir nebeneinander her.

Da es in der DDR schwer war, als unverheiratetes Paar an Wohnraum zu gelangen, lebten meine Eltern bei den Eltern meines Vaters, Oma Doris und Opa Dietrich, in einer kleinen Dreiraumwohnung. Es muss sehr beengt gewesen sein. Drei Jahre mussten sie auf eine eigene Wohnung warten, und als es soweit war, wollte meine Mutter die Scheidung. Sie erzählte mir oft, dass mein Vater fremdgegangen sei und sie deshalb die Trennung wollte. Sie vermittelte mir von klein auf, dass mein Papa mich nicht lieb habe und erzählte mir später immer, dass er sich damals nicht um mich gekümmert hätte. Das zu einer Trennung immer zwei gehörten, verschwieg sie mir.

Es war gang und gäbe, dass die Eltern den ganzen Tag arbeiten waren, während ihre Kleinsten in einer Tageseinrichtung verwahrt wurden. Ich benutze bewusst das Wort ›Verwahrung‹. Nicht immer handelte es sich um qualifiziertes Personal. Meine ehemalige Erzieherin war wohl eine Quereinsteigerin – das ist jetzt noch milde ausgedrückt. Außer schreien und kleine Körper kräftig an den Armen packen, um diese durchzuschütteln, konnte sie nichts. Also entweder war sie Quereinsteigerin – und deshalb maßlos überfordert – oder leidenschaftliche Sadistin.

Neben ausgewähltem ›Fachpersonal‹ legte der ehemalige Überwachungsstaat großen Wert auf totalitäre Erziehung. Kurzum: Alle Kinder wurden fairerweise gleich scheiße behandelt. Ein gutes Beispiel für deren pädagogische Ideologien war das Kontinenz-Training. So mussten alle mit spätestens einem Jahr in der Lage sein, aufs Töpfchen gehen zu können. Wir wurden sozusagen ›zwangstrockengelegt‹. Alles wurde für das kommunistische System zurechtgebogen. Damit fing man schon bei den kleinsten Bürgern an. Die ersten fünf

Lebensjahre verbrachte ich als Bürgerin der ehemaligen DDR. Dann kam die Wende und alles schien sich für jedermann zu ändern.

Intensivere Erinnerungen habe ich dann erst wieder ab dem dritten Lebensjahr. Ich wohnte mit meiner Mutter zusammen bei einem anderen Mann, Klaus. Dass dieser Kerl nicht mein Vater war, wusste ich.

Mein Papa hätte mich niemals geschlagen. Dieser Typ hingegen schon. Immer wenn meine Mutter nicht da war, versuchte er mich zu erziehen. Er wollte mir die Zahlen an seinem Röhrenfernseher beibringen. Ich verstand nicht, was er da von mir verlangte. Und so schaltete ich einfach auf stur. Doch das brachte mir jede Menge Backpfeifen ein. Weil ihm das aber noch nicht reichte, wurde ich von meinem Stiefvater unsanft in ein Gitterbett gesteckt. Dort schrie ich in einem dunklen, muffigen Zimmer nach meiner Mama, bis ich irgendwann vor Erschöpfung einschlief.

Eine andere Situation, die ich noch genau weiß, war folgende: Ich sollte meine Schuhe anziehen. Aber ich verstand nicht, wie ich das anstellen sollte. Die Schuhe waren falsch herum an den Füßen und ich versuchte, sie mitsamt den Füßen zu wechseln. Jetzt klingt das natürlich lustig, aber für Klaus war es das wohl nicht. Ich kassierte einmal mehr eine Ohrfeige und wurde wieder in das Kinderbett gesperrt.

Ich erinnere mich an nicht mehr viel aus dieser Zeit, aber an die Wohnungseinrichtung, die laute Klospülung und die Gerüche hingegen schon. Das Bad war zur damaligen Zeit sicher das modernste, was man hätte haben können. Selbst dem Toilettendeckel hatte man einen plüschig-grünen Schoner aufgestülpt. Passend dazu ein grünes Waschbecken, hellblaue Fließen. Einfach nur ein Träumchen!

Irgendwann war Klaus nicht mehr Mamas Freund. Sie trennte sich von ihm. Den genauen Grund hat sie mir nie verraten, aber es war sicher nicht, um mich vor seinen Wutausbrüchen zu schützen. Was ich aber noch weiß, ist, dass er uns eine Zeit lang nachstellte und meiner Mutter drohte. Meine ersten Erfahrungen mit männlichen Bezugspersonen waren also alles andere als gut.

Wir bezogen eine kleine Wohnung in einem Plattenbau. Da gab es weder Teppichboden noch Linoleum oder ähnliches. Der blanke Estrich musste genügen. Einmal sperrte meine Mutter mich in meinem Zimmer ein und ich weinte so lange, bis ich erschöpft an mein Holzpuppenhaus gelehnt einschlief. Vielleicht ist das eine Erklärung dafür, warum ich geschlossene Räume nicht leiden kann. Die

Türen sind bei mir immer alle offen, außer während des großen Geschäfts.

Als ich fünf war, nahm Hans den Platz als neuen Stiefvater ein. *Mutti* war da immer ziemlich schnell. Einen Mann einfach erstmal kennenzulernen, ohne gleich das Kind mit reinzuziehen, gab es bei ihr nicht.

An die erste Begegnung mit Hans kann ich mich noch genau erinnern: Ich hatte mich unter dem Esstisch versteckt und wollte nicht »Hallo« sagen. Doch das war meiner Mutter egal. Der fremde Mann blieb und mit ihm veränderte sich unser Leben erstmal zum Positiven. Hans richtete die spärliche Wohnung ein und war nun mein Ersatz-Papa.

Ein Jahr später kam mein Halbbruder Tom auf die Welt und wir zogen in eine größere Wohnung. Tom war ein Schreikind. Die wenige Aufmerksamkeit, die man mir bisher zukommen ließ, durfte ich mir von da an mit dem Hosenscheißer teilen.

Was mich wohl am meisten in meiner frühen Kindheit geprägt hat, waren Horrorfilme. Meine Mutter und ihre Geschwister schauten am helllichten Tage, im selben Zimmer wie wir Kinder, sämtliche Horrorstreifen aus den achtziger und frühen neunziger Jahren. *Freddy Krüger* und *Co* haben mich bis ins Mark erschüttert. Im Dunkeln schlafen, allein bleiben oder Puppen in meiner Nähe? Das ging überhaupt nicht mehr. Ich habe erst mit achtundzwanzig Jahren bewusst angefangen, Horrorfilme zu schauen, und habe meine Leidenschaft dafür entdeckt. Vielleicht eine unterbewusste Selbsttherapie, wer weiß.

An was ich mich auch genau erinnere ist, dass ich schon als Kind ausgeprägte sexuelle Fantasien hatte. Ich flüchtete mich, wann immer es ging, in eine Traumwelt. Die bestand aus zwei Teilen, die sich deutlich voneinander unterschieden. Der eine Teil war geprägt von Gewalt und sexuellen Gelüsten. Entweder stellte ich mir vor, wie mich ein Mann gefangen nahm, meinen Bauch aufschlitzte und Würmer hineinlegte. Oder wie er mich auf offener Straße überwältigte, mich in Windeln legte und wie ein Baby behandelte. Besonders diese Fantasie wurde mit den Jahren immer ausgereifter: Irgendwann, als ich ungefähr zehn Jahre alt war, vergewaltigte mich dieser Mann. Die Vorstellung war so intensiv, dass es jedes Mal in meinem Unterleib kribbelte.

Der andere Teil war das komplette Gegenteil: Ich tauchte in die Welt von meinen Disney-Helden ein und erlebte die schönsten Abenteuer. Ein Talent, das mich wohl als heutige Geschichtenschreiberin auszeichnet.

Im Kindergarten war ich eher der Außenseiter. Viele Freunde hatte ich nicht. Aus heutiger Sicht glaube ich, dass die Kinder spürten, dass etwas mit mir nicht stimmte. Es gab zu Hause keine festen Regeln oder Rituale, an denen ich mich hätte orientieren können. Ich kannte Regeln und Strukturen nur von den kurzen Besuchen bei meinen Großeltern väterlicherseits. Vielleicht hatte ich auch dadurch die Grenzen der anderen Kinder überschritten, weil meine Grenzen nie respektiert wurden. Soziale Kompetenzen lernte ich erst viel später, als meine Tochter schon auf der Welt war.

Kapitel 5 – Liebe, Schmerz und Hoffnung

Auf dem Auswandern ruht der Fluch ewiger Heimatlosigkeit.
(Carmen Sylva)

Ich war elf Jahre alt. Die Haare ließ ich seit kurzem wachsen. Ich hatte vom neunten bis zum zehnten Lebensjahr eine Art Identitätskrise. Ich kam mit der starren Rollenverteilung und den damit einhergehenden sozialen Ungerechtigkeiten nicht zurecht. Als Mädchen fühlte ich mich benachteiligt. Die kurzen Haare und jungentypische Kleidung sollten mich also vor Sexismus schützen, so dachte ich es früher. Der Nachteil an der Sache war nur, dass der Versuch mit der Frisur und nur in Badehose gekleidet in die Mädchenumkleide oder Damentoilette zu gehen, jedes Mal scheiterte. Unzählige Male musste ich dort zum Beweis meiner Weiblichkeit die Hosen runterlassen. Doch ich wollte mich partout nicht anders kleiden. Mit Röcken konnte man mich jagen. Ständig versuchte meine Familie, mich in mädchentypische Kleidung zu stecken. Ohne Erfolg, wohlgemerkt.

Die Vorliebe für Hosen und schlichte Kleidung behielt ich mir bis zum heutigen Tage bei.

Mit der Zeit ließ ich meine Haare wieder wachsen. Doch auch mit längerem Haar glich mein Körper dem eines Kindes. Von der Pubertät war ich noch weit entfernt. In der Schule ging es mir wie im Kindergarten – ich gehörte zu den Außenseitern. Eine einzige Freundin hatte ich, aber das genügte mir. Die Jungs fingen langsam an, sich für die Mädchen zu interessieren. Und natürlich hatte jede Klasse ein bis zwei Mädchen, auf die jeder Junge abfuhr. Ich zählte nicht dazu, wurde als hässlich betitelt. Noch dazu war ich nicht leistungsstark und wurde deshalb gern von den anderen gehänselt. Ich lernte schnell, dass ich anders als meine Klassenkameraden war. Sowohl charakterlich wie auch vom Erscheinungsbild her. Meine Mutter steckte mich obendrein in knallbunte Markenware, während alle anderen Kinder »normale« Jeans und Shirts trugen. Irgendwie schaffte ich es immer, zum Gespött meiner Mitschüler zu werden. Ich flüchtete mich in meine Tagträume, auch während des Unterrichts. Aus heutiger Sicht weiß ich, dass wenn ein Kind zu vielen Demütigungen ausgesetzt ist, es sich häufig in Tagträume flüchtet. Es war meine Art damit umzugehen.

Eine Szene ist mir bis heute deutlich in

Erinnerung geblieben: Meine Klasse führte »Schneewittchen« auf. Meine Freundin Diana spielte die böse Stiefmutter. Mit ihrem pechschwarzen Haar hätte sie das Schneewittchen persönlich sein können. Aber Diana wollte nicht.

Die Hauptrolle besetzte Sylvia, der Klassenliebling. Mit ihren blonden Haaren und ihrer arroganten Art wäre eigentlich sie die perfekte Besetzung für die böse Stiefmutter gewesen. Mir wurde die Rolle der Mutter zugeteilt. Meine Aufgabe bestand darin, drei Sätze aufzusagen und dann zu sterben – wie passend. Kurz vor der Aufführung kam Sylvia alias Schneewittchen auf mich zu. Sie begutachtete mein Kostüm, einschließlich der noch recht kurzen Haare.

»Du sollst meine Mutter spielen? Ist ja peinlich, so eine Schreckschraube wie dich für diese Rolle zu nehmen.« Ihr billiges Kostüm aus blauer Kunstseide raschelte wie Bonbonpapier. Man hatte dieser kleinen Tyrannin blauen Lidschatten in ihr pausbäckiges Gesicht geschmiert. Wie gern hätte ich ihr zu mehr Blau um die Augen verholfen. Aber alles, was ich tat, war zu lächeln und ihr Kleid zu loben.

Meine Seele war schon in jungen Jahren wattiert. Ich hüllte meine Gedanken in Tagträume ein, um überhaupt mit all den

Demütigungen klarzukommen. In den Träumen war ich ein beliebtes Mädchen auf einem Internat. Wenn ein Mitschüler mich dann anspuckte oder auslachte, bekam ich das gar nicht mit. Ein Junge hatte es besonders auf mich abgesehen und mich ständig geschubst oder mir Kopfnüsse verpasst. Ich blieb dann einfach regungslos sitzen, kniff die Augen zusammen und dachte an mein imaginäres Internat.

Es war Anfang der Sommerferien 1995. Wir bekamen Besuch von meiner Tante Angi, ihrem neuen Partner und dessen Sohn. Angi war die Ex-Frau meines Onkels und seit etwa zwei Jahren glücklich mit Rainer zusammen. Sie war außerdem die beste Freundin meiner Mutter. Wir sollten ihren dreizehnjährigen Stiefsohn kennenlernen. Ich war so aufgeregt und zog die schönsten Sachen an, die mein Kleiderschrank hergab: ein schwarzes Top mit weißen Gänseblümchen an den Trägern und eine schwarze Stoffhose. Meinen Pony zähmte ich mit einer silbernen Spange. Joshua war hochgewachsen für sein Alter. Sein braunes lockiges Haar gefiel mir sehr. Er reichte mir freundlich zur Begrüßung die Hand. Es kribbelte in mir. Aber diesmal war das Kribbeln nicht in meinem Unterleib, sondern in meinem Bauch. Ein ganz neues Gefühl für mich.

»Geht doch beide ein bisschen draußen spazieren«, schlug meine Mutter vor. Sie hielt ein Glas mit Rotkäppchen-Sekt in der Hand.

War ja klar, dass die jetzt wieder saufen müssen.

Ihr unerträgliches, schrilles Lachen hörte ich bis runter in die erste Etage unseres Wohnblocks, und das, obwohl wir im dritten Stockwerk wohnten. Joshua ließ sich jedenfalls nichts anmerken und hielt mir sogar die Eingangstür auf. So etwas kannte ich nicht. Diese Art von Höflichkeit eines Gleichaltrigen war mir neu.

»Wo willst du denn hingehen?«, fragte er schüchtern.

»Ich weiß nicht. Hier gibt es nicht wirklich viel zu sehen«, entgegnete ich ebenfalls schüchtern und strich mir die Haare hinter die Ohren. Das machte ich immer, wenn ich nervös war.

Wir liefen eine Zeit lang schweigend nebeneinander her. Mein Bauch kribbelte und innerlich machte ich Freudensprünge.

Das werden mir die Mädchen in der Schule niemals glauben.

»Was hörst du für Musik?«, durchbrach er das Schweigen.

Oh Gott, was soll ich denn jetzt antworten?

Ich war eine Spätzünderin in dieser Hinsicht. *Böse Onkelz*, *Die Ärzte* und *Die Toten Hosen* kannte ich. Meine Mutter mochte *Pur*.

»Ich höre *Michael Jackson* und *Take That* ist auch ganz cool«, kam er mir zuvor.

Ich nickte nur und sagte: »Ja genau, die find ich auch cool.«

Das sollte den gesamten Spaziergang andauern. Was der alles von mir wissen wollte. Ich hatte teilweise nicht den leisesten Schimmer von dem, was er da sagte.

Joshua ist also intelligent.

Ich war mittlerweile ein Meister der Anpassung und wollte Joshua dadurch gefallen, dass ich ihm nach dem Mund redete.

Meine Mutter und ich fuhren am Abend mit zu Angi und ihrer Familie. Sie wohnten etwa dreißig Kilometer von uns entfernt in einem Neubau-Haus. Das Gebäude bestand aus zwei Einheiten. Sie bewohnten die obere Etage. In der unteren Etage lebte der Vermieter des Hauses selbst. Nebenan nannten die Eltern des Hauseigentümers einen glanzvollen Bungalow mit Pool ihr Eigentum. Ich teilte mir mit Joshua und Angis leiblichem Sohn, Ole, ein Zimmer. Man traute uns wohl noch keine Schweinereien zu.

Es war eine tolle Ferienwoche. Am Tage blödelten wir Kinder herum, veranstalteten Kissenschlachten und tanzten zu *Michael-Jackson*-Songs. In der Nacht hielten Joshua und ich Händchen. Das war für mich ein unbeschreibliches Gefühl. Ich wagte mich kaum zu bewegen oder zu atmen, als er das erste Mal meine Hand umfasste. Was für ein Seelenorgasmus für meine kaputte Kinderseele! Trotz meiner schrägen Sexfantasien, war ich ein vollkommen unberührtes kleines Mädchen. Ich war so beschäftigt mit ihm, dass ich zunächst nicht bemerkte, was sich zwischen meiner Mutter und dem Hauseigentümer entwickelte. Sie schlief sogar eine Nacht bei ihm.

Am nächsten Morgen saßen sie und Angi bei einem Glas Prosecco im Wohnzimmer. Meine Mama erzählte ungeniert von ihrer Nacht mit diesem Typen und störte sich auch nicht an meiner Anwesenheit. Aber ich war ja selbst im Liebestaumel und versuchte, diese Information zu verdrängen. Ich kannte es nicht anders. Ständig verwickelte sie mich in ihre Erwachsenen-Probleme. Mein kleiner Kopf musste schon einiges aushalten.

Der Urlaub neigte sich dem Ende zu und wir traten den Heimweg an. Nach diesem Besuch sollte sich alles ändern. Meine Mutter hatte sich in den Kopf gesetzt, mit ihrem neuen Macker, der auf den Namen Gerald hörte, ein neues Leben zu beginnen. Dafür musste aber erstmal der andere *entsorgt* werden. Ich wähle bewusst diesen Begriff, weil es nichts anderes als das war. Sie geilte sich an seinem Bierkonsum auf, erzählte überall herum, dass ihr Partner ein Säufer sei und sie das nicht mehr aushalten würde. Ob er tatsächlich so viel trank, wie meine Mutter behauptete, kann ich aus heutiger Sicht nicht mehr beurteilen. Die Erwachsenen tranken ständig. Hätte es Urkunden für die standfestesten Trinker gegeben, wäre unser Wohnzimmer um einige Bilder an der Wand reicher gewesen.

Ihr Plan schien aufzugehen. Zwar kaufte ihr nicht jeder die Rolle als verzweifelte Frau ab, jedoch nahm Hans es sich sehr zu Herzen. Auf Knien bat der arme Tropf seine Freundin um Verzeihung und gelobte Besserung. Wenn es meiner Mutter tatsächlich nur darum gegangen wäre, aus Hans einen besseren Menschen zu machen, hätte sie ihr Ziel sicher erreicht. Sie hatte aber kein Interesse daran, die Beziehung mit ihm aufrechtzuerhalten. Ein neues Leben wartete doch schon woanders auf sie. Alles eine Frage der Zeit, bis Hans der Geduldsfaden reißen würde.

Hans wurde aus dem elterlichen Schlafzimmer ausquartiert. Von nun an herrschte Eiszeit. Mein Stiefvater war fix und fertig mit der Welt. Er verstand seine Freundin nicht und heulte sich ständig bei mir aus. Ob ich wüsste, was mit meiner Mama los sei und wie er sie wieder für sich gewinnen könnte.

Mir tat es in der Seele weh. Aber meine Mutter zu verraten? Das hätte ich niemals getan!

Zwei Momente sind aus dieser Zeit in mein Gehirn gemeißelt. Die eine Erinnerung ist: Ich war wie immer bei meiner Oma. Hans saß in der Wohnküche. Seine Haare waren frisch geschoren. Ich kam gerade von draußen und sein elendiger Anblick zerriss mir fast mein kleines Herz. Ich empfand Mitleid für ihn. Gleichzeitig plagten mich Schuldgefühle. Ich fühlte mich für das Leid meines Stiefvaters mit verantwortlich, weil ich schwieg.

Die andere Erinnerung ist: Meine Mutter und Hans stritten sich um ihr gemeinsames Kind. Mein Bruder wollte bei seinem Vater schlafen. Meine Mutter zog ihn aber zu uns, ins Kinderzimmer. Hans stand mit verheulten Augen im Türrahmen. Die Stimmung war angespannt, das spürte ich und mein kleiner Bruder auch. Er weinte schrecklich und wollte zu seinem Papa. Ich hatte Angst, dass er ausrasten könnte, auch wenn das fast an ein Wunder gegrenzt hätte, und versteckte mich unter meiner Bettdecke.

Meine Mutter blieb hartnäckig. Wenn diese Frau sich etwas in den Kopf gesetzt hatte, dann richtig. Hans bemerkte die Intrige gegen ihn nicht. Er versuchte alles, um meine Mutter wieder für sich zu gewinnen. Aber irgendwann war auch seine Geduld am Ende.

Es war abends. Ich saß im Wohnzimmer und malte. In der Küche wurde es plötzlich laut. Meine Eltern stritten sich. So gut es ging tauchte ich in meine Welt ab. Allerdings drangen einige Wortfetzen an mein Ohr:

»Du hast mit dem gefickt?«

»Ja und? Du widerst mich einfach nur noch an mit deiner Sauferei.«

»Ich trinke doch überhaupt nicht mehr.«

»Das ist mir jetzt aber ziemlich egal. Maren weiß auch, dass ich einen neuen Freund habe.«

Schnaufend stapfte der Gehörnte zu mir ins Wohnzimmer. Ich verharrte in meiner Freeze-Position und atmete so flach wie möglich. Meinen Malstift hielt ich wie einen Rettungsanker fest in der Hand. Die Schritte kamen näher. Er trat ganz nah an mich heran und verschaffte sich Luft.

»Du wusstest davon? Was bist du nur für ein mieses Luder!«, spie er mir ins Gesicht.

Ich spürte kleine Tröpfchen seines Speichels auf meiner Haut. Sein Atem roch nach leerem Magen und Nikotin.

»Na warte, das zahl ich dir heim«, waren seine letzten Worte, bevor er sich davonmachte.

Wahrscheinlich fuhr er mit dem Fahrrad in den gemeinsamen Schrebergarten, um sich zu beruhigen.

In mir tobte ein Sturm. Immer wieder glaubte ich, das Gesicht meines Stiefvaters ganz nah an meinem zu spüren. Die Spucke-Tröpfchen hatten sich wie Säure eingebrannt.

Meiner Mutter kam nicht einmal in den Sinn, nach mir zu schauen. Sie rief stattdessen ihre Freundin Angi an, um sich auszuheulen.

Was ist mit mir?

Lustlos vollendete ich die Zeichnung. Wieder einmal hatte sie mich benutzt. Unfreiwillig wurde ich zur Mittäterin. Und sie hatte Hans endlich dort, wo sie ihn haben wollte: allein und verlassen im Schrebergarten. Sie mimte die Verängstigte. Bezeichnete sich als Opfer. Die Rollen standen also fest: Sie, das Opfer, und Hans, der gewalttätige Alkoholiker.

»Er war so aggressiv. Ich hatte wirklich Angst, dass er mich schlägt.«

»Dann pack ein paar Sachen zusammen und kommt zu uns. Ich spreche gleich mal mit Gerald. Vielleicht kannst du bei dem gleich einziehen.«

Nachdem ich das gehört hatte, ging ich wortlos zu Bett. Wieder einmal allein. Meine Mutter war ja mit ihrer Opferrolle voll ausgelastet. In Embryonalstellung fand ich endlich Nachtruhe und hoffte auf einen besseren Tag.

Kapitel 6 – Reisen ohne Wiederkehr

Unvorbereitetes Wegeilen, bringt unglückliche Wiederkehr.
(Johann Wolfgang von Goethe)

Am folgenden Tag in der Schule setzten mir meine Mitschüler ganz besonders schlimm zu. Seit ein paar Wochen war ich mit meiner einzigen Freundin zerstritten. Sie und die Klassenanführerin nahmen mir in der Pause ein Rätselblatt weg. Es gehörte zu einem Preisausschreiben.

»Gib es mir wieder zurück, das darfst du nicht!«

»Was darf ich nicht? Glaubst du ernsthaft, du gewinnst irgendwas, du Loser?«

Meine ehemalige Freundin war von den harten Worten ihrer neuen Kameradin schockiert, traute sich aber nicht, mich zu verteidigen. »Keiner mag dich hier und eigentlich gehörst du auf eine Förderschule.« Sichtlich mit sich zufrieden entfernte sie sich von meinem Platz und wandte sich beim Gehen an meine ehemals beste Freundin: »Komm mit, Diana, die stinkt. Oder willst du auch stinken?«

Nach Schulschluss stellten mir einige Mitschüler nach. Bis fast nach Hause verfolgten sie mich. Selbst meine Freundin machte mit. Was sie alles riefen, weiß ich nicht mehr. Ich lief konsequent weiter, ohne mich umzudrehen und hoffte nur, nicht von den fliegenden Steinen getroffen zu werden.

Gott sei Dank muss ich diese ganzen Spinner nicht mehr wiedersehen.

Irgendwann drehten sich die Kinder gelangweilt um. Ihnen war wohl der Spaß daran vergangen, mich zu hetzen. Ich sah meine Mutter schon von weitem. Sie bepackte das Auto und winkte mir ungeduldig zu. Es war ein Freitag und Hans würde bald Feierabend haben. Meine Mutter hatte niemandem aus der Familie etwas gesagt. Keiner wusste, dass wir im Begriff waren, nie wieder hierherzukommen. Ich verstaute meine Sachen im Kofferraum und setzte mich auf den Beifahrersitz. Mein Bruder saß hinten in seinem Kindersitz. Die ganze Fahrt über fragte er, wo wir hinfahren. Ich war nervlich am Ende und brüllte ihn an, einfach die Klappe zu halten.

... mein armer Bruder. Ihm erging es damals, wie meinen Kindern heute.

Meine Mutter ließ mich gewähren. Sie war froh, seine unangenehmen Fragen nicht beantworten zu müssen. Und ich war froh, meine Klassenkameraden nie wieder sehen zu müssen. Nur eins machte mich traurig. Ich hätte mich gern von Diana richtig verabschiedet.

Kapitel 7 – Der neue Mann

Erst wirbeln wir den Staub auf und behaupten dann, dass wir nichts sehen können.
(von George Berkeley)

Wir saßen in Geralds Wohnzimmer. Unser neues Zuhause bestand aus einem kleinen Bad, einem Schlafzimmer, einer Küche und einem Wohnzimmer. Für zwei Kinder war es eigentlich zu klein. Gerald und meine Mutter schliefen ein ganzes Jahr lang auf der Couch. Mein Bruder und ich bekamen das Schlafzimmer. Nichts fühlte sich hier wie Zuhause an. Aber was war schon ein Zuhause? Sowas habe ich eigentlich nie kennengelernt, weil mein Bruder und ich schon immer von einem zum anderen geschoben wurden: Mal waren wir bei Oma Elsbeth, mal bei meinen Eltern. Die Ferien verbrachte ich bei Oma Doris.

Das einzig Beständige in meinem Leben, war meine Schule. Und auch die wurde mir genommen.

Wir zogen an einem Freitag zu Gerald. Am Montag schon sollte ich auf die neue Schule gehen. Das war selbst für mich, die ja einiges gewöhnt war, eine Herausforderung.

»Maren, ich muss zum Einkaufen. Magst du mich vielleicht begleiten?«, fragte mich Gerald, der Neue meiner Mutter. Ich saß Müsli kauend am Küchentisch. Mein kleiner Bruder hatte es sich im Wohnzimmer gemütlich gemacht. Meine Mutter ließ ihre und seine Bettwäsche im Inneren der Couchgarnitur verschwinden. Ich sprang vom Küchenstuhl und rannte aufgeregt zu meiner Mutter.

»Mama, darf ich?«

»Von mir aus«, winkte sie gleichgültig ab.

»Bleibst du im Schlafanzug?« Gerald stand abfahrbereit, mit seinem Autoschlüssel und einem Weidenkorb im Türrahmen.

Ich schaute an mir herunter.

Stimmt. So kann ich keinesfalls mit zum Einkaufen!

Eilig tauschte ich den Schlafanzug gegen Alltagskleidung ein. Gut gelaunt sprang ich an dem Typen vorbei, der gerade in meiner Beliebtheitsskala gestiegen war, um mir meine Schuhe anzuziehen.

»Ich bin so weit«, rief ich etwas aus der Puste.

Der Supermarkt war komplett überfüllt. An einigen Regalen war es schwer vorbeizukommen, besonders an der Fleischtheke herrschte großer Andrang.

Gerald stellte sich ebenfalls beim Metzgerstand an.

»Was brauchen wir denn noch?«, wollte ich wissen. Der Wagen war bis zum Rand mit

Lebensmitteln gefüllt. Ich wurde langsam ungeduldig. Er hatte mir versprochen, im Anschluss mit mir in die Zoohandlung nebenan zu gehen.

»Wir brauchen noch Fleisch zum Grillen. Magst du was Besonderes haben, Maren?«

Oh! Ich darf mir etwas aussuchen?

Abschätzig musterte ich mein Gegenüber. Gut sah er aus. Also besser als sein Vorgänger alle Male. Geralds Haut war Solarium gebräunt. Der Bart bis auf einen Oberlippenbart rasiert. Sein buntes Hemd steckte fein in einer Marken-Jeans. Schämen musste man sich mit dem jedenfalls nicht.

»Guten Tach! Wat darfs denn sein?« Eine Verkäuferin nahm seine Bestellung entgegen.

Ein schwerer Beutel voll mit Fleisch wechselte wenige Minuten später den Besitzer. Ich hatte für meinen Bruder und mich jeweils zwei Bratwurstschnecken ausgesucht.

»Grillen wir mit Angis Familie zusammen?«

»Daran habe ich gar nicht gedacht. Würde es dir gefallen, mit ihnen zusammen zu grillen?«

»Ja, denke schon«. Ich wusste nicht, warum, aber mir war seine Freundlichkeit nicht geheuer. Ich war es auch nicht gewöhnt, dass man mich in die Wochenendplanung einbezog.

In der Zoohandlung ließ ich auch die letzten Zweifel an Geralds Freundlichkeit fallen. Meine instinktive Vorsicht gegenüber männlichen Bezugspersonen, tauschte ich gegen eine weiße Maus ein. Überglücklich und strahlend wie ein Atomkraftwerk hielt ich die Pappschachtel mit meinem neuen Mitbewohner fest in meinen Händen. Ab jetzt war ich bereit, dem neuen Vaterersatz zu vertrauen.

Kapitel 8 – Irgendwann ist immer das erste Mal!

Das ganze Leben ist ein ewiges Wiederanfangen.
(Hugo von Hofmannsthal)

Eine Maus, ganz für mich allein! …

»Mama, bist du wach?«

»Wer will das wissen?«

»Na ich, deine Tochter, Pia.« Glucksend rüttelt sie an meiner Schulter herum.

»Schläft Lotti noch?«, murmele ich schlafbenommen ins Kissen.

»Ach die. Die ist schon seit einer halben Stunde wach.«

Unter Anstrengung öffne ich meine Augen, blicke angestrengt der Sonne entgegen. Immer noch nicht ganz wach, aber der Blick wird schärfer. Zweimal blinzeln und ich sehe wieder glasklar. *Nach drei Stunden Schlaf, kein Wunder.* Ich erinnere mich wieder. Alte Gespenster aus vergangenen Tagen suchten den gestrigen Traum heim. *Die Gespenster, die ich selbst rief. Das hat man davon, wenn man in der Vergangenheit wühlt.*

»Mama?«

»Hmm …«

»Willst du nicht wissen, wo Lotti ist?« Bevor ich etwas erwidern kann, plappert Pia wie ein

Kanarienvogel weiter. »Sie ist nebenan.«

»Waaas!«

»Sie ist nebenan und spielt mit Fatimas Sohn.«

Unter Schmerzen robbe ich aus meiner Schlafstätte. Mir wird schwarz vor Augen. Die Unterhose rutscht bis zu den Kniekehlen herunter. Langsam komme ich in der Wirklichkeit an. Noch vor ein paar Minuten befand ich mich im Körper meines zwölfjährigen Abbildes. Es fühlte sich verdammt real an. Jetzt stehe ich, mit scharfem Verstand, in unserer Notbehausung. Außer einem Schlüpfer in Übergröße und einem Nachthemd trage ich nichts. Meine Alltagskleidung vom Vortag liegt ordentlich der Reihenfolge nach über der Stuhllehne. Ich greife nach der Hose und ziehe sie eilig über. Pia stürmt vor mir aus dem Zimmer und klopft an der Nebentür. Diese öffnet sich. Ich blicke in die Augen der Frau, für die ich gestern keinen Blick übrighatte. Ihre Augen scheinen schon vieles gesehen zu haben. Ihr warmer Blick ruht auf dem meinen. Bevor ein Wort über meine Lippen kommt, springt Lotti in mich hinein. »Autsch!« Automatisch schnellen meine Hände nach vorn, um einer schmerzhaften Kollision zu entgehen. Doch leider zu spät. Der Wildfang rennt ungebremst in mich hinein, vollführt einen Klammergriff und hängt wie ein Äffchen an meinen Beinen.

»Du kannst doch nicht einfach abhauen«, rüge ich sie.

»Ach, das ist doch nicht schlimm. Deine Tochter war ganz brav«, mischt sich die Fremde ein. Ich tue so, als ob ich Fatima nicht gehört hätte, und beuge mich mit knackenden Kniegelenken nach unten. Ich bin jetzt auf Augenhöhe mit Lotti. Wissentlich umgreife ich fest ihre kleinen Ärmchen.

»Ab jetzt fragst du mich, bevor du irgendwo hingehst. Hast du das verstanden?«

»Lass mich los, ich will wieder mit Taifun spielen!« Lotti versucht, sich aus dem mütterlichen Zangengriff zu befreien.

»Hörst du!«

Das haben wohl alle gehört.

»Ich will jetzt wieder mit Taifun und Melek spielen!«

Wie ein tollwütiges Tier versucht sich das kleine Biest zu befreien. Aber Mama bleibt eisern. Ich muss langsam wieder Kontrolle über das alles hier bekommen.

»Hör auf rumzuspinnen«, befehle ich Lotti. An Pia gerichtet sage ich: »Du hilfst mir dabei, Frühstück zu machen.«

Mit einem Schmollmund sitzt Lotti am Küchentisch. Ihre Cornflakes schwimmen unberührt in einer Schale Milch herum. Nebenher läuft der Fernseher. Ich erhalte eine WhatsApp-Nachricht von Frau Fischer. Ihr war es gelungen, meine fehlende Reisetasche abzuholen. Rene war so freundlich und hatte sie vor Beginn seiner Arbeit unters Carport gestellt. Zehn Minuten später bekomme ich eine weitere Nachricht von ihr.

Na prima. Die Tasche, sie ist da.

Kapitel 9 – Alte Narben-Neue Narben

Das Leben zeichnet uns mit Kratzern, Narben und blauen Flecken in allen Farben.
(Monika Kühn-Görg)

Meine Mutter gab sich in der Kleiderauswahl besondere Mühe: rosa Sandalen, schwarze Hochwasserhose, grünes Top und eine quietschgelbe Strickjacke.

In diesem Outfit begleitete sie mich bis zur Tür meiner neuen Klasse.

»Hallo! Du bist sicher die Maren?«, begrüßte mich eine ältere Frau, die sich kurz danach als meine neue Klassenlehrerin vorstellte. Ein Mix aus Gelächter und Gepolter war selbst bei geschlossener Tür zu hören. Laute Mitschüler waren mir ja bestens vertraut. »Dann lass ich dich jetzt mal bei Frau Reich. Deine Essensmarke ist hier, in der Seitentasche. Gerald holt dich später dann ab, ja?« Ich bekam noch einen Kuss aufgedrückt und dann verschwand meine Mutter im Wirrwarr der Flure.

Ich wurde der Klasse vorgestellt. Die Kinder kannten sich seit der ersten Klasse. Ein paar der Mädchen steckten die Köpfe zusammen und tuschelten. Ich spürte, wie ich errötete. Ein

Mädchen mit ziemlich viel Busen schaute mir Kaugummi kauend ins Gesicht. Ich hielt ihrem Blick nicht stand und sah zu Boden.

Es war gerade Kunstunterricht und ich sollte neben einem Mädchen mit kurzen Haaren und Brille Platz nehmen. Alle hatten Pinsel und Wasserfarben vor sich liegen, nur ich nicht. Doch meine neue Tischnachbarin bot mir an, ihre Pinsel und ihren Farbkasten mit zu benutzen. Verkrampft verteilte ich die Farbe auf dem Papier.

Die Lehrerin entschuldigte sich kurz und verließ das Klassenzimmer. Kaum hatte sich die Tür hinter ihr geschlossen, sprangen alle Kinder durcheinander. Es war unerträglich laut.

Laute Geräusche konnte ich nicht verarbeiten. In der vorherigen Schule musste ich mich deswegen fast täglich übergeben. Ich war regelmäßig krank. Selbst die Lehrer zogen über mich her und bezeichneten mich als Simulantin. Meine Mutter hatte mich von klein auf immer wieder zum Arzt geschleppt, aber nicht, weil sie mich wirklich ernst nahm oder sich Sorgen um mich machte, sondern nur, um sich eine Freistellung von der Arbeit zu ergaunern. Heute vermute ich, dass es wohl psychische Gründe hatte. Vielleicht war ich auch so oft krank, weil es die einzige Möglichkeit war, Aufmerksamkeit zu bekommen. Je ausgeprägter die Krankheit, umso mehr Beachtung bekam ich von meiner Mutter. Auch heute noch reagiere ich bei Stress mit starken körperlichen Symptomen. Das hat sich nicht geändert.

Der Rest unserer Familie nahm unsere plötzliche Abreise nicht gut auf. Aber statt meiner Mutter dafür den Kopf zu waschen, bekam ich den meisten Unmut ab. »Maren wollte auch wegziehen«, rechtfertigte Mutter ihre Entscheidung. Selbst mein Vater und dessen Eltern machten mir bei den regelmäßigen Ferienaufenthalten deswegen schwer zu schaffen.

Mein Vater erklärte mir, dass die Euphorie für das Neue nur kurz anhalten würde und man nicht vor seinen Problemen davonlaufen konnte.

Warum erzählen sie mir das und nicht meiner Mutter?!

Heute kenne ich natürlich den Grund dafür. Mit meiner Mutter konnte man nicht reden. Sie war wie ein kleines Kind und meine Großeltern hatten Angst, das Umgangsrecht zu verlieren.

Mein Vater wollte mich sogar zu sich und seiner neuen Frau holen. Ich lehnte das Angebot damals ab. Niemals hätte ich meine Mutter verlassen. Also benutzten sie mich als Sprachrohr und luden ihren Frust bei mir ab. Ich konnte mich ja nicht wehren.

Ich wurde zum Sündenmädchen, ob ich wollte oder nicht.

Eine Woche nach unserem Umzug rief mich Diana an. Sie weinte und entschuldigte sich für alles. Der plötzliche Verlust setzte ihr zu und sie vermisste mich.

»Was haben denn die anderen dazu gesagt?«

»Einige Jungs meinten, dass sie froh seien, dich Schreckschraube los zu sein. Ich glaube, dich vermisst hier niemand.«

»Aber du vermisst mich, Diana?«

Es folgte ein langes Schluchzen. »Ja, ich vermisse dich. Du bist doch meine beste Freundin.«

Ich war enttäuscht von meiner ehemaligen Klasse. Ich hatte mir schon oft vorgestellt, wie es wäre, plötzlich zu sterben. Malte mir all die Mitschüler aus, wie sie vor meinem Grab standen und weinten. Dieser Gedanke war nach diesem Telefonat gestorben.

Ich könnte sterben und keinen würde das interessieren.

In meiner neuen Schule erging es mir ähnlich: Ich wurde von den anderen Mädchen verspottet. Ich weiß nicht mehr, was der eigentliche Auslöser war. Es gab sogar mal eine Versammlung mit unserer Lehrerin. Als sie fragte, warum mich die anderen nicht leiden konnten, hieß es, ich wäre anders als sie. Das bezog sich auf mein Verhalten und auf meine Kleidung. Vielleicht lag es auch daran, dass ich nur noch selten duschte. Keiner achtete zu Hause darauf. Nur meine Sitznachbarin, die mir an meinem ersten Schultag mit Wasserfarben ausgeholfen hatte, war mir geblieben. Irgendwann kam auch noch Anne, eine andere Klassenkameradin dazu. Allerdings verteidigte mich Anne nie, wenn die anderen auf mich losgingen. Sie hielt unsere Freundschaft geheim.

Kapitel 10 – Zurück auf Anfang

Der Kummer, der nicht spricht, nagt leise an dem Herzen, bis es bricht.
(William Shakespeare)

Die ersten Frühlingsgefühle flauten ab. Gerald war mit der Erziehung seiner neuen Schützlinge überfordert. Meine Noten rutschten in den Keller. Ich bekam ständig eine Sechs für nicht gemachte Hausaufgaben. Aus der Not heraus übte ich die Unterschrift meiner Mutter nachzumachen. Es dauerte nicht lange, bis die Fälschung dem Original zum Verwechseln ähnlich sah. Das schlechte Gewissen plagte mich deswegen. Ich litt unter Einschlafproblemen und befürchtete ständig, aufzufliegen.

Meine Mutter und Gerald stritten nun immer öfter und es ging dabei oft um mich. Ich war der Auslöser aller Probleme – wie immer.

Gerald ließ mich irgendwann auch nicht mehr in mein Schlafzimmer. Sein Solarium befand sich dort und er verbrachte sehr viel Zeit unter der künstlichen Sonne. Was er anfangs gern zu teilen bereit war, forderte mein neuer Stiefvater nun Stückchen für Stückchen zurück. Selbst vor meiner Maus machte der Kerl nicht Halt. Er verbannte die kleine Pelznase in den Heizungskeller. Der war abgeschlossen, genauso wie das Badezimmer. Ich musste betteln, damit mir einer der Räume aufgeschlossen wurde.

In den Herbstferien war ich wie immer bei Oma Doris und Opa Dietrich. Eine Physikarbeit stand kurz bevor und mein Opa machte es sich zur Aufgabe, mir Formeln und die Gesetze der Schwerkraft zu vermitteln.

Doch mit dem Lernen ist das wie mit Sport. Ein übergewichtiger Couch-Potato kann nicht von heute auf morgen einen Marathon laufen.

Sieben Tage lang versuchte Opa, den Stoff von Monaten in mich hineinzustopfen. Ich maulte nie. Meine Großeltern kannten mich als umgänglichen, immer gehorsamen Sonnenschein. Doch Geralds Demütigungen hatten auch den letzten Funken Sonne in mir ausgelöscht. Mit finsterer Miene saß ich Opa Dietrich gegenüber, um mich mit Formeln berieseln zu lassen. Dabei verließ ich mental meinen Körper und stellte den Großeltern eine Hülle zur Verfügung, in die sie alles hineinschütten konnten. Ich verstand schon sehr früh, dass ich zu funktionieren hatte. Die Herausforderung dabei war, es jedem Einzelnen recht zu machen. Wie ein Chamäleon seine Farben wechseln konnte, wechselte ich die Persönlichkeiten.

In den Lernpausen fuhr mein Opa mit mir an die Havel, zum Angeln. Diese Zeiten vermisse ich heute wirklich. Der Geruch von Fischblut und abgestandenem Wasser. Das Rascheln von Weidenzweigen, Schilf und Wildgänsen. Das Schauspiel der untergehenden Sonne, wenn sich alles in roten Farben wiederspiegelt. Die Oberfläche des Wassers, die glatt wie ein Spiegel ist, mit Ausnahme kleiner Ringe von Fischen auf der Jagd nach Insekten. Das Gefühl, wenn etwas an der Sehne zieht. Es waren Zeiten, die alles in mir zu heilen vermochten.

Nach einer Woche Lern-Diktatur fuhren sie mich wieder nach Hause.

Die Fahrzeit wurde zum Abfragen genutzt. Ich ratterte alles brav herunter. Sie waren sehr zufrieden mit mir. Zu Hause angekommen, erwartete mich dann eine bitterböse Überraschung: Meine Mutter hatte all meine Sachen durchwühlt und dabei Klassenarbeiten mit gefälschten Unterschriften gefunden. Nun nahmen mich alle ins Kreuzverhör. Meine Mutter mimte die treue Fürsorgliche. Gerald saß neben ihr. Pulend löste der Penner eine Pistazie nach der anderen aus ihrem Gehäuse. Grinsend schien er das Spektakel zu genießen. Schließlich war ich doch eine willkommene Abwechslung zu seiner Partnerin. Immer wieder schob er sich eine Ladung Nüsse in den Mund. Einige Krümel blieben an seinem Schnurrbart alias ›Pornobalken‹ hängen.

Einfach nur widerlich.

Sein ganzes Auftreten machte mich wütend. Ich war fertig, bloßgestellt, verkauft, verraten und gedemütigt. Ich sehnte mich nach meiner Maus. Ich würde sie auf meine Hand setzen, die Wärme ihres Felles spüren und den Geruch nach Sägespänen und Pisse in mich aufsaugen.

»Wie geht es meiner Maus?«, unterbrach ich eine Debatte darüber, wie man mich bestrafen sollte.

»Ach na ja, weißt du, es ist Folgendes passiert ...« Meine Mutter atmete kurz durch, ehe sie weitersprach. »Deine Maus ist tot. Sie lag mit blutigem Kopf in ihrem Käfig.«

»Was? Die kann doch nicht von heute auf morgen gestorben sein«, schluchzte ich.

Meine geliebte Maus. Sie war mein einziger Freund. Ich kann es nicht hundertprozentig beweisen, aber ich vermutete, dass der Pistazien mampfende Schnurrbartträger daran nicht ganz unschuldig war. *Eine Maus hat nicht ohne Grund plötzlich einen blutüberströmten Kopf, an dem sie dann stirbt.* Ich war kein Bio-Ass. Aber dämlich war ich auch nicht.

Kurz vor Weihnachten war die Stimmung am Kochen. Meine Mutter nahm mich eines Abends zur Seite: »Gerald ist so gemein zu mir. Was würdest du davon halten, wenn wir uns wieder mit Hans vertragen?«

Mir machte sie nichts vor. Die letzten Wochen verbrachten meine Mutter, mein Bruder und ich die Wochenenden gemeinsam bei der Familie meiner Mutter. Ihr wurde die unangekündigte Abreise verziehen. Eine Aussprache gab es nie – bei uns wurden die Probleme nie offen angesprochen. Auch Hans war während dieser Familienwochenenden anwesend. Ich beobachtete, wie Frau Mama ihm Komplimente machte und ihn gelegentlich an seiner Schulter berührte. Und Hans, dieser dumme, dumme Hund, war seiner Ex wieder auf den Leim gegangen.

»Mach, was du für richtig hältst, Mama. Aber wenn du und Hans sich wieder trennen sollten, stehe ich dir nicht mehr bei«, antwortete ich ihr.

Irgendwann gab es zwischen Gerald und meiner Mutter richtig Krach und sie fuhr noch am selben Abend mit meinem Bruder und mir zu Hans. Am nächsten Tag war zwar wieder Schule, aber ich lag noch lange wach. Mein Bruder und ich schliefen im Schlafzimmer. Meine Mutter und der neue-alte Stiefvater feierten nebenan im Wohnzimmer ihre Wiedervereinigung.

Was zwischen dieser Nacht und dem Umzug

in eine neue Wohnung passierte, kann ich nicht mehr genau sagen. Manche Dinge streicht man für immer aus seinem Gedächtnis.

Unser neues Zuhause befand sich in einem baufälligen Wohnblock, nahe meiner Schule. Eine heruntergekommene Drei-Zimmer-Wohnung, in einem ebenso heruntergekommenen Viertel. Graue Betonplatten, mit Graffiti und ohne Graffiti. Vor jeder Platte vegetierte eine Wiese mit hochgewachsenen Birken vor sich hin. Daneben ragten rostige Klettergerüste in Form einer Spirale aus dem Boden. Relikte einer besseren Zeit, einst erbaut für die Arbeiterklasse. Die Fabriken hatten größtenteils nach der Wende geschlossen. Aus Arbeitern wurden Arbeitslose. Aus Arbeitslosen wurden Hoffnungslose. Aus Hoffnungslosen wurden Trinker. Die Platte beherbergte ein Sammelsurium aus Rentnern, Arbeitslosen, Alkoholikern und Familien, wie wir es waren. Menschen, die dringend eine neue Bleibe suchten und in Wohnungen zogen, wo kurz davor jemand gestorben war. Dieser Jemand hinterließ Dreck und Unrat und eine Küche. Eine Küche, die selbst nach mehrmaligem Putzen noch so roch, als wäre der Vormieter darin verwest.

Hans hatte versucht, mit Tapete und neuen Teppichen das bestmögliche aus der Situation zu machen. Für mich war es eine harte Umstellung. Meine Mutter ging dann auch noch für drei Monate in die Psychiatrie. Der Grund für ihre Selbsteinweisung war folgender: Schuldgefühle uns Kindern und Hans gegenüber. Mir hätte eine Aussprache sicher auch geholfen. Was hatten wir davon, dass sie sich in stationäre Behandlung begab? Nichts! Mein Bruder und ich waren mit Hans vorerst allein. Ob ich wollte oder nicht, ich hatte diese Umstände so hinzunehmen.

Einige Wochen zogen ins Land, bis sich bei uns wieder so etwas wie Normalität einspielte. Ich wurde nach wie vor von einigen Mitschülern gemobbt. Außer Anne hatte ich niemanden mehr.

Kapitel 11 – Einsam und verlassen

Wenn dich alles verlassen hat, kommt das Alleinsein. (Alfred Polgar)

Mit tränenden Augen wache ich auf. Der Traum war intensiv. Ein Wirrwarr aus Emotionen und Erinnerungen schwirren durch meinen Kopf. Ich will, dass es aufhört.

Auf leisen Sohlen tapse ich die Stufen zum Zimmer hinauf. Die Tür habe ich einen Spalt offen gelassen. Mit der Handytaschenlampe taste ich mich bis zum Schreibtisch vor. Auf der Ablage befindet sich mein Laptop. Er hat es unbeschadet bis ins Frauenhaus geschafft. Ich öffne den Schub und ziehe meine Schlaftabletten hervor.

Heute nehme ich lieber gleich zwei…

Eigentlich möchte ich mich nicht neben meine Kinder legen. Wir hocken den ganzen Tag aufeinander und teilen abends ein gemeinsames Schlaflager. Schnaufend schiebe ich Pias Beine von meiner Liegefläche weg. Sofort dreht sie sich um und liegt nun mit dem Oberkörper auf meinem Kissen. Ich atme kurz durch und schiebe sie etwas unsanfter auf ihre Seite zurück. Mit schweren Augen lasse ich mich in die Federn plumpsen. Ein kurzer Blick wandert von Pia zu Lotti. Müdigkeit macht sich breit. Ganz leicht versinke ich im Land der Träume ...

Kapitel 12 – Liebe, Lebe, Leide!

Die Summe unseres Lebens sind die Stunden, in denen wir liebten.
(Wilhelm Busch)

Kurz vor meinem dreizehnten Geburtstag kündigte sich Besuch bei Angi an. Ihr Stiefsohn wollte die Ferien dort verbringen. Ich war so aufgeregt und zog meine besten Klamotten an. Meine braunen Haare waren mittlerweile schulterlang und mit blonden Strähnen durchzogen.

Joshua. Ich würde ihn endlich wiedersehen!

Und das tat ich! Noch am selben Tag gingen wir zusammen ins Freibad. Die anfängliche Schüchternheit war schnell verflogen. Nach zweistündiger Wasserschlacht, Rutschpartie und Rückenschwimmen machten wir es uns mit einer Cola und Pommes auf der Grünfläche gemütlich. Eine verschlissene Wolldecke diente uns als Unterlage. Sie muffelte etwas nach Garage, aber daran störten wir uns nicht. Satt und zufrieden lagen wir auf der Decke. Joshua griff nach meiner Hand.

Wie früher.

Ich ließ es geschehen, blieb regungslos liegen und lebte für diesen einen Moment. Um uns herum tobte das Leben. Kinder liefen quer über die Wiese, warfen sich Bälle zu, oder spielten fangen. Aber das alles bemerkten wir nicht. Wir waren in unserer eigenen kleinen Welt. Ein leichtes Lüftchen verschaffte unseren überhitzten Körpern Abkühlung. Seine feuchten Lippen berührten meine Wange. Ich hielt still und ließ auch einen Kuss auf den Mund zu. Schüchtern erwiderte ich Joshuas Zärtlichkeiten.

Von da an küssten wir uns ständig. Gelegentlich legte er seine Hand auf meine Hüften. Mehr passierte aber nicht. Es tat trotzdem gut, ihn um mich zu haben. Wir verbrachten eine wundervolle Woche miteinander. Leider neigten sich meine Sommerferien dem Ende zu. In seiner Heimat Sachsen waren noch Ferien.

Anne und ich waren in der siebten Klasse einer Realschule. Meine Jugendliebe begleitete mich noch bis zum Schultor. Er würde am Nachmittag wieder den Heimweg antreten und ich wollte mich gebührend von ihm verabschieden. In Gedanken umarmte er mich, bedeckte mein Gesicht mit feuchten Küssen. Alle anderen Mädchen würden mich neidisch ansehen. Aber anstelle einer innigen Umarmung streckte er mir seine Hand entgegen. »Tschüss. Viel Erfolg heute!« Ein breites Lächeln entblößte seine Zahnspange.

Anne empfing mich kichernd bei den Fahrradständern.

»Was war das denn? Ich dachte, ihr seid ein Liebespaar?«, fragte sie dümmlich.

»Was weiß denn ich.« Schroff schob ich mich an ihr vorbei und stellte mein Fahrrad ab. Ich hatte den gesamten ersten Schultag schlechte Laune. Meine Freundin hingegen zog mich ständig mit Joshuas reserviertem Abschied auf.

Im September ging es zusammen mit der Parallelklasse auf Klassenfahrt. Es sollte eine Art Kennenlern-Ausflug werden. Ich teilte mein Zimmer mit Anne und einem Mädchen aus der Parallelklasse, Juliane. Wir verstanden uns von Anfang an. Juliane war ein temperamentvolles Mädchen. Wir alberten viel herum. Immer, wenn Anne keine Zeit hatte, war sie für mich da.

Die Lehrer gaben sich sehr viel Mühe, um ihre pubertierenden Schützlinge bei Laune zu halten. In den frühen Abendstunden erkundeten meine Zimmergenossin und ich die Anlage. Ein Junge fiel mir dabei besonders auf. Er war größer als seine Freunde, hatte braunes Haar und eine sportliche Figur. Mir gefielen besonders seine kräftigen Unterarme – eine Schwäche von mir, auch heute noch. Das Prickeln in meinem Bauch war intensiver als bei Joshua. Ich war Hals über Kopf in den Jungen verliebt, so viel stand fest. Das erzählte ich auch meinen Freundinnen. Anne und ich teilten uns ein Doppelstockbett. Nachdem ich ihr von meiner Schwärmerei erzählt hatte, wackelte die sperrige Konstruktion. Anne hing kopfüber herunter und grinste mir frech ins Gesicht: »Maren ist verliebt«, feierte sie mich.

Am nächsten Morgen wussten es alle. Meine beschattete Freundin konnte es natürlich nicht für sich behalten. Dank ihrer Informationsbereitschaft wurde ich zum Gespött der anderen. Der Spießrutenlauf ging also auch auf der neuen Schule weiter. Der Junge lachte mich aus. Wann immer ich ihm über den Weg lief, rief er: »Du bist hässlich.« Oder: »Mann, bist du Fett!«

Ich hatte das erste Mal wirklich Liebeskummer.

Übrigens, ich war weder fett noch hässlich.

Neben Anne und Juliane gesellte sich jetzt auch noch ein anderes Mädchen dazu. Ich kannte sie schon aus der Grundschule. Zuvor hatte ich kein einziges Wort mit ihr gewechselt. Nur aus der Ferne bewunderte ich immer wieder ihre hochgewachsene Statur. Ihr Gesicht wurde von unzähligen Sommersprossen geziert. Die hüftlangen Haare trug sie stets offen. Ihr Kleidungsstil war unauffällig. Sie ging in meine Parallelklasse.

Hier in der Gegend gab es viele Kinder aus

sozial schwachen Familien. Das baumlange Mädchen war nur eines unter vielen. Die Siedlung, in der ich lebte, beherbergte Alkoholiker, Drogenabhängige und Kleinkriminelle. Ein Junge aus meiner Klasse hatte schwere Verbrennungen erlitten. Seine Mutter war besoffen mit einer brennenden Zigarette eingeschlafen.

Regelmäßig fuhren hier Streifenwägen durch. Uns Kindern aus der Arbeitersiedlung waren patrouillierende Polizeiautos genauso vertraut, wie das Gebimmel des Eiswagens. Das war Alltag!

Das hochgewachsene Mädchen gefiel mir jedenfalls. Ich wusste nicht, wo genau sie wohnte, ob sie arm oder einfach nur gern in abgetragener Kleidung unterwegs war. Ich hatte Anne und Juliane, das war mehr als genug. Dass dieses Mädchen einmal eine große Rolle in meinem Leben einnehmen sollte, hätte ich zu diesem Zeitpunkt nie für möglich gehalten.

Es war an einem Wochenende im Herbst. Ein paar Mitschüler, Anne und ich trafen uns auf dem Pausenhof der ehemaligen Schule. Der Platz war von außen frei zugänglich und bot ausreichend Sichtschutz, um ungestört zu paffen oder Alkohol zu trinken. Auch das große Mädchen hielt sich an diesem Tag dort auf. Qualmend lehnte sie an einer steinernen

Tischtennisplatte. »Willste auch ’ne Kippe? Musste mir aber wiedergeben, irgendwann demnächst, ok?«

Hilfe! Ich wollte doch gar nicht rauchen. Ich empfand Rauchen als ekelhaft. Meine halbe Familie ging dieser ungesunden Angewohnheit nach. Ich schwor mir hoch und heilig, es ihnen niemals gleichzutun.

»Ja is’ gut, gib ma’ her, die Fluppe.« Überrascht von mir selbst, fischte ich eine Zigarette aus der zerknüllten Packung heraus.

»Haste mal Feuer?«, fragte ich meine Gönnerin.

»Klar.«

Ehe ich mich versah, inhalierte ich den herben Rauch einer Billigmarke.

»Du bist Jacky, oder?«

»Ja. Und du heißt Maren?«

Unbeholfen hielt ich das dampfende Teil zwischen den Fingern.

»Du bist überhaupt nicht fett.« Eine weitere Zigarette landete in ihrem Mund.

Sie inhalierte einen kräftigen Zug, bevor sie auf mich zukam. Jacky stand jetzt genau vor mir. Drei Köpfe größer als ich. Ich fühlte mich wie ein Zwerg.

»Wie kommst du jetzt darauf?«, fragte ich perplex.

»Na ja. Ein paar Mitschüler nennen dich immer fette Sau, wenn du an denen vorbeiläufst.« Ein weiterer Blick musterte mich von oben bis unten. »Ne. Fett bist du wirklich nicht.« Das letzte Wort kam mitsamt einer Rauchwolke aus ihr heraus.

»Danke. Voll nett.«

Jacky ist echt voll in Ordnung!

»Ich glaube, die anderen wollen nach Hause«, stellte sie fest. Tatsächlich. Anne und die anderen kamen auf uns zu. »Maren, ick muss nach Hause«, sagte Anne, mit einem Blick auf ihre Armbanduhr. »Der Hund friert auch schon. Kommste mit?«

Ich schaute zwischen Anne und Jacky hin und her.

»Ich werde noch etwas bleiben.«

»Aber sollst du nicht auch um achte zuhause sein?«

Ich zuckte nur mit den Schultern.

»Na ja. Mir soll es egal sein. Holst du mich morgen wieder zu Hause ab?«

»Ich bin um halb acht bei dir. Wie immer.« Ich beugte mich zu ihrem Hund hinunter. Er bekam eine der obligatorischen Streicheleinheiten zum Abschied. Anne und ich umarmten uns. Dann verschwand sie.

»Bleibst du auch noch hier, Jacky?«

»Ich habe nichts weiter vor.«

»Cool. Ich müsste nur schnell mal zu einer Telefonzelle. Meine Alte macht sonst Stress.«

»Wir können auch schnell zu mir gehen. Ick

wohne gleich da vorn. Kannst deine Mutter anrufen und fragen«, bot Jacky an.

Jacky wohnte zusammen mit ihrer Mutter am Rande der Stadt. Der Block war baufällig – genauso wie der, in dem ich mit meiner Familie lebte. Mit großen Schritten hastete sie die schmutzigen Treppen bis zum fünften Stock hinauf. Ich hatte Probleme, ihr zu folgen. Es war auch gemein. Ihre Beine waren viel länger als meine. Mühelos erklomm sie immer zwei Stufen auf einmal. Japsend erreichte ich weit nach ihr die Wohnung. Sie hatte bereits die Tür aufgeschlossen. Ich bückte mich, um die Schuhe auszuziehen.

»Kannst du anlassen.«

»Echt jetzt?«

»Komm schon!« Ungeduldig winkte mich Jacky in die Wohnung. Ein muffiger Geruch nach abgestandener Luft, Rauch und altem Mülleimer bohrte sich in meine Nase. Im Flur lagen einzelne Schuhe mitten im Weg herum. Jacky umging die Hindernisse gekonnt. Ich tat es ihr gleich, trat aber in eine Papiertüte. *Verflixt!* Das Teil klebte an meinem Schuh wie Kaugummi.

»Hey, Mama. Darf Maren schnell ihre Eltern anrufen?«

Eine schlanke Frau, Mitte dreißig, saß auf einem zerschlissenen Ecksofa und winkte mir mit einer Zigarette in der Hand zu. »Klar.« Mehr sagte sie nicht. Das Fernsehprogramm erschien ihr wichtiger.

»Da vorn neben dem Fernseher steht unser Telefon«, sagte Jacky freundlich. Immer noch etwas fassungslos, schwankte ich über fleckige Auslegeware. Die Tüte befand sich nach wie vor unter meinem Schuh.

Joe Gerner stieg gerade in sein Auto ein, in der nächsten Szene stritten Leon und seine Frau darum, wer jetzt die Frühstücksbrötchen holen sollte. Der Lautsprecher befand sich direkt neben dem Telefon.

»Hallo, Mama, kann ich noch etwas länger draußen bleiben? ... Waaas ich verstehe dich so schlecht. Ja. Da läuft ein Fernseher. Nein, nicht bei Anne, ich bin bei einer anderen Freundin. Ach, die kennst du nicht. Nein. Du kennst sie wirklich nicht. Kann ich jetzt noch was länger bleiben? Danke!«

Die gemeinsamen Unternehmungen häuften sich. Eines Abends hatte ich sturmfrei. Ich lud Jacky und eine andere Bekannte, Lara, zu mir nach Hause ein. Wir gingen am Abend zur Tankstelle, um Zigaretten zu kaufen. Dort trafen wir vier Jungs. Sie waren mit dem Auto unterwegs. Wir behaupteten älter zu sein und ich spielte die große Gönnerin.

»Kommt doch mit zu uns, ich habe sturmfrei.«

Es gab eine uferlose Party. Bierflaschen flogen vom Balkon, laute Musik klang aus dem schwarzen Röhrenfernseher: *Narcotic* von *Liquido*, *Kalkutta* von *Dr. Bombay*, *Im a big big Girl* von *Emilia*. Diese Lieder werde ich wohl niemals vergessen.

Die halbstarken Männer tranken das Bier von Hans und rauchten seine Zigarettenvorräte weg. Ein Typ im Netzhemd versuchte, meine Freundin Jacky zu befummeln. Lara wurde halbwegs in Ruhe gelassen. Ich denke, das lag an ihrer etwas üppigen Figur. Ich trug eine eng anliegende Hose. Mein Oberkörper war immer noch flach wie ein Brett. Jedoch bekam mein Becken zarte Rundungen. Ich stand in der Metamorphose von Kind zur Frau. Den triebgeladenen Männern war das egal, sie machten mir den Hof. Zeigten Interesse für meinen wohlgeformten Hintern, welcher durch eine figurbetonte Hose noch besser zur Geltung kam. Die Typen checkten uns ungeniert ab und bewerteten lautstark unsere Reize.

Ein Junge gefiel mir ganz besonders. Sein Name war Tino. Er war im Gegensatz zu seinen Freunden zurückhaltender. Wir legten uns in mein Bett. Ich traute mich kaum zu atmen. Seine Hand ruhte auf meiner Hüfte. Seine Lippen suchten in der Dunkelheit nach meinen Lippen. Alles in mir kribbelte. Tinos Mund schmeckte fantastisch. Zum Abschied steckte er mir einen Zettel mit seiner Telefonnummer drauf zu.

Übrigens brachte mir die Hausparty acht Wochen Stubenarrest ein. Die Nachbarn über uns hatten sich beschwert. Es war das einzige Mal, dass meine Mutter die Strafe auch konsequent durchzog und mich, außer zur Schule, nicht vor die Tür ließ. Nur ein täglicher Spaziergang mit Anne und ihrem Hund war mir erlaubt. Oft genug liefen wir Jacky über den Weg. Insgeheim war ich wütend auf meine Freundin. Ich hatte ihr und Janine eine Spitzenparty ermöglicht. Aber die Suppe durfte ich allein auslöffeln.

Die Zeit des Hausarrestes war trist und langweilig. Gott sei Dank konnte ich trotz der Strafe Tino wiedersehen. Anne war mein Alibi. Wir besuchten meinen Schwarm einige Male nach der Schule. Ich plante sogar meinen ersten Sex mit ihm.

Anne war im selben Alter wie ich, hatte aber weitaus mehr Erfahrungen mit Jungs.

»Willst du das wirklich? Ich meine, du hattest noch nicht einmal deine Periode. Also … es kann halt sein, dass dein Körper noch gar nicht bereit dazu ist.«

Ihre Sorge war begründet, aber ich hatte es mir in den Kopf gesetzt. Sie selbst hatte schon mehrmals mit ihrem Freund geschlafen. Ich wollte das auch. Doch als ich eine Bestandsaufnahme meiner Unterwäsche durchführte, musste ich mit Bedauern feststellen, dass ich nur kindliche Slips besaß. Ohne mit der Wimper zu zucken, schlachtete ich mein Keramik-Sparschwein.

Mit zehn Mark bewaffnet, stiefelten Anne und ich in die Markthalle. Ich wollte für mein erstes Mal einen Tanga kaufen. Anne trug die ›Arschritzenzwicker‹ ständig. Ich hingegen hatte Baumwollschlüpfer mit Blümchen und Herzchen.

»Warte, ich will den gleich mal anprobieren«, entschied ich, als ich ein Exemplar in der Hand hielt, das mir gefiel.

»Echt jetzt? Oh man, du bist so irre!«

Ich schloss mich in einer der Toilettenkabinen ein, um meinen Schlüpfer gegen den schwarzen Tanga zu tauschen. Es fühlte sich unangenehm an. Ich hatte ständig das Bedürfnis, mir den Hintern zu kratzen. Den »Oma-Schlüpfer« entsorgte ich nach dem Bezahlen in einem Mülleimer am Ausgang, während Anne nach brauchbaren Zigarettenstummeln im Aschenbecher suchte. Zufrieden rauchten wir die benutzten Kippen und lachten über meine ständigen Versuche, den String aus der PO Ritze zu fischen.

Frisch geduscht radelte ich zu Tino. Wir waren verabredet, aber er öffnete nicht die Tür. Bestürzt blieb ich noch eine Weile an seinem Gartentor stehen. Das Kapitel ›Erstes Mal‹ war damit erst mal auf Eis gelegt.

Kapitel 13 – Die vergessene Angst

Der Unwissende hat Mut, der Wissende hat Angst.
(Alberto Moravia)

Neun Tage sind seit dem Einzug ins Frauenhaus vergangen. Fatima ist mir sehr ans Herz gewachsen. Ich habe sie gern um mich. Unsere Kinder verbringen jede freie Minute miteinander. Das Schicksal hat uns zusammengeführt. Für sie war es Allah, für mich purer Zufall. Trotz verschiedener Weltanschauungen respektieren wir einander. Pia und Fatimas älteste Tochter kleben zusammen wie Kaugummi an der Schuhsohle. Wie die Hühner gackern die Mädels bis spät in die Nacht hinein. Obwohl Pia früh raus muss, lasse ich ihr die Freiheit. Meine Große kann seit langer Zeit endlich unbeschwert nur sie selbst sein. Lotti hingegen bekommt der hektische Alltag nicht. Es ist hier immer laut. Sie kaut sich die Nägel blutig, hat Augenringe und reagiert gereizt.

Ich fiebere den Weihnachtsferien entgegen. Meine Mutter will Pia und Lotti für eine Woche zu sich holen. Die Herbstferien haben die Kinder auch bei den Großeltern verbracht. Dass die Dinge in der Vergangenheit nicht immer glatt gelaufen sind und meine Mutter zu einigen Schandtaten fähig ist, verdränge ich. Der Wunsch nach Erholung überwiegt. *Es wird schon das Richtige sein!*

Lotti und Pia freuen sich schon auf die Ferien. Sie schmieden Pläne, was sie alles bei ihren Großeltern anstellen wollen.

»Bist du dir sicher, dass du mit zu Oma willst?«, frage ich Pia zwei Abende vor der Abreise. Ihre Zwänge kommen wieder zurück. Ich weiß nicht genau, ob es an der Tatsache liegt, dass wir bald wieder nach Hause gehen, oder an dem bevorstehenden Urlaub.

»Was ist denn schon wieder?« hake ich genervt nach. Pia überprüft akribisch ihre Haut.

»Mama? Sehe ich normal aus?«

»Jaaa doch! Jetzt sag, was schon wieder los ist. Bitte.«

Schulterzuckend begutachtet mein Kind weiterhin ihre makellose Haut.

»Hast du Angst, wieder heimzukehren? Liegt es daran?«

»Hmm. Kann schon sein«, entgegnet sie abweisend. Irgendeine durchscheinende Ader scheint ihr Sorgen zu bereiten.

»Ich habe dir doch versprochen, dass Rene und ich dran arbeiten. Klappt es nicht, dann trennen wir uns. Großer Fingerschwur.« Ich erhebe feierlich Zeige- und Ringfinger. Sie bleibt mir eine Antwort schuldig.

Jetzt ist ihr Gesicht dran. Jeder Zentimeter Haut wird im fahlen Badezimmerlicht unter die Lupe genommen.

»Ich hänge gleich diesen Scheißspiegel ab, ich schwöre.« Fahrig wirbele ich sie zu mir herum. Ich brauche enorme Selbstbeherrschung, um die eine Frage zu stellen: »Ist es wegen der Oma? Möchtest du hier bei mir bleiben?«

»Nein, schon gut. Ich will doch zu Oma«, erklärt sie mir. Ihr Blick ist aufrichtig.

»Kannst du denn das Hier und Jetzt genießen? Gerade sind wir nicht zu Hause. Du hast deine Freundin noch für ein paar Tage. Hilft das etwas?«

»Ich weiß nicht. Vielleicht. Kann schon sein.« Pia befeuchtet ihr Gesicht, um es anschließend ein zweites Mal akribisch zu begutachten.

»Lass das jetzt!« Mit einem Augenrollen in meine Richtung verlässt Pia das Bad und geht in unser Zimmer.

Rene und ich haben regelmäßig Kontakt. Anfangs treffen wir uns auf einem nahegelegenen Parkplatz. Er hat immer den Hund dabei. Die gemeinsame Zeit tut gut. Bei jeder sich bietenden Gelegenheit gelobt er Besserung. Ich bin emotional hin- und hergerissen. Mein Ziel, bald wieder nach Hause zurückzukehren, setzt mich zusätzlich unter Druck.

»Du kannst so lange bleiben, wie du willst«, bot mir eine Mitarbeiterin an. Aber mein Entschluss steht fest. Rene ist kein böser Mensch – wer ist das schon? Ich bin auch nicht Mutter Teresa. Er will seine Familie wieder zurück und ist bereit, an sich zu arbeiten. Die Mitarbeiterinnen schütteln nicht selten den Kopf. Sie sind weitaus schlimmere Fälle gewohnt und projizieren ihre Erfahrungen auf Rene.

»Was bleibt mir denn sonst anderes übrig!«, konfrontierte ich Frau Piepsstimme gestern beim Meeting »Ich kann doch nicht alles hinschmeißen.«

»Das musst du wissen«, war ihre Antwort.

Jawohl, ich muss das selbst entscheiden, ganz genau!

Kapitel 14 – Die bittere Pille

Erwachsen zu werden bedeutet einige Illusionen zu verlieren, und sich einige andere anzueignen.
(Virginia Woolf)

Aufgeregt packte ich meinen Rucksack zusammen. Die Osterferien hatten begonnen, meine Freundin Jacky, drei Jungs und ich waren zum Zelten verabredet. Ich war immer noch Jungfrau. Mit dreizehn Jahren eigentlich nichts Ungewöhnliches. Jacky hingegen hatte vor einigen Monaten einen älteren Mann kennengelernt. Dieser köderte sie mit Geld und Geschenken. Natürlich nicht aus reiner Nächstenliebe. Letztendlich durfte er sie auch ficken. Für uns waren ältere Männer, die uns den Hof machten, absolut normal. Ob es nun pfeifende und röhrende Bauarbeiter waren, hupende LKW-Fahrer oder Männer, denen wir im Alltag begegneten. Niemand sagte uns, dass sowas nicht normal sei.

Ihr neuer Freund zählte nur ein paar Lenze mehr als sie. Was Jacky an ihm fand, konnte ich mir damals nicht im Entferntesten zusammenreimen. Ich empfand ihn als ungepflegt und dicklich. Aber meine Freundin und ich teilten noch nie denselben Männergeschmack.

Es war ein ungewöhnlich warmer April. Mit kurzer Hose und Trägertop lief ich zum zwei Kilometer entfernten ›Zeltlager‹, einem Konstrukt aus zwei Iglu-Zelten mitten im Wald. Also kein offizieller Zeltplatz. Schon von Weitem hörte ich grölende Stimmen und das unverwechselbare Tuckern eines Trabbis. Ich beschleunigte mein Tempo. Auf keinen Fall wollte ich irgendwas verpassen.

Jacky rekelte sich auf der Motorhaube des DDR-Überbleibsels. Sie winkte mir freudig zu. Ihre langen, dunkelblonden Haare trug sie offen. Auch sonst trug sie nichts außer einem Bikini am Leibe und einer Zigarette zwischen den Lippen.

Jacky sprang von der Motorhaube und stürmte freudig auf mich zu. Wir hatten uns erst in der Schule gesehen und lagen uns dennoch in den Armen. Den Jungs reichte ich schüchtern die Hand. Sascha und Martin kannte ich schon. Martin war der beste Freund von Sascha. Er war einen halben Kopf kleiner als ich, trug ein Augenbrauen-Piercing und goldene Ohrringe. Ich mochte ihn. Wobei mögen untertrieben war. Ich hatte ernsthafte Absichten, nur leider erwiderte er meine Liebe nicht.

Damit ich die Wochenenden trotzdem nicht allein verbringen musste, hatten Martin und

Sascha geplant, mich mit jemand anderem zu verkuppeln. Das wusste ich von Jacky.

»Das ist mein guter Freund und Arbeitskollege Ben«, startete Sascha den Verkupplungsversuch. Ich musterte ihn von oben bis unten und stellte gleich fest: Im siebten Himmel schwebte ich nicht. Er maß etwa einen halben Kopf mehr als ich, hatte einen drahtigen Körperbau und ein unscheinbares Gesicht. Ihm fehlte einfach das gewisse Etwas.

Die Tage auf dem Zeltplatz hätten auch genauso gut zu einer Räubergeschichte passen können. Es gab Konserven, die über dem Lagerfeuer erwärmt wurden, Bier und Süßigkeiten. Am ersten Abend verzogen sich Jacky und Sascha in ihr Zelt. Juliane und Martin lagen auf einer Decke. Ich saß mit Ben im Trabbi.

Wir rauchten eine nach der anderen. Unterhielten uns über ganz banale Dinge. Irgendwann stellte ich eine Frage, die Jacky und Sascha zum Lachen brachte.

Ich bereute diese Frage unverzüglich, nachdem ich sie gestellt hatte. Ben lehnte am Seitenfenster. Seine rechte Hand umfasste die Kopfstütze des Fahrersitzes. Sein Shirt war leicht nach oben gerutscht und legte den unteren Teil seines Bauches frei. Mir gefiel dieser Anblick, aber verliebt war ich nicht.

»Du willst wissen, wann mein erstes Mal war?«, fragte er ungläubig.

Seine Antwort blieb aus, denn Jacky riss plötzlich die Beifahrertür auf.

»Sascha und ich hatten gerade so schön gefummelt. Aber du hast uns so zum Lachen gebracht.« Mit dem Zeigefinger knuffte sie meine Nase. »Ich wäre fast gekommen, danke«, sagte sie mehr belustigt als sauer.

Ich wollte nicht wissen, wo dieser Finger überall dringesteckt hatte. Aber das sagte ich ihr nicht.

Die Jungs mussten mitten in der Nacht zur Arbeit aufbrechen. Sie waren Lehrlinge in einer Großbäckerei. Jacky und ich kuschelten uns in eines der Zelte, um zu plaudern.

»Gefällt dir Ben?« Die Frage musste sie den ganzen Tag fast zum Platzen gebracht haben.

»Ich weiß es nicht«, seufzte ich. Meinen Schlafsack zog ich noch etwas höher, denn die Nächte waren nach wie vor kalt.

»Wärst du wirklich fast gekommen?«, wollte ich wissen.

»Klar.« Mit einem Surren öffnete sie ihren Schlafsack.

»Kommst du mit, eine rauchen?«

»Klaro«, rief ich und folgte meiner Bestie in die Finsternis.

Bei Tagesanbruch wurden wir unsanft aus dem Schlaf gerissen. Der Trabbi kämpfte sich röhrend durch unwegsames Gelände. Alle Fensterscheiben waren heruntergekurbelt. Martin lehnte sich, soweit es die Schwerkraft zuließ, aus dem Beifahrerfenster und grölte zur ohrenbetäubender Musik aus dem Kassettenrecorder mit: »Ich bin so schön, ich bin so toll. Ich bin der Anton aus Tirol.«

Kopfschüttelnd erhoben wir uns aus dem klammen Zelt und liefen dem röhrenden Gefährt entgegen. Sascha präsentierte stolz eine Kiste mit Brötchen. Wir frühstückten ausgiebig. Langsam verschwand die Kälte aus den Kleidern und wir Mädels hießen die Sonne willkommen.

Ordnungsgemäß kramte ich meine Zahnbürste aus dem Rucksack und putzte munter meine Zähne. Ein ordentlicher Schluck Bier ersetzte das Mundwasser. Keiner störte sich daran. Die Jungs sowieso nicht. Müde und abgeschlagen belegten sie nun die Zelte. Hin und wieder neckten wir sie mit Grashalmen und kitzelten sie. Aber die Kerle schliefen weiter. Da half kein Bitten und kein Betteln.

Die Sonne gab sich alle Mühe. Warme Sonnenstrahlen drangen durch das dichte Baumgeäst. In Bikinis machten wir zwei es uns im Trabbi gemütlich. Einige der Musikkassetten ließen die Zeit schneller vergehen.

Ben und ich kamen uns noch am selben Tag näher. Seine Finger erkundeten meine jungfräuliche Zone. Aus Vorfreude wurde Enttäuschung. Der Kerl stocherte unbeholfen in mir herum, aber ich spürte rein gar nichts. Frustriert zog ich nach einer zehnminütigen Fingerbohrung meine Hose wieder hoch. Die Zigarette danach war eindeutig aufregender.

Meine Jugendweihe rückte immer näher. Die ganze Klasse fieberte diesem Tag entgegen. Zusammen mit Anne fuhr ich nach Berlin, um eine geeignete Garderobe zu kaufen. Dazu erhielt ich hundert Mark von meiner Mutter. Zielgerichtet steuerten wir ein bekanntes Bekleidungsgeschäft an, – das mit der Fischgräte. Meine Wahl fiel auf einen langen schwarzen Mantel, schwarze Lackschuhe, ein schwarzes Top und eine schwarze Stoffhose mit Schlag. Zufrieden kehrten wir im Wirtshaus ›Zum goldenen M‹ ein und dinierten teenagerüblich. Zwischen zerknülltem Burger-Papier und kalten Pommes-Resten träumten Anne und ich von dem bis dahin wichtigsten Tag unseres Lebens.

An unserem großen Tag erwarteten uns Sascha und Ben am Parkplatz des Stadttheaters, in dem der zeremonielle Teil unserer ersehnten Jugendweihe stattfand. Wie die Orgelpfeifen in Anzügen standen sie mit Blumen und einem Geschenk dort. Ich stieg so elegant wie möglich aus dem Toyota meiner Mutter. Meine Haare waren zu einer Hochsteckfrisur drapiert. Zwei lose Haarsträhnen hatte ich zu Locken gezwirbelt. Meine Oma Doris hatte sich bei mir untergehakt. Ihr dezentes Parfüm strömte mir in die Nase. Opa Dietrich trottete mit hinter dem Rücken gefalteten Händen hinter uns her. Sein Fotoapparat hing an einem ledernen Gurt um seinen Hals. Der Festzug bewegte sich in Richtung des Eingangs. Von Jacky war weit und breit keine Spur.

Wo ist die nur?

Ich hätte mich liebend gern vom Klammergriff meiner Oma gelöst und nach ihr gesucht. Aber ich spielte die brave Enkelin und schritt mit gesenktem Kopf durch die gläsernen Schwingtüren. Jacky hatte verschlafen und es gerade noch mit Ach und Krach zur zeremoniellen Pflichtveranstaltung geschafft.

Nach dem Standartprozedere traten alle Gäste den Weg in die Gaststätte an. Diese hatte sich nicht lumpen lassen und ihre schäbige Außenterrasse auf Hochglanz gebracht. Trotzdem wischte zum Ärger meiner Mutter Oma Doris mit einem Lappen den ihr zugewiesenen Stuhl ab.

Die Tische füllten sich mit Angehörigen und Freunden der Familie. Eine Bekannte meiner Mutter überreichte mir als Einzige keinen Briefumschlag. Anstelle von grünen Blüten hielt ich selbst gestrickte Socken in der Hand. Meine Freude konnte ich kaum in Worte ausdrücken.

»Die kommt auch nur zum Durchfressen«, geiferte ich meiner Mutter zu.

»Mensch ... reiß dich jetzt bloß zusammen, hörst du!«, giftete sie zurück, bevor sie die Socken in ihrer Tasche verstaute.

Mit zusammengekniffenen Augen beobachtete ich die Schmarotzerin dabei, wie sie sich drei Tortenstückchen auf einmal auflud. Nach einigen Minuten verlor ich aber die Lust daran, sie weiter zu beobachten und kümmerte mich um die anderen Gäste. Ben wich mir nicht von der Seite. Wir hatten Spaß, unterhielten uns und verschwanden ab und an hinter das Wirtshaus, um eine durchzuziehen. Auch wenn meine Mutter viel durchgehen ließ: Rauchen, gehörte nicht dazu.

Das Abendessen wurde im Festsaal serviert. Mehrere Tische mit weißen Tischdecken waren zusammengeschoben worden. Emsige Frauen stellten im Akkord eine dampfende Schüssel nach der anderen auf die festlich arrangierten Tische: Soljanka, Frikassee, Bouletten, Bratkartoffeln, Kroketten, Schnitzel, verschiedene Salate. Es gab alles, was das Herz begehrte.

»Darf Ben heute Abend bei mir mit im Bett schlafen?«, bettelte ich zum wiederholten Male.

Die Chancen standen gut. Meine Mutter hatte ordentlich Alkohol im Körper und würde bald einknicken. Bisher weigerte sie sich, mich mit ihm zusammen in einem Bett schlafen zu lassen.

»Ach Mutti, was soll denn passieren? Ur-Oma Helga schläft doch direkt nebenan«, argumentierte ich. Dem Alkohol sei Dank, willigte sie ein. Wo hätte Ben auch sonst schlafen sollen? Unsere Wohnung maß nur fünfundsechzig Quadratmeter. Ben konnte bei mir auf dem Sofa oder neben Oma Helga im Schlafzimmer übernachten.

Ich hatte mich durchgesetzt. Ben und ich schliefen auf der Couch im Wohnzimmer.

»Willst du wirklich mit mir schlafen?«, hauchte er mir ins Ohr. »Wenn du noch Jungfrau bist, dann ist das auch nicht schlimm.«

»Quatsch! Ich habe schon mehrmals Sex gehabt«, log ich.

Unsere Körper waren eng umschlungen. Er lag auf mir drauf und ich umklammerte seinen Unterkörper mit meinen Beinen. Ich hatte schon etwas Angst. Natürlich war ich noch Jungfrau, aber ich wollte es einfach hinter mich bringen.

Wenn das Petting keinen Orgasmus bringt, dann muss das beim Geschlechtsverkehr passieren.

Ben hatte sein Shirt und seine Hose ausgezogen. Unsicher nestelte er an meinem BH herum. Ich spürte
sein steifes Glied gegen meinen Schambereich drücken.

»Bist du dir sicher?«

»Ja«, gab ich leise zurück.

Meine Uroma war zwar alt, aber schneller als es andere in ihrem Alter waren. Es musste also schnell gehen.

Im Kopf hatte ich meine ganz persönliche Vorstellung. Ich war mir sicher, dass der Penis nach ein paarmal hin und her stoßen unweigerlich einen Orgasmus bei der Frau hervorruft. Seit vielen Jahren war ich davon überzeugt, dass es genau so abläuft.

Ungeduldig streckte ich ihm mein Gesäß entgegen. Als ob dieser darauf gewartet hätte, kramte er in seiner Jeans herum. Ich hörte das Knistern von Folie, dann bemerkte ich den Geruch von Latex. Er rollte sich auf die Seite und fummelte unter der Bettdecke an seinem Gemächt herum.

Wir hatten vor Monaten im Sexualkundeunterricht gelernt, wie man Kondome auf Bananen rollte. Aber das hier war keine verdammte Banane. Das war ein Pimmel, verdammt noch mal. Niemals hätte ich ihm diese Arbeit abgenommen. Höchstwahrscheinlich wäre dabei etwas kaputtgegangen. Schnaufend rollte er sich wieder auf mich drauf. Ich schaute meinem auserwählten Deckhengst tief in die Augen. Trotz herrschender Dunkelheit schien das Mondlicht hinein und ... Ach ne, ich werde jetzt nicht kitschig. Ich schaute ihm tief in die Augen, drückte abermals mein Becken gegen seinen in Gummi gepackten Schwengel und wartete auf den ultimativen Orgasmus. Er versuchte, in mich einzudringen. Mehrmals stieß er gegen mein Loch, aber bekam ihn nicht hinein.

»Hä«, schnaufte er, »was ist denn da unten los?« Energisch spuckte er auf seine Hand und befeuchtete mich ordnungsgemäß mit einer Ladung Spucke. Er dirigierte seinen Kumpel mit der Hand in das vorgesehene Loch. Bereits das Eindringen seiner Eichel ließ mich vor Schmerz explodieren. *Autsch! Tat das weh!* Langsam beförderte er auch den Rest in mich hinein und stöhnte in der untersten Hörfrequenz. Ich klammerte mich an seinen Oberkörper und vergrub mein schmerzverzerrtes Gesicht in seinem Nacken.

»Pass nur auf. Das wird höllisch wehtun«. Anne hatte mich vorgewarnt und ich tat es damals mit einem Schulterzucken ab.

Das Brennen nahm nicht ab. Ansonsten war da nichts, nur der Schmerz und das Ticken der Wanduhr. Seine Bewegungen wurden schneller.

Bald würde er seinen Regenmantel vollwichsen, während ich elendig verreckte. Schritte waren zu hören. Meine Oma spazierte wie ein Nachtgespenst im weißen Schlafkleid an uns vorbei. Ohne Büstenhalter hingen ihre Brüste bis zum Bauchnabel. Dieses Bild würde mein Stecher wohl nie wieder vergessen. Wir verharrten übereinander und atmeten nicht. Oma Helga schlurfte mit zerzausten Haaren durch unser Wohnzimmer. Ein Furz ging ihr dabei verloren. Die Romantik – auch wenn diese kaum vorhanden war – war gänzlich im Arsch.

Es blieb nicht bei einem Mal. Eine Woche später hatten wir sturmfrei. Es war ein warmer Junitag. Kein einziges Wölkchen war am Himmel zu sehen. Kleine Staubpartikel tanzten durch die Luft, in der sich die Sonne brach. Mit einem lauten Krachen ließ ich das neu installierte Rollo herab. Diesmal hielten wir die Standardfummelei so kurz wie möglich. Ein bisschen am Zipfel rumgespielt und er stand. Das mit dem Gummi klappte diesmal etwas schneller. Ich half meinem Freund dabei und zwar so gut, dass das Gummi dabei kaputtging. Jetzt hatte ich die komplette Suppe in mir drin. Meine Scheide brannte und Bens Erbmaterial tropfte auf die gute Auslegware. Ohne weiter darüber nachzudenken, rief ich Anne an. Ich hatte zwar ein Handy, wie mittlerweile jeder

Teenager, dennoch wählte ich die Festnetznummer der Eltern.

»Grossnick«, meldete sich Annes Mama.

»H-hallo Frau Grossnick, ist Anne zu Hause?«

»Ach, hallo Maren, warte mal ...« Der Hörer wurde beiseitegelegt und erzeugte ein Knacken in meiner Leitung.

»Aaanne! Maren ist am Telefon.«

»Maren? Hi, was ist los?«

»Ben und ich haben miteinander geschlafen.«

»Echt? Wie cool!«

»Jaja, ganz prima. Aber es ist was Entsetzliches passiert, Anne.«

Auf der anderen Seite des Hörers wurde es still.

»Das Kondom ist geplatzt.«

»Waaaas? Und jetzt? Du musst sofort zu einem Frauenarzt und dir die ›Pille danach‹ holen.«

»Bitte, was muss Maren? Die ›Pille danach‹ holen«, stammelte Frau Grossnick.

Ich konnte ihr schweres Atmen hören.

Man, war das peinlich.

»Mensch Mama, geh mal in die Küche, oder so.« »Aber Anne, das ist doch furchtbar. Maren ist noch so jung. Als ich in eurem Alter war...«

»Mama! Bitte geh jetzt«, keifte Anne hysterisch. »Geh zum Gynäkologen, der verschreibt dir dann etwas.«

»Sag mal, meine liebe Tochter, warum kennst

du dich da eigentlich so gut aus?«, hallte es durch den Hörer.

»Oh man, Mama! Geh doch jetzt mal. So was lernt man in Sexualkunde. Biste jetzt zufrieden?«

Ich befolgte den Rat meiner Freundin und suchte im Telefonbuch nach einem geeigneten Eintrag, während Ben den Heimweg antreten musste, wenn er pünktlich zur Arbeit erscheinen wollte.

»Du schaffst das«, ermutigte er mich und gab mir einen Abschiedskuss. Bevor ich die Nummer der Ärztin wählte, hielt ich mir ein kleines Kissen vor den Bauch. Nach allen Seiten drehend, kam ich zu folgendem Entschluss: Kinder sind scheiße und was für alte Leute. Ich konnte ja nicht einmal meinen Bruder leiden. Entschlossen vereinbarte ich einen Nachmittagstermin.

Die Praxis war am anderen Ende der Stadt. Anne hatte mich dorthin begleitet. Auf ihr Geheiß trug ich einen Rock.

»Damit es dann später schneller geht, wenn du uffm Stuhl sitzt«, prophezeite sie mir.

Diese Dinger waren aber verdammt unpraktisch beim Fahrradfahren. Etliche Autos hupten uns an. Manche grölten auch ungeniert aus den geöffneten Autoscheiben heraus. Ich fühlte mich beschmutzt und nackt. Jeder Huplaut ließ mich zusammenzucken.

Dass wir vor dem Gesetz noch kleine Mädchen waren, interessierte die notgeilen Typen nicht die Spur.

Das Restsperma in meinem Muttermund machte die Sache noch schlimmer. Ich dachte, dass es meine Strafe für den Sex war.

Vielleicht hätte ich doch noch etwas warten sollen.

In der Praxis angekommen standen zwei weitere Frauen vor mir in der Warteschlange. Ein Schild war auf dem Pult der Sprechstundenhilfe platziert: »*Bitte bleiben Sie diskret*«. Sofort musste ich an die Binden-Werbung denken. Um mir die Wartezeit zu vertreiben, rätselte ich, was ›diskret‹ überhaupt bedeutete. Die vorderste Dame schlenderte in den Wartebereich. Jetzt war nur noch eine Frau vor mir.

»Seit wann haben Sie diese Beschwerden schon?«, fragte die Sprechstundenhilfe an meine Vorderdame gerichtet. Diese beugte sich noch etwas näher, nuschelte für mich unverständliche Worte. Die Arzthelferin kramte eine Karteikarte heraus und schrieb etwas darauf. »Sie dürfen noch einen kurzen Moment im Wartezimmer Platz nehmen. Frau Doktor ruft sie dann auf.«

»Ja, danke.«

Jetzt war ich an der Reihe. Alle Patientinnen trugen Hosen. Ich war die Einzige mit Rock.

Doch ich konnte Anne deswegen keinen bösen Blick zuwerfen, denn sie war nicht mit hineingekommen. Sie wartete vor der Praxis auf mich.

»Bitte, was kann ich für Sie tun?«, fragte die Sprechstunden-Tante mich.

»Ähm. Also ich …« Ich bekam die Worte nicht mehr heraus. Hinter mir bildete sich eine Warteschlange.

»Haben Sie einen Termin?« *Die hat mich tatsächlich gesiezt. Ist das so? Wird man automatisch gesiezt, nachdem man gebumst hat?* Ich tat es meiner Vorgängerin gleich und beugte mich nach vorn. Mein Kopf war auf Höhe des Schildes. »Mein Name ist Maren Bauer, ich habe einen Termin für fünfzehn Uhr.«

Nach einem kurzen Zwischenstopp im Wartezimmer, wurde ich in den Behandlungsraum gerufen. Das Untersuchungszimmer war in einem freundlichen Beigeton gestrichen. Außer diesem komischen Stuhl erinnerte alles an eine normale Arztpraxis.

Frau Schwannick machte mir mit einem Lächeln Mut. »Bitte setz dich doch.«

Artig nahm ich Platz, faltete meine Hände im Schoß und wagte es, dieser Göttin in Weiß in die Augen zu schauen.

Zehn Minuten später verließ ich die Praxis mit einem Pillenrezept. Die Apotheke war gleich nebenan. Mit geröteten Wangen betrat ich das Geschäft. Noch nie war ich allein in einer Apotheke gewesen. Unbeholfen wedelte ich mit dem Schein herum.

»Den darfst du mir geben, bitte.« Eine Dame Mitte vierzig mit Brille und frechem Pagenschnitt streckte mir mit einem müden Lächeln die Hand entgegen. Ich gab ihr den Zettel. Während sie mein Rezept studierte, kaute ich auf meiner Lippe herum. Ihre Brille saß nur halb auf der Nase. Sie schielte über ihre Brillengläser hinweg und musterte mich eingehend. Der Rock erschien mir just in diesem Moment noch kürzer als sowieso schon. »Warte kurz.« Sie drehte mir den Rücken zu, um ihre Aufmerksamkeit einer Reihe von Holzregalen mit Schüben zu widmen. Ihr weißer Kittel flatterte und machte surrende Geräusche in der Luft. Eine kleine Packung landete vor mir auf dem Tresen. »Du solltest die Pille nicht auf nüchternen Magen einnehmen. Es kann sein, dass dir sonst schlecht wird.«

»Aber ich trinke doch überhaupt keinen Alkohol.«

Die Apothekerin war eine Meisterin der Augenbrauenakrobatik. Sie konnte ihre rechte Braue um zwei Zentimeter höher ziehen als ihre linke »Das hat doch mit Alkohol nichts zu tun, Kind. Das heißt, dass du vor der Einnahme etwas essen solltest.«

»Aha!«

Trotz einer vorherigen Mahlzeit kotzte sich mein kleiner Körper in der Keramikabteilung die Seele aus dem Leib. Übelkeit und Erbrechen sind typische Begleiterscheinungen.

Meine Mutter kam ins Bad gestürmt: »Bist du schwanger?«

Unter Anstrengung hob ich meinen Kopf aus der Schüssel. »Nein. Keine Sorge. Glaube mir, ich bin alles andere als schwanger.«

»Hä? Das verstehe ich nicht.«

»Ja, das ist folgender...«, ein weiterer Würgereiz ließ keine weiteren Erklärungen meinerseits zu.

Krampfend würgte ich die letzten Reste meines Abendessens hoch – Bolognese. Kleine Fleischkrümel blieben auf meiner Zunge zurück. Das Essen hatte auch schon vorher scheiße geschmeckt, aber in Verbindung mit Magensäure war es unbeschreiblich!

Kapitel 15 – Vorfreude ist die schönste Freude!

Einen Erwachsenen nennt man jenes
Krüppelwesen, das in einer entzauberten Welt
sogenannter Tatsachen existiert.
(Michael Ende)

Jaja. Ich habe gereihert wie ein Hafenarbeiter.

Belustigt nehme ich einen Schluck Rotwein aus der Kaffeetasse. Heute ist schließlich Weihnachten. Das Fest der Feste.

»Mama? Dürfen wir schon ein paar Geschenke auspacken?« Lotti steigt auf einen Stuhl, um an die Geschenke im Kleiderschrank heranzukommen. »Ah, es geht nicht. Die sind zu hoch.«

»Lotti, es ist neun Uhr in der Früh. Der Weihnachtsmann schläft noch«, tadle ich die Kleine. Konsequent versucht sie dennoch die Geschenke im Schrank zu erreichen. Wie ein Flummi springt sie hoch und runter. Der Boden wackelt.

Das wird wohl heute nichts mehr mit weiterschreiben.

»Bitte schön, Lotti« Mit einem gequälten Lächeln reiche ich ihr die Geschenke.

»Können wir bei Fatima Bescherung machen?« Die Mädchen schauen mich bittend an.

Zumindest steht bei Fatima ein Weihnachtsbaum. Zwar aus Plastik, aber immerhin.

Ich stimme zu und kurze Zeit später sitzen wir alle zusammen in Fatimas Zimmer und die Kinder stürzen sich auf ihre Geschenke. Papierschnipsel fliegen kreuz und quer. Die Kinder benehmen sich wie Raubtiere. Kein Geschenk wird dabei verschont. Als auch das letzte Päckchen seine Hüllen fallen lässt, zieht die Rasselbande ab. Die kleinen Trolle lassen uns Frauen mit einem Berg Papiermüll allein zurück.

Glück für uns. Endlich Ruhe!

Fatima setzt einen türkischen Kaffee auf. Das schwarze Gebräu wirft Blasen. Sie gießt die dampfende Flüssigkeit in zwei Tassen. Der würzige Geruch des Orients stimuliert meine Geruchsnerven.

Etwas fehlt noch.

Ich stehe auf, um die Milch zu holen.

»Da kommt keine Milch rein!«

»Und warum nicht?« Provokativ gieße ich einen zusätzlichen Schluck mehr in den Kaffee. Der Satz wird aufgewirbelt und schwimmt oben, anstatt am Boden der Tasse zu ruhen. Ich nehme einen großen Schluck und beiße auf ungelösten Kaffeeperlen herum. Schwarze Krümel haben sich zwischen meinen Zähnen verfangen.

»*Inschallah*! Du bist mir eine. Habe ich dir nicht gesagt, dass da keine Milch reinkommt? Ich schwöre auf Allah, aus dir wird nie eine Türkin!«

Wir lachen beide. Bis jetzt ist es das schönste, besinnlichste Weihnachten, das ich jemals erlebt habe. Die Kinder sind ruhiggestellt. Ich muss nichts kochen, nicht einmal Kaffee brauche ich aufsetzen.

Rene möchte die Kinder zu sich nach Hause holen. Er will etwas kochen und mit den Kindern Bescherung machen. Mittlerweile vertraue ich ihm wieder.

Einen besinnlichen Tag ohne Kinder habe ich bitter nötig.

Fatima und ich sitzen eine ganze Weile zusammen. Solange, bis die ersten Kinderstimmen lauter werden. Augenrollend erhebe ich mich. Die Tasse landet in der Spüle.

»Was ist denn da schon wieder los bei euch!« Meine Frage richtet sich an Lotti und Fatimas mittleres Kind.

»Uns ist jetzt langweilig«, mault Lotti. Herausfordernd blickt sie über einen Berg Brettspiele, Bücher und Kuscheltiere.

»So? Dann kann ich das jetzt alles entsorgen oder wie?« Entschlossen bücke ich mich, greife mir einen Teil der Sachen und laufe demonstrativ zum Mülleimer.

»Nein, nicht machen«, fleht sie. In Windeseile springt sie vom Teppich auf und hält mich am Pullover fest.

»Wenn dir jetzt schon langweilig ist ...«

»Aber das darfst du nicht.« Ihr Blick ist zu viel des Guten. Behutsam lege ich die Geschenke wieder an Ort und Stelle ab. »Weißt du, Lotti, in einer Stunde kommt der Papa.«

»Oh. Ja ja!« Hüpfend hält sie meine Hand fest. »Hilfst du mir, die Sachen für den Besuch bei Papa einzupacken?«

»Na klaro.«

»Kann ich auch Eulchen mitnehmen?« Mit ausgestreckten Armen hält sie mir eines der Weihnachtsgeschenke entgegen. Eine plüschige Eule mit Knopfaugen. Ich wühle im Spielzeugkoffer herum. »Hier. Schau mal! Da kannst du Eulchen reintun« schlage ich vor.

Rene wartet am Parkplatz auf uns. Die Kinder laufen ihm entgegen. Wir begrüßen uns mit einer vorsichtigen Umarmung. Er wirkt so verletzlich auf mich. Sicher ist es ihm ernst. Manchmal bedarf es drastischen Maßnahmen, bis man(n) begreift.

»Um wieviel Uhr sollen die Kinder wieder bei dir sein?« Er nimmt mir die Taschen mit den Geschenken ab, um sie im Kofferraum zu verstauen.

»Ist mir egal«, gebe ich zu.

»Nach dem Abendessen bringe ich sie wieder.«

»Okay.« Ich winke ihnen nach. Als sich der Wagen außer Sichtweite befindet, atme ich auf.

Endlich allein.

Kapitel 16 – Nackte Tatsachen

Ich bin viel mit Erwachsenen umgegangen und habe Gelegenheit gehabt, sie ganz aus der Nähe zu betrachten. Das hat meiner Meinung über sie nicht besonders gutgetan.
(Antoine de Saint-Exupéry)

Es war eine warme Sommernacht. Ich schlief im Wohnzimmer auf dem Sofa. Der einzige Raum mit Zugang auf den Balkon. Hier konnte die Luft besser zirkulieren. Und außerdem stand dort der einzige Fernseher. Fast nackt, nur mit einem Slip am Leibe, lediglich in eine dünne Decke eingewickelt, fand ich endlich etwas Schlaf. Wirre Gedanken und Sorgen hielten mich sonst ständig wach.

Mein Schlaf war unruhig. Immer wieder drangen Stimmen des Fernsehgerätes in meine Träume ein. Plötzlich berührte mich etwas an der rechten Brust. Reflexartig schlug ich zu. Dunkelheit umgab mich. Zunächst fehlte es mir an der nötigen Orientierung. Perplex richtete ich meinen Oberkörper auf. In alle Richtungen drehte ich mich, suchte nach der Ursache der Störung. Das alles passierte in wenigen Sekunden. Zumindest kam es mir so vor.

Mein Gehirn war noch gar nicht

betriebsbereit. Auch nicht, als ich Hans hinter mir erblickte. Er fummelte am Bügelbrett herum. Ich tat so, als ob ich wieder schlafen würde. Flach wie aus Erz gegossen, lag ich in Embryonalstellung auf dem Sofa. Erst als die Haustür ins Schloss fiel, atmete ich auf.

Was war das gerade?

Ich versuchte immer, eine simple Lösung für alles zu finden. Ein Teil von mir wusste, dass Hans mich am Busen betatscht hatte. Ein anderer Teil versuchte andere Möglichkeiten dafür zu finden. Ich lief in mein Zimmer, um mich anzukleiden. Die Nacktheit war mir nun peinlich. Ich fühlte mich beschmutzt. Er war doch wie mein Vater! Gut, okay. Er war mein Stiefvater. Aber trotzdem ...

Papas tun so was nicht.

»*Und was war vor einer Woche?*«, meldete sich meine böse innere Stimme wieder.

Was war da gleich noch mal?

»*Bist du so dumm, du Schlampe! Einer deiner schönsten Tangas war voller Wichse!*«

Die zwei verschiedenen Stimmen diskutierten in meinem Kopf.

Nein. Das ist alles nur ein schlechter Traum.

»*Hast du es immer noch nicht gecheckt? Hans hat dich angetatscht und in deine Unterwäsche gewichst!*«

Nein, das ist nicht wahr!

Ich hielt mir die Ohren zu. Die böse Stimme

verschwand genauso schnell, wie sie gekommen war.

Um das Gemüt etwas abzukühlen, schlüpfte ich auf den Balkon. Es dämmerte bereits. Vögel zwitscherten in den Baumkronen. In einigen Wohnungen brannte Licht. Ich rauchte die halbe Packung Zigaretten leer. Saß einfach da und wollte vergessen.

Es ist nichts Schlimmes passiert. Hans würde das niemals tun.

»Und was ist mit dem Tangaaaaa?«, halte es wieder in meinem Kopf.

»Was hat dein Vater gemacht?«

Jacky und ich saßen auf den windigen Barhockern eines Asia-Imbisses. Yuan, der Inhaber, brachte unser Essen. Zwischen dampfenden Bratnudeln und klebrigem Eier-Reis, schaute Jacky mich ungläubig an. Um die Schwere dieser Angelegenheit zu unterstreichen, hatte ich mir grünen Lidschatten aufgelegt und mit Kajal einen dicken Lidstrich nachgezogen. Das tat ich sonst nie.

»Und? Sagst du es deiner Mutter?«

»Gott bewahre«, winkte ich ab. »Das würde die Alte nicht verkraften.«

Ich glaubte daran, dass es das Beste wäre, diese Vorfälle zu vergessen.

»Dabei wird es nicht bleiben. Pass lieber auf,

sonst fickt dich dein Papi noch.« Wieder diese böse Stimme.

Das stimmt nicht! Der hat sich selbst erschrocken.

»Ach so? Und warum hat er dich dann nach seiner Arbeit wie Abfall behandelt?«

Das konnte ich mir nun wirklich nicht erklären. Er war kommentarlos nach der Arbeit nach Hause gekommen. Es wirkte so, als ob er einen Groll gegen mich hegte. Ich überlegte, ob ich mich falsch verhalten hatte.

Warum habe ich denn auch nackt geschlafen? Wie leichtsinnig bin ich denn? Herrgott, verdammt noch mal.

»Da gebe ich dir recht. Du bist eine richtige Schlampe.«

Bin ich nicht! Hör auf!

»Ich fange jetzt erst richtig an. Das hast du dir selbst zuzuschreiben. Ständig läufst du halb nackt durch die Wohnung. Ständig pumpst du ihn um Geld an. Und deine ›Hoppa-Reiter-Spielchen‹ auf Papis Schoß … Was hast du denn gedacht, wo das hinführt?«

Er ist mein Papa. Warum sollte ein Vater so was machen? Vielleicht wollte er mich nur zudecken?

»Ja, ist klar. Der geile Bock wollte dich zudecken. Und das nächste Mal will der liebe Papi Fieber messen. Du bist so naiv. Und noch was: Er ist nicht dein Papa!«

Angewidert schob ich mein Essen von mir weg. Jacky war fast fertig.

»Was ist denn? Bist du schon satt?«

»Ich habe dir gerade gesagt, was los ist.«

»Hm.«

»Kann ich heute bei dir übernachten?«

»Klar«, erwiderte Jacky mit einem Schulterzucken.

»Wir könnten in die Disse gehen«, schlug ich vor.

Meine Laune besserte sich allmählich. Ich wollte vergessen. Für immer. Meine gesamte Konzentration lenkte ich auf den gemeinsamen Discobesuch. Wir waren Kinder der Nacht. Fast jedes Wochenende verbrachten Jacky und ich im *Tanzschuppen.* Zwischen Nebelmaschinen und Schwarzlicht fühlten wir uns geborgener als irgendwo sonst.

Unsere Lieblingstürsteher hatten heute Dienst. Jetzt mussten wir uns keine fadenscheinige Ausrede einfallen lassen, warum wir keinen Personalausweis dabeihatten. Ein Küsschen rechts, ein Küsschen links und die Sache war gegessen.

Bla Bla bla von *Gigi D'Agostino* erklang aus den Lautsprecherboxen.

Gut gelaunt liefen wir Hand in Hand durch die Tanzenden hindurch. Unser Ziel war der *Kellerraum.* Ein Nebenraum für *Gothic-* und *Depeche-Mode-Anhänger.* Pierre, DJ und guter

Kumpel, winkte uns eifrig zu. Übertrieben umarmte ich den Discjockey. Sein erdiges Parfüm drang sofort in meine Nase.

Oben vom DJ-Pult hatte man eine Aussicht über den gesamten Bereich. Die Wände waren verspiegelt. Böden und Decke in Schwarz gestrichen. Eine Nebelmaschine und Schwarzlicht sorgten für die richtige Atmosphäre. Pierre fütterte seine Anlage mit neuen CDs. *The Sparrings and The Nightingales,* dazu tanzendes, in schwarze Kleidung gehülltes Publikum. Sie tanzten synchron einen beliebten Tanz aus der ›Grufti‹-Szene, auch ›Totengräbertanz‹ genannt. Es war eine einfache Schrittfolge: drei Schritte vor, drei Schritte zurück und wieder von vorn. Eingefleischte Dark-Wave-Anhänger beugten den Oberkörper beim Vorwärtsschritt nach vorn. Diese Geste sollte einen Totengräber beim Graben darstellen. Gebannt schaute ich der tanzenden Menge zu. Pierre schaffte einen flüssigen Übergang zu *We dancing in the Spotlights.* Die Menge jubelte. Jacky tippte mir auf die Schulter.

»Tanzen?«, schrie sie mir entgegen.

Es war zu laut, um sich in normaler Lautstärke zu unterhalten. Ganz selbstverständlich nahm ich einen großzügigen Schluck aus dem Glas meines Kumpels. Zwischen Ohr und Nacken hatte er einen

Kopfhörer geklemmt. Routiniert drehte und schaltete Pierre an diversen Knöpfen herum.

Eine glimmende Zigarette hing bis zum Filter abgebrannt in einem der Keramik-Aschenbecher. Ich wollte rauchen. Aber nicht meine eigenen Zigaretten. Die mussten Jacky und ich uns einteilen. Mit schwingender Hüfte glitt ich ganz nah an Pierres schmächtigem Körper entlang. Glaubte sogar, seine Beckenknochen zu spüren.

Dünne Männer sind einfach nix für mich.

Niemals wäre ich weitergegangen. Er war einfach nicht mein Typ. »*Halte dir immer einen Typen warm. Du weißt nie, wofür es mal gut sein kann.*« Meine Mutter hatte mir diese Lebensweisheit eingetrichtert. Und weil ich ein braves Mädchen war, hielt ich mich an ihre Anweisung. Dass man damit jemandem wehtun könnte, hat sie mir verschwiegen.

Meine Hände umfassten seine knochige Taille, während ich in seiner Arschtasche nach Zigaretten fummelte. Pierre drehte sich zu mir herum. Ich steckte mir die geschnorrte Fluppe zwischen meine Lippen und wartete auf seinen Einsatz. Er klappte ein Zip-Feuerzeug auf und brachte meine Zigarette zum Glimmen. Eine Rauchwolke umhüllte sein Gesicht.

»Danke«, formten meine Lippen.

Jacky schlenderte in Richtung der Tanzfläche. Sie passte sich dem Publikum an:

Drei Schritte vor ...

Drei Schritte zurück ...

Den Kopf nach vorn geneigt.

Meine Zigarette landete im übervollen Aschenbecher. Ich wollte tanzen. So elegant wie möglich schritt ich zur Tanzfläche. Bei ›Kein Zurück‹ stieg ich mit ein, wollte im Takt bleiben, aber es dauerte einige Minuten, bis ich in den Rhythmus fand. Als ob das noch nicht schwierig genug gewesen wäre, machte es Jacky noch schwerer, in dem sie mir ihre Haare ins Gesicht schleuderte.

Nach dreistündiger Tanzwut lümmelten wir auf einer der Lederbänke. Ich hatte uns eine Cola besorgt. Seit zwanzig Minuten dudelten Songs der *Neuen Deutschen Welle*. Ein Zeichen, dass die Party sich dem Ende zuneigte. Erschöpft stützte ich meinen Kopf auf der Tischkante ab, als mich plötzlich eine Hand am Schulterblatt antippte. Neugierig drehte ich den Kopf zu Seite. *Ach herrje!* Basti und sein Kumpel Matze hatten Jacky und mich entdeckt. Jacky sprang auf, um beide Jungs zu umarmen. Basti tätschelte bei der Begrüßung den Rücken meiner Freundin. Das war zu viel! Eifersucht und Wut fraßen sich durch meine Eingeweide hindurch. Immerhin waren wir vor kurzem noch ein Paar gewesen.

Er war mein zweiter Sexualkontakt, ein guter Liebhaber und brachte mir einiges bei. Es war eigentlich eine gute Beziehung, aber als er irgendwann anfing, mir Vorschriften bezüglich meiner Freizeitgestaltung zu machen, war bei mir der Ofen aus. Darum hatte ich ihn wohl auch ein Jahr zuvor in den Sommerferien betrogen. Mit einem Typen in Motorradjacke. Wir trieben es mitten in der Nacht unter einem Pavillon eines Botanischen Gartens. Sein Pimmel roch leicht fischig und ich habe zwei Tage gebraucht, um den Geruch aus mir herauszubekommen. Ein schlechtes Gewissen hatte ich nicht. Basti wurde ohnehin allmählich lästig. Seine Kifferei und der abnormale Kontrollzwang gingen mir gehörig auf die Ketten! Und bis dato hatte ich geglaubt, dass er mir egal wäre.

Aber als ich nun sah, wie er sich an meine beste Freundin ranschmiss, brachte mich das zur Weißglut.

Schmollend und mit verschränkten Armen vor der Brust bat ich Jacky darum, nach Hause zu gehen.

»Jetzt schon?« Sie wirkte enttäuscht.

Basti beachtete mich kein Stück. Matze und er unterhielten sich mit Jacky, als wäre ich überhaupt nicht da.

»Das ist ja 'ne tolle Freundin«, hörte ich plötzlich wieder mal meine böse innere Stimme.

Lass mich einfach, okay?

»Oh, ist Maren etwa beleidigt? Du hast dich

von Basti getrennt, nicht andersherum. Das hast du nun davon.«

»Verfickte Scheiiiißeee!«, schrie ich plötzlich laut.

»Was hat die denn für Probleme?« Fragend zeigte Basti in meine Richtung.

Jacky sah mich eindringlich an.

Ich will jetzt gehen, signalisierte mein durchdringender Blick.

»Wollen wir nach Hause?« Jacky verstand mich auch ohne Worte.

Mit schwingenden Hüften stolzierte ich an Basti vorbei. Einen kleinen Schulterrempler konnte ich mir nicht verkneifen.

Das ist für das Flirten mit Jacky, du Pisser!

Kapitel 17 – Ein Hoch auf die Großeltern!

Meine liebe Jacky. Du verstehst mich heute noch. Und was du nicht verstehst, akzeptierst du einfach. Eine wahre Freundin, das bist du.

Eine WhatsApp reißt mich aus den Gedanken. Es ist Rene. Er fragt, ob die Kinder bei ihm schlafen dürfen. Da muss ich nicht lange überlegen. Die Schreiberei hat mich müde gemacht und ein ruhiger Abend wäre jetzt genau das Richtige.

Ich antworte ihm: »Bitte bring die Mädchen bis morgen um 8 Uhr zurück.«

Er hält Wort. Pünktlich rangiert mein Freund unser Auto in eine Parklücke. Die Kinder springen fröhlich auf mich zu. Verstohlen mustere ich meine Große. Sie macht einen entspannten Eindruck.

Wenn sie es ist, bin ich es auch.

Dass sie und Lotti gleich von ihren Großeltern abgeholt werden, scheint ihr auch Freude zu bereiten. Keine Spuren mehr von ihren Zwängen. Das letzte Mal, als Lotti in den Herbstferien zu ihrer Oma fahren sollte, bekam Pia bei deren Anwesenheit eine Heulattacke. Wir konnten sie kaum beruhigen. Ich schiebe es auf die ganzen Veränderungen. Meine Große scheint für so etwas besonders empfänglich zu sein. Erst unser Umzug – was ja eine gewisse Distanz zwischen den Großeltern und uns geschaffen hat –, dann Corona und letztendlich vergrößerten die Großeltern die Entfernung zwischen uns noch mehr. Denn nach so vielen Jahren verließen sie Haus und Hof, um wieder gen Osten zu ziehen. Das war einfach zu viel Veränderung auf einmal für meine geliebte Tochter.

Als ich mit etwa neunzehn Jahren den Wunsch äußerte, nach Brandenburg zurückziehen zu wollen, drohte mir meine Mutter damit, sich umzubringen.

Wer weiß, wer ich heute wäre, hätte ich ganz einfach nichts auf die Erpressungen meiner Mutter gegeben.

Kurze Zeit später geht es erneut zum Parkplatz. Dieses Mal zu dritt und mit frisch gepackten Taschen. Ein Auto mit bekanntem Kennzeichen fährt in Schrittgeschwindigkeit auf uns zu und hält kurz darauf an. Am Steuer sitzt Hans. Die rechte hintere Tür öffnet sich und meine Mutter steigt im Schneckentempo aus dem Auto. Ihr Rücken ist leicht gebeugt. *Sie hat zugenommen,* stelle ich fest. Ihr Gesicht wirkt aufgeschwemmt, die Haare sind lieblos zu einem Zopf zusammengebunden. Obwohl meine Mutter erst fünfzig Lenze zählt, schaut sie mit ihrer Strickjacke und den hochgezogenen Socken deutlich älter aus. Die Kinder rennen ihrer Oma freudig entgegen.

Hans steigt ebenfalls aus dem Wagen. Die Haut unter seinen Augen hängt schlaff herab. Der Bierbauch und die geplatzten Äderchen im Gesicht sprechen Bände. Er steckt sich eine Zigarette an. Außer einem »Hallo« kommt keine Konversation zwischen uns zustande.

Seine körperlichen Ausdünstungen und der Zigarettenrauch hauen mich von Weitem schon aus den Socken.

Ist das hier richtig? Soll ich ihnen die Kinder wirklich mitgeben?

Kapitel 18 – Panorama

Mach sichtbar, was vielleicht ohne dich nie wahrgenommen worden wäre.
(Robert Bresson)

Wer schon einmal professionelle Fotoaufnahmen in einem Studio hat machen lassen, weiß sicher, wozu Scheinwerfer alles fähig sein können. Neben dem erwünschten Effekt genügend Licht zu spenden, brutzeln sie einen durch wie ein Brathühnchen. Wenn die Motive dann noch knapp bekleidet, sich am Boden rekelnd in die Kamera schauen, kann es einen Mann noch zusätzlich anheizen. So erging es auch Henri, wenn er uns Mädchen fotografierte.

Henri lernte ich durch Jacky kennen. Mit ihm hatte sie ihr erstes Mal erlebt. Seitdem sie mir ihren Sugar-Daddy vorgestellt hatte, lud der Mann, der unser Vater hätte sein können, Jacky und mich ständig in sein Appartement ein. Wir wurden behandelt wie Ladys. Seine spartanisch eingerichtete Wohnung war immer auf Hochglanz geputzt. Zumindest solange, bis Jacky und ich zu Besuch kamen. Wir Mädels benahmen uns wie Showgirls. Lümmelten nackt oder mit einem Bademantel bekleidet auf dem Sofa herum, rauchten Henris Zigaretten und vergingen uns an seinen alkoholischen Vorräten.

Das Posieren vor der Linse war ein Spiel für uns. Die ersten zwei Male hatte ich noch Hemmungen und behielt meinen Slip an. Aber der Alkohol und Henris charmante Art befreiten mich von meiner Unterwäsche. Er war wie die Raupe Nimmersatt. Konnte nie genug von uns jungen Dingern bekommen.

»Henri« nuschelte ich, darum bemüht, mich nicht zu bewegen.

»Ja, Maren, was ist denn?« Sein Ton klang ruhig und freundlich.

»Ich mag es nicht, wenn du mir auf den Hintern klatschst. Behalte deine Griffel bei dir!«

Mit der Hand schob er den Stoff meines Outfits etwas nach oben.

»Sei doch nicht so kratzbürstig. Welcher Mann könnte bei dem Anblick schon seine Finger bei sich behalten?«

Ich ignorierte sein schmieriges Kompliment und konzentrierte mich auf das Wesentliche: gute Pose zum bösen Spiel zu machen.

Ich lag bäuchlings am Boden. In der Hand hielt ich ein Buch. Mein Nonnenkostüm war so drapiert worden, dass mein Gesäß frei zugängig war. Er knipste mich von allen Seiten und ließ sich nach mehreren Aufnahmen ächzend auf die Knie fallen. Mit seinem weißen Hemdärmel wischte er sich einmal quer übers Gesicht.

»Mach mal die Beine etwas mehr auseinander.« Und schon wieder spürte ich seine Finger an meinen Schenkelinnenseiten. Ich gab wiederwillig nach und öffnete die Beine.

Der lässt echt keine Gelegenheit aus!

Bis zu einer gewissen Grenze tolerierte ich seine Tatschereien. Damals sah ich es als eine lästige Neckerei. Heute weiß ich es natürlich besser. Einmal hatte er mich fast bestiegen. Ich konnte gerade noch die Notbremse ziehen, indem ich ihm vor Ekel das Bett voll reiherte. Es war eines der seltenen Male, bei denen ich das Wochenende allein bei Henri verbrachte. Mein Gastgeber hatte mir einige Drinks spendiert und anschließend landeten wir in seinem Bett. Erst dachte ich, es wäre undankbar, mich ihm gegenüber ablehnend zu verhalten, schließlich bezahlte er die Drinks. Doch seine Zunge in meinem Mund löste Ekel in mir aus und ich übergab mich. Mein Erbrochenes sickerte in Henris Federkernmatratze ein. Ich befürchtete, dafür getadelt zu werden. Aber nichts dergleichen passierte. Henri gab mir Wechselkleidung, reinigte das Bett und bereitete mir Tee zu. Fast schon väterlich tätschelte er meinen Kopf, während ich eine Wiederholung von *Buffy – im Bann der Dämonen* im Fernsehen schaute. Wer nun glaubt, ich hätte daraus etwas gelernt und zukünftig einen großen Bogen um Henri gemacht, der irrt.

So tickte ich nicht! Man entwickelt umgeben von emotionaler Gewalt eine Resistenz gegen Übergriffigkeiten. In meiner und Jackys Welt gab es keine pädophilen Männer. Für uns waren es einfach Kerle, die uns wie Damen behandelten.

Dass diese Zuneigung zu jungen Mädchen Teil eines komplexen Krankheitsbildes war, begriff ich nicht. Durch Hans war meine gesamte Gedankenwelt aus den Fugen geraten. Ich war wie Rotkäppchen: Vom Wege abgekommen ließ ich mich mit lüsternen Wölfen ein. Und Henri war sehr hungrig. Er gierte nach Frischfleisch und war bereit, gut dafür zu bezahlen. Also verkaufte ich meine Freundinnen an ihn wie Ware. Je jünger sie waren, desto höher fiel meine Prämie aus. Auch wenn die Nonnenkutte etwas anderes vermitteln sollte, war ich kein unschuldiges Mädchen mehr.

Und so kam es, dass ich ihm eines Tages Mandy mitbrachte. Ich versprach ihr, dass wir hier gemütlich abhängen könnten, rauchen, Alkohol trinken. Und ich sagte ihr, dass Henri ein paar Bilder von ihr machen würde. Dass sie für diese Fotos vielleicht auch ihre Kleidung fallen lassen musste, hat sie nicht sonderlich interessiert. Abwartend saß meine Freundin auf einem Stuhl. Sie hatte die Beine übereinandergeschlagen. Ihre Brüste hielt sie bedeckt, so gut es ging.

»Mandy, mein Sonnenschein, würdest du dich bitte zu Maren legen?« In einer Hand hielt Henri die Kamera, mit der anderen wischte er sich Schweiß von Mund und Kinn. Mandy kicherte, gehorchte und legte sich zu mir auf das Laken.

»Ich hab eine bessere Idee«, rief ich. Mit einem Satz sprang ich auf und kramte in der Requisitenkiste herum. »Ha! Das ist gut!« Triumphierend hielt ich einen Silikon-Dildo in der Hand. Mandys Augen weiteten sich zu großen Kulleraugen.

»Henri!«

»Ja, Maren?«

»Darf ich bei den nächsten Aufnahmen Regie führen? Bitte, bitte.« Ich zog einen Schmollmund und kraulte seinen Dreitagebart.

Henri schnurrte wie ein Kätzchen: »Ich bin ganz Ohr.«

»Mandy legt sich, wie ich zuvor, hin.« Mit der Hand umfasste ich ihre Haare, um sie zu einem Zopf zu binden.

»Stell dir vor, du wärst eine Klosterschülerin …«

Mandy kicherte.

»Du wärst eine Klosterschülerin und liest dieses Schmuddelheftchen hier.« Ich hielt ihr eine ramponierte *Coupé* vor ihr Gesicht.

»Und mit dem Dildo mache ich was?« Meine Freundin schaute mich interessiert an. In ihrem Blick lag aufrichtiges Interesse. Henri verschwand kurz in der Küche.

»Ist doch klar wie Kloßbrühe. Einführen natürlich! Ich erwische dich dabei und versohle dir den Hintern.«

»Eine fabelhafte Idee«, rief Henri aus der Küche. Er kam mit drei Gläsern Rum-Cola zurück.

Während gleichaltrige Mädchen allerhöchstens mal am Bier des Vaters nippten und sich mit Freundinnen verabredeten, posierten wir mit Gerte und Dildo hinter abgedunkelten Fenstern.

Mandy machte ihre Sache gut. Sie spielte die Klosterschülerin. Den Dildo hielt sie sich an ihre Scham. Sie lag dabei seitlich mit gespreizten Beinen. Den Slip behielt meine Freundin an. Henri machte eine Aufnahme von mir, wie ich vor ihr stehe. Die eine Hand vor Empörung vor den Mund gehalten, in der anderen eine Gerte haltend. Ich ließ die Gerte durch die Luft surren, was meine Freundin vor Angst zusammenzucken ließ. Mandys Schrecken war echt. Und der Fotograf hatte diese Szene für die Ewigkeit auf Papier gebannt. Aber es blieb bei weitem nicht dabei. Ich verfiel in eine Art Blutrausch und wollte ihre zarte Haut zum Erröten bringen.

»Los. Komm her!« Mit einem Ruck zerrte ich meine federleichte Freundin bäuchlings auf meinen Schoß. Den Schlüpfer zog ich mit einem Ruck herunter. Ihr Gesäß lag nun komplett frei. Erbarmungslos schlug ich zu. Kleine Striemen bildeten sich auf der Haut.

Henri schoss fleißig seine Bilder, bis er das Shooting für beendet erklärte.

Mandy schien es gefallen zu haben, denn sie kam noch zu einem weiteren Termin mit. Wahrscheinlich hätte sie noch weitergemacht. Doch ihre Eltern stießen beim Aufräumen über die Fotos und zeigten Henri daraufhin an.

An einem anderen Wochenende nahm ich ein Kind aus der Nachbarschaft mit zum hungrigen Wolf. Isabella war mit ihren dreizehn Jahren wirklich noch ein Kind. Für die Vermittlung bekam ich fünfzig Mark von Henri. Er war glücklich, ich war zufrieden und die Kleine hatte Bammel. Meine Ideen standen bei dem Fotografen seit der Aktion mit Mandy hoch im Kurs. Er nahm viele meiner Vorschläge an.

Ich bat Isabell, sich auszuziehen. Nackt stand sie da. Die Scheinwerfer waren auf ihren kindlichen Körper gerichtet. Ihre Scham umgab ein leichter Flaum. Die Brüste waren kaum erkennbar. Ich schluckte. Das war selbst für mich etwas grenzwertig.

»Kannst du mal ein wenig lächeln?«,

versuchte Henri die Kleine aufzumuntern.

Auch wenn es dem einen oder anderen als etwas Furchtbares erscheinen mag, waren die Wochenenden für mich eine Erholung. Im Gegensatz zu den Tagen, an denen ich in die Schule musste. Von meiner Schulzeit gibt es keine nostalgischen Erinnerungen! Im Gegenteil. Es war eine Zeit voller Demütigungen und Gewalt. In der neunten Klasse war es besonders schlimm: Ich wurde bespuckt, geschlagen oder mit Worten gedemütigt.

Der Sportunterricht war zum Beispiel jedes Mal eine körperliche und seelische Qual. Mitschüler und der Abschlussjahrgang positionierten sich in einer Reihe vor der Turnhalle. Der Durchgang war schmal und ich musste ihn passieren, um in die Turnhalle zu gelangen. Sie schlugen mit in Handtüchern gewickelten Brotdosen auf mich ein. Es war kaum zu ertragen. Die Lehrer schauten weg.

Am schlimmsten waren die Unterrichtseinheiten, in denen wir ›Brennball‹ spielten. Ein paar Außenseiter und ich wurden mit harten Bällen beworfen. So gut, wie es ging, verließ ich mental meinen Körper und ließ die Angriffe über mich ergehen. Zu Hause redete ich mit niemandem darüber. Wahrscheinlich hätte es meine Mutter auch nicht interessiert.

Das Mobbing machte mir schwer zu schaffen.

Ich hungerte mich runter, schlief nur noch schlecht. Meine Gedanken kamen nicht zur Ruhe. Die Angst zerfraß mich innerlich. Suizidgedanken kamen hinzu. Immer wieder malte ich mir aus, alle Tabletten, die sich in unserem Haushalt befanden, zu nehmen. Als ich zu allem Überfluss erfuhr, dass ich wahrscheinlich nicht in die zehnte Klasse versetzt werden sollte, öffnete sich ein tiefes Loch.

»Herr Henger, was kann ich tun, um doch noch versetzt zu werden?«, fragte ich meinen Lehrer hoffnungsvoll.

Er schaute mich ungerührt an. »Das hätte dir eher einfallen können, Maren! Ich hatte nicht den Eindruck, dass dir die Schule besonders wichtig ist.«

»Sie erwähnten vorhin eine Nachprüfung. Ich würde das gern versuchen.«

Mein Lehrer fischte augenverdrehend das Klassenbuch aus seiner Aktentasche.

»Um den Gesamtschnitt zu verbessern, gäbe es folgende Möglichkeiten: Du könntest in Deutsch versuchen, von drei auf zwei zu kommen. In Französisch von fünf auf vier oder in Mathematik von vier auf drei. Ich nehme mal an, dass Chemie und Physik nicht infrage kommen?«

»Ich würde es in Deutsch versuchen.«

»Würde ich dir nicht empfehlen.«

»Weil?«

»Du müsstest eine Eins schreiben und seien wir mal ehrlich: Das schaffst du nicht, Maren.«

Selbst mein Lehrer hasst mich.

Niemand sah, was mit mir los war.

Zuhause ging der Spaß weiter. Dort fühlte ich mich genauso wenig sicher wie in der Schule. Mein Stiefvater hatte an der körperlichen Reife seiner Tochter Gefallen gefunden. Ständig musste ich auf der Hut sein. Ich schloss das Badezimmer ab, lief nicht mehr freizügig herum. Selbst meine Unterwäsche wusch ich mit der Hand aus. Ich entwickelte Skills, um den Druck abzubauen. Geschlechtsverkehr war eine dieser Strategien. Ich stellte einer nicht gerade kleinen Anzahl an Jungen und Männern meine körperliche Hülle bereit. Dass ich seit drei Monaten einen festen Freund hatte, machte für mich keinen Unterschied. Ich wusste, dass diese Beziehung nicht von langer Dauer sein würde.

Niemand hält es lange mit mir aus.

Ich war launisch, reagierte bei Kleinigkeiten gereizt und manchmal provozierte ich bewusst einen Streit. Es war ein Versuch, innerlichen Druck loszuwerden. Sowas geht nicht gut, denn Echos folgen bekanntlich sofort nach dem Schrei. Dennoch vergraulte ich meinen Freund Mars nicht. Er ertrug meine Wutausbrüche mit einer Seelenruhe.

Mars lag in meinem Bett und schaute fern, als ich nach Hause kam. Des Erwerbslosen liebste Tätigkeit war nun mal Fernsehen. Mit den damaligen Handys war noch nicht viel anzufangen. Internet hatten bei weitem nicht alle Haushalte.

»Bin wieder da«, rief ich in Richtung meines Zimmers.

Mars erhob sich und humpelte mir entgegen.

»Macht dir dein Fuß heute wieder Probleme?«, wollte ich wissen.

»Ja, heute ist es besonders schlimm.«

»Wirst wohl deswegen nie Arbeit finden, was?«

»Na, weißt du doch ... Ick würde ja gern. Aber ick kann doch nischt dafür, wenn mir so'n Penner den halben Fuß abfährt!« Demonstrativ streckte er mir seinen geschienten Fuß entgegen.

»Zumindest drückt der Penner monatlich ordentlich Schmerzensgeld ab«, fiel ich ihm ins Wort. Er erwiderte etwas darauf, aber ich hörte ihm gar nicht mehr zu. Alles, was ich wollte, war in mein Zimmer zu gehen. Sollte er ruhig weiter labern. Er störte sich auch nicht daran, als ich an ihm vorbei Richtung Zimmer ging.

Mars hat wieder nicht aufgeräumt.

Das war alles, worum ich ihn gebeten hatte. Unsanft landete mein Ranzen in der hintersten Ecke.

»Solltest du nicht aufräumen?«, schrie ich. War der Wut-Knopf erst einmal betätigt, fuhr ich so schnell nicht mehr runter. Wahrscheinlich wusste Mars schon, dass er eine Weile nicht zu Wort kommen würde. Humpelnd setzte er sich auf mein Bett und ließ meine Schimpftirade über sich ergehen.

»Deine Haare konntest du aber schon färben.« Schnaufend hob ich ein feuchtes Handtuch vom Teppichboden auf. Es war voller blauer Farbe. Kopfschüttelnd warf ich es auf den Haufen für die Schmutzwäsche. Der Berg alter Wäsche störte mich. Das würde wohl auch wieder an mir hängen bleiben. Dabei kam mir ein Gedanke: Im Arzneimittelschrank waren Unmengen von Paracetamol-Tabletten. Zähneknirschend und mit kiloweise Wäsche unterm Arm, stapfte ich ins Bad.

Mein Blick fixierte den Arzneimittelschrank.

Das wäre ein Ausweg! Tabletten nehmen und abkratzen.

Ich fischte eine angebrochene Packung heraus. Mit Wein aus der Küche und Tabletten bestückt, kehrte ich zurück zu Mars. Ich setzte mich neben ihn. Die Tabletten legte ich auf meinen Schoß.

»Was ist los? Hast du Kopfschmerzen?«, fragte er besorgt. Blaue Farbe schimmerte auf seiner Stirn.

»Weißt du, was heute in der Schule passiert

ist, Mars?«

»Nein. Was ist denn passiert?«

»Ich werde sitzen bleiben. Außer ich schreibe eine Nachprüfung.« Die erste Tablette landete in meinen Mund. Sie schmeckte bitter. Schnell nahm ich einen großen Schluck Wein, um die Tablette herunterzuspülen.

»Hey. Die darfst du nicht mit Alkohol nehmen.«

»Sag du mir nicht, was ich zu tun habe!« Demonstrativ nahm ich mehrere Tabletten auf einmal in den Mund. Mein Freund saß nur da und unternahm nichts.

Warum nimmt er mir die Tabletten nicht einfach weg?

Aus Trotz schob ich nochmal eine Ladung hinterher und schluckte alles mit Wein herunter.

»Hör auf jetzt!« Endlich nahm er mir den Tablettenblister aus der Hand.

Weinend legte ich mich in mein Bett. Voller Reue wimmerte ich in mein Kissen hinein: «Muss ich jetzt sterben?«

»Vielleicht ist dit besser, wenn du deine Mutter anrufst. Meinste nich?«

Meine Mutter ließ auf der Arbeit alles stehen und liegen und fuhr nach Hause, nachdem ich ihr von meinem Suizidversuch berichtet hatte. Ihre Arbeit war jedoch eine Dreiviertelstunde entfernt. Bis wir eine Tasche fürs Krankenhaus zusammengepackt hatten, beim Arzt eintrafen und eine Einweisung erhielten, vergingen weitere sechzig Minuten. In all der Zeit blieb meine Mutter ununterbrochen ruhig.

Ein Fahrstuhl beförderte Mars, meine Mutter und mich in das Erdgeschoss des städtischen Krankenhauses. »Notaufnahme« stand auf der Glastür.

Ein Pfleger kam uns mit großen Schritten entgegen. »Wer ist die Patientin«, fragte er barsch. Ich hob zaghaft den Finger. «Mitkommen!« Abrupt drehte sich der Krankenpfleger um und stapfte zurück in die Notaufnahme. Er wies mich an auf einer Krankenliege Platz zu nehmen. Meine Mutter und mein Freund platzierten sich am Fußende der Liege. Der Typ beugte seinen Kopf über mich. »Sag mal, spinnst du? Hast du eine Ahnung, was du mit so einer Aktion anrichten kannst? Du kannst daran sterben.«

»Es tut mir leid«, hauchte ich.

Ohne auf mich zu achten, richtete er seine Aufmerksamkeit auf meine Mutter: »Wie viel hat sie denn davon genommen? Wissen Sie das?«

»Hm. Ich glaube, dass es sechs Stück waren.«

»Stimmt das? Waren es sechs Tabletten oder doch mehr?«

Hilfesuchend schaute ich zu Mars hinauf. Ich

hoffte, er würde für mich antworten.

»Wie viele waren es denn nun?«, fragte der Pfleger nochmals zähneknirschend.

»Sechzehn. Es waren sechzehn Stück.« Ich weinte wie ein kleines Mädchen.

Sichtlich entsetzt nahm er meinen linken Arm in seine schwielige Hand. Er fühlte sich kalt an.

Wie der Tod.

Nach einer Vene suchend, befühlte er meine Armbeuge. Als ich die lange Kanüle sah, zog ich meinen Arm reflexartig zurück. Ich hatte seit frühester Kindheit Angst vor Spritzen und Nadeln.

»Halt still! Sonst gibts 'ne Sauerei.«

Er nahm mir mehrere Ampullen Blut ab. Danach wurde eine Kochsalzinfusion angehängt. Die Nadel in meiner Armbeuge fühlte sich unangenehm an.

Nach drei Tagen hielt ich es im Krankenhaus nicht mehr aus. Der Stationsarzt nahm eine Abschlussuntersuchung vor. Das Ultraschallgerät glitt auf einer gallertartigen Schicht über meinen Bauch.

»Gut, dass du so schlank bist«, lobte er mich.

»Wieso?«

»Je schlanker, umso besser die Sicht! Man kann deine Organe einwandfrei erkennen.«

»Ist denn allcs in Ordnung da drinnen?«

»Ja. Alles in Ordnung.« Sein Blick wirkte

merkwürdig verklärt. »Du bist ein ausgesprochen hübsches Mädchen.«

Ich ignorierte seine Worte. Zu mindestens versuchte ich es. »Kann ich jetzt nach Hause?«

»Ähm ja«, räusperte sich der Arzt. »Hier, zum Abtrocknen.« Er hielt mir ein kleines Baumwolltuch entgegen. Hastig wischte ich das Gel weg. Es erinnerte mich an Sperma. Nicht selten landete so etwas auf meinem Bauch.

Ein letztes Mal musste ich den stechenden Blick des Arztes ertragen, eher dieser meine Mutter aufrief.

Die saß auf einem der Stühle im Wartebereich.

»Frau Bauer, mit Ihrer Tochter ist alles in Ordnung. Ich würde Ihnen aber empfehlen, Maren in eine Psychiatrie einzuweisen.«

Bitte, was redet dieser Penner? Niemals!

»Ich gehe in keine Klapse!«

»Na ja, mein liebes Kind, deine Aktion war nicht ganz ohne.«

»Mache ich nicht mehr, versprochen.«

Hilflos schaute meine Mutter den Arzt an. Sie war sichtlich überfordert mit dieser Entscheidung.

»Dann musst du wenigstens zu einem Psychiater«, legte er fest.

»Und wenn nicht?« Herausfordernd schaute ich ihm in die Augen.

»Wenn nicht, werde ich das Jugendamt

verständigen müssen.« Ohne mich weiter zu beachten, steckte er meiner Mutter eine Visitenkarte zu.

Mein Suizidversuch lag drei Wochen zurück. Meine Mutter hatte einen Termin bei der ortsansässigen Psychologin vereinbart, den ich nun wahrnahm. Außer mir war niemand sonst in der Praxis und ich setzte mich im Wartebereich in einen Korbstuhl. Ich wusste nicht, was mich erwarten würde, denn ich kannte Psycho-Ärzte bis jetzt nur aus dem Fernsehen.

Ob man nach nur einer Sitzung geheilt ist? Aber wovon sollte man mich denn eigentlich heilen wollen?

Der Suizidversuch erschien mir weit weg. Es war für mich nicht mehr nachvollziehbar, was mich an diesem Tag dazu bewogen hatte zu tun, was ich getan hatte. Mich plagten derzeit ganz andere Probleme: Unter anderem lagen Jacky und ich im Clinch. Das Einzige, was mir etwas Trost spendete, war Laika, eine acht Wochen alte Mischlingshündin. Ich hatte sie einer Bekannten abgekauft. Laika ließ mich so viel vergessen. *Endlich, ein Hund!* Ein lang ersehnter Traum war endlich in Erfüllung gegangen.

Die Tür, die Praxis und Wartezimmer

voneinander trennten, wurde geöffnet. Heraus trat ein Mädchen in meinem Alter. Ohne mich weiter anzusehen, schlürfte diese an mir vorbei Richtung Ausgang.

»Bis nächste Woche«, rief die Psychologin ihr noch hinterher, bevor sie auf eine Karteikarte blickte, sich mir zuwandte und sagte: »Dann musst du Maren sein.« Nickend erhob ich mich. »Komm doch herein«, bot sie mir an.

Das Zimmer war gemütlich eingerichtet. Zimmerpflanzen in handbemalten Keramik-Töpfen und dezente Bilder. Es gab einen Schreibtisch, zwei Sitzsäcke und ein Sofa. Allerdings stand das am anderen Ende des Zimmers und war ziemlich niedrig.

»Du darfst dir gern einen Platz aussuchen und es dir gemütlich machen.«

Ich wählte einen der Sitzsäcke aus. Mit übereinandergeschlagenen Beinen saß die Seelenheilerin auf ihrem Drehstuhl. Ihr Alter war schwer zu schätzen, aber ich vermutete, dass sie Mitte vierzig war. Körperlich wirkte sie zwar sportlich und jung, aber kleine Fältchen um Augen und Mund ließen sie älter wirken.

»Ich bin Frau Nadini.« Ein Lächeln ließ ihre Fältchen verschwinden. Ich fühlte mich in Frau Nadinis Gegenwart wohl.

»Und ich bin Maren.«

Frau Nadini griff nach einem gelben Papierhefter. Sie beleckte sich den Zeigefinger, um einige Seiten im Hefter umzublättern. »Ich habe vor ein paar Tagen mit deiner Mutter telefoniert. Ich rede immer zuerst mit den Eltern, bevor ich eine Therapie anfange.«

»Aber dann wissen Sie doch bereits alles.«

Ein weiteres Lächeln kam zum Vorschein. «Na ja. Eltern haben nicht immer eine Ahnung davon, was ihre Kinder bewegt. Verstehst du das, Maren?«

Nein, nicht wirklich!

Unruhig rutschte ich hin und her. Der Sitzsack erschien mir nicht mehr als die beste Wahl. Ohne zu fragen, wechselte ich auf das Stoffsofa mit afrikanischen Mustern.

»Das ist eine ausgezeichnete Wahl«, lobte sie mich.

»Wie meinen Sie das«, fragte ich verunsichert. Ich hatte doch nichts weiter gemacht als den Platz gewechselt.

»Du hast deinem Gefühl vertraut und dir etwas Bequemeres gesucht. Nicht jeder hätte sich getraut, einfach den Platz zu wechseln.«

Ich verstehe nur Bahnhof.

Jedoch schoss mir zu ihrer Aussage sofort ein Gedanke in den Kopf.

»Ich möchte eigentlich auch nicht mehr in die Schule. Muss ich aber trotzdem.«

»Du sprichst da etwas sehr Wichtiges an. Es gibt gewisse Dinge im Leben, die man tun muss, auch wenn man es gar nicht will.«

»Aber nicht jeder wird bespuckt und geschlagen in der Schule«, erwiderte ich aufgebrachter, als ich es eigentlich wollte.

»Welche Schule besuchst du gleich noch mal?« Sie setzte eine Brille auf. Eilig blätterte die Psychologin ihre Unterlagen durch. »Ah ja. Die Karl-Marx- Realschule«, sagte sie mehr zu sich selbst, als zu mir. Ihr Blick war voller Mitgefühl. So erschien es mir jedenfalls. »Ich habe schon viele Patientinnen aus deiner Schule hier sitzen gehabt. Mobbing scheint dort wohl an der Tagesordnung zu sein.«

Warum überrascht mich das jetzt nicht wirklich?

Die Stunde zog sich wie Kaugummi. Immer wieder versuchte sie das Gespräch auf meinen leiblichen Vater zu lenken. Mehrmals hatte ich ihr versichert, dass das Verhältnis zwischen ihm und mir nichts mit meinem Suizidversuch zu tun hatte.

Die Psychologin war da anderer Meinung. »Das Verhältnis zwischen Kindern und Eltern ist essenziell. Es beeinflusst das gesamte Tun und Handeln«, wollte sie mir weismachen.

Ich sah das anders. Meine Mutter hasste meinen Vater. Bei jeder Gelegenheit schimpfte sie über ihn. Manchmal musste ich ihr recht geben. Es kam öfter vor, dass er meinen Geburtstag vergaß. Aber ich konnte mir nicht vorstellen, dass es mir so zu schaffen machte, wie es die Psychologin zum Ausdruck brachte.

Als die Stunde endlich um war, machten wir einen neuen Termin aus.

»Aber bitte, sag rechtzeitig ab, falls du nicht kommen kannst«, bat sie mich.

Ich ging zu keinem weiteren Termin und sagte auch nicht ab. Die Stunde bei ihr hatte mir gutgetan. Warum ich die Gesprächstherapie abbrach, kann ich aus heutiger Sicht nicht mehr nachvollziehen.

Während der Entstehung dieses Kapitels spukt eine Frage in meinem Kopf herum: Was wäre wenn? Wer wäre ich jetzt, hätte ich der Psychologin vom Missbrauch erzählt? Was hätte das für Konsequenzen gehabt?

Kapitel 19 – Lethargie

In dem Augenblick, in dem ein Mensch den Sinn und den Wert des Lebens bezweifelt, ist er krank.
(Siegmund Freud)

Nach zwei Tagen Kinderlosigkeit stellt sich eine Art Lethargie ein. Ich hadere mit meinem Leben. Die Anrufe meiner Großen ignoriere ich weitestgehend. Ich will eine mentale Pause von den Kindern. Die Telefonate mit Pia sind anstrengend. Ich reagiere oft gereizt. Ich reagiere gerade auf alles gereizt. Selbst Fatimas Kinder nervten mich.

Als Pia und Lotti ebenfalls mit durch die Flure tobten, war der Lärmpegel völlig in Ordnung für mich. Jetzt hingegen empfinde ich es als nervenaufreibend. Die meiste Zeit verbarrikadiere ich mich im Zimmer und lese. Aber es will sich kein Gefühl von Erholung einstellen. Mit einem strukturierten Tagesplan versuche ich, gegen eine erneute Depression anzusteuern.

Bis in die späteren Abendstunden funktioniert diese Taktik auch. Erst wenn ich versuche einzuschlafen, kommen alte, bekannte Dämonen in Form der bösen inneren Stimme zurück.

»Du machst einen großen Fehler, wenn du wieder zu Rene zurückgehst. Wie blöd bist du eigentlich?«

Nein. Er hat versprochen, sich zu ändern.

»So wie deine Kerle davor? Immer wieder baust du Scheiße und ziehst deine Kinder da mit rein. Sie wären ohne dich besser dran. Nimm alle Tabletten und krepier doch endlich!«

Meine Medikamentendosis schnellt daraufhin rapide in die Höhe. Ich will mich betäuben. Wozu noch nüchtern bleiben? Doch mein Plan geht nicht auf. Der Körper entwickelt schnell eine Toleranz gegen Medikamente. Stundenlang wälze ich mich in den Kissen herum. Stehe mehrmals auf, gehe zum Kühlschrank, um mir Alkohol aus Dosen einzuverleiben. Die Gefahr, erwischt zu werden, nehme ich in Kauf. Jedoch bleibt der gewünschte Effekt aus. Ich muss es wohl mit mir selbst aushalten.

Die Suizidgedanken sind wieder da und es ist schwer dagegen anzukämpfen. Und dennoch ... zwischen all den verbrannten Hoffnungen keimt ein kleines Pflänzchen: meine Biografie. Das Schreiben ist ein lang gehegter Wunsch von mir.

Diese Arbeit erfüllt mich. Befreit mich. Und so, wie es mir in den Kopf kommt, tippe ich es nieder.

Kapitel 20 - Long John

Es ist ganz egal, was sie im Schlafzimmer treiben, solange sie es nicht auf der Straße tun und die Pferde erschrecken.
(Mrs. Patrick Campbell)

Die Tage wurden kürzer. Der Herbst zeigte sich langsam von seiner schlechtesten Seite. Mürrisch trat ich bei strömendem Regen in die Pedale meines Fahrrads. Der Schulweg erschien mir heute länger als sonst. Ein Tag voller Demütigungen wartete auf mich. Das melancholische Wetter und die Aussicht auf eine Doppelstunde Sport ließen mich erschaudern.

Die Nachprüfung hatte ich mit Bravour gemeistert. Mein Opa lernte eine ganze Ferienwoche mit mir durch. Wir bezogen in der Zeit die Gartenlaube. Oma Doris war der Ansicht, dass frische Luft und Vogelgezwitscher meine Leistungsfähigkeit erhöhen würde. Nur noch Zahlen und Formeln gab es in meinem Hirn. Wenigstens befand ich mich währenddessen an der frischen Luft. Mein Vater und seine Frau kamen eines Abends auch in die Gartenanlage. Ich sah sie von der Veranda aus, begleitet von zwei Mädchen – ungefähr in meinem Alter – die einen Kinderwagen vor sich her schoben. Das musste wohl dann mein kleiner Bruder sein. Die zwei Mädchen kannte ich aus Erzählungen. Oma Doris erwähnte bei jeder Gelegenheit, wie hübsch und schlau Nastja und Natascha wären. Mein Vater hatte die Mädchen aus Tschernobyl über die Ferien bei sich aufgenommen, damit sich ihre verstrahlten Körper etwas regenerieren konnten.

Ich freute mich weder auf das Baby-Brüderchen noch auf die Mädchen. Einen Vater, der nie Zeit für sein Kind hatte, mit drei weiteren Personen teilen zu müssen, hinterließ einen bitteren Nachgeschmack. Ich beobachtete genau, wie liebevoll und umsichtig er mit seinem Sohn umging, wie er mit den Mädchen lachte und scherzte, während die Erstgeborene vor einem Blatt Papier über die richtigen Lösungswege sinnierte. Ich wünschte mir, dass er mich auf meinen Suizidversuch angesprochen hätte. Dass er mich fragen würde, wie es mir geht oder ob er mir irgendwie unter die Arme greifen könnte. Stattdessen kümmerte er sich um fremde Kinder und einen Hosenscheißer.

»Möchtest du deinen Bruder mal auf den Arm nehmen?« Oma Doris streckte mir ein eingewickeltes Bündel entgegen.

»Nein. Danke.« Demonstrativ verschränkte ich

die Arme.

»Dann sieh ihn dir doch wenigstens richtig an.«

»Der sieht seinem Vater zum Verwechseln ähnlich.«

Was erwarteten alle von mir? Das ich vor Rührung weiche Knie bekomme?

Sechzehn Jahre lang gebührte mir der Premium-Platz als einziges Kind und Enkelkind. Und nun? Nun musste ich alle mit diesem kleinen Etwas teilen. Das war viel, mit dem ich fertig werden musste.

Auch Zuhause war die Kacke am Dampfen. Mars war nicht mehr mein Freund. Außer Anne hatte ich niemanden mehr. Die Kerle, mit denen ich meine zwei aufeinandergelegten Matratzen teilte, zählte ich nicht mit. Sie kamen und gingen. Ich fühlte mich einsam und verlassen. Manchmal überkam mich der Wunsch in ein Auto hineinzuradeln.

Ohne nach rechts oder links zu schauen, überquerte ich die Hauptstraße. Meine Schule wirkte mit der grauen Regenkulisse noch verkommener als sie es sowieso schon tat. Karin, eine Mitschülerin aus der Parallelklasse, stand wie jeden Morgen vor dem Schultor, um mich abzupassen. Sie war eine Meisterin der Zielspuckerei und traf mich wie jeden Tag zielsicher ins Gesicht. Teile ihrer DNA liefen an meinem Kinn herunter. Ich wagte nicht, danach zu greifen. Hätte ich es getan, wäre mir ein Fußtritt in die Pedale sicher gewesen. Als ob nichts gewesen wäre, passierte ich Karin und deren Freundin. Mein Rad quetschte ich zwischen all die anderen Fahrräder. Einige Schülerinnen riefen mir »Nazi-Schlampe« zu.

Mist! Habe ich gerade richtig gehört?

Ja, hatte ich. Anne stand nun auch bei denen. Sie schaute weg, als ich einen Fußtritt kassierte. Jacky hatte es ebenfalls gesehen.

Sie wird mir auch nicht helfen.

Keiner half mir. Ein Tritt von hinten traf meine Schultasche. Ein dumpfes Knacksen war zu hören. *Also keine Schulbrote heute!*

Jemand hatte meine Brotdose erwischt. Auf der gegenüberliegenden Seite der Schule stand mein Lehrer. Er hatte Hofaufsicht, aber er schaute weg. Mit starrer Miene lief ich Richtung Schuleingang. Ein weiterer Schlag traf mich in der Lendengegend. Gott sei Dank war heute Freitag. Am Wochenende war ich bei einem Kumpel eingeladen. Ich mochte den Typen eigentlich gar nicht. Eiko war ein arbeitsloser Vollpenner. Aber er war erwachsen und bewohnte eine Zwei-Zimmer-Sozialwohnung. Ich würde meine Hündin mitnehmen können und mich das gesamte Wochenende mit Sex und Alkohol betäuben.

Scheiß doch auf Jacky! Scheiß auf die gesamte Schule!

Es waren nur Tritte. Meine Seele konnten sie nicht brechen, das ließ ich nicht zu. Noch am selben Tag wurde ich in der Mädchentoilette eingesperrt. Man kippte sämtliche Hygienemülleimer über mir aus. Ein ganzes Jahr musste ich das noch ertragen, dann hatte der Schulwahnsinn endlich ein Ende!

Am Sonntagvormittag riss mich ein Anruf aus dem Schlaf. Mit verschwommenem Blick konnte ich gerade so den Namen auf dem Display entziffern: Eiko.

Was will der denn von mir?

»Ja«, krächzte ich.

»Hab ick dich geweckt?«

»Ja, hast du. Was is'n los?«

»Du hast dein Video bei mir vergessen.«

Oh, scheiße!

»Ich zieh mich an und komme es holen«, antwortete ich etwas neben der Spur.

»Ähm, da gibt es ein kleines Problemchen«, druckste Eiko herum.

»Was denn?«

»Ein Kumpel hat sich das Filmchen ausgeliehen.«

»Sag mal, spinnst du? Auf dem Video bin ich nackt und ein paar Freundinnen auch. Du kannst das nicht einfach verleihen!«

Warum hatte ich auch damit angeben müssen? Ich hatte das Tape allen Gästen auf der Feier präsentiert. Es waren Aufnahmen von verschiedenen Fotoshootings, unter anderem auch von dem mit Mandy als Klosterschülerin. Ich lief in einer Szene völlig nackt herum. Und es gab sogar eine Szene, in der ich meine Beine spreizte, soweit es ergonomisch möglich war.

Den Typen waren fast die Augen rausgefallen. Leute zu provozieren gefiel mir außerordentlich. Ich war so, wie mich die Gesellschaft sah. Eine Schlampe. Ein Sündenmädchen durch und durch. Dennoch missfiel mir Eikos Großzügigkeit auf meine Kosten.

»Das Video ist bis heute Abend bei mir, verstanden?«, drohte ich.

»Willste nicht wissen, wer es gerade hat?«

»Na los, Eiko, raus damit. Welcher Pisser wedelt sich gerade damit einen von der Palme?« Ich war seine Geheimnistuerei satt.

»Ein alter Freund von mir. Er ist Pornodarsteller und will mit dir zusammenarbeiten.«

»Ach was.«

»Er müsste dich bald anrufen.«

Eiko hatte nicht gelogen. Zwei Stunden später rief mich ein Kerl namens Kevin an. Wir verabredeten uns für siebzehn Uhr in einem Park bei mir um die Ecke. Ich kaschierte meine Augenringe, steckte meine Haare nach oben und zog einen schwarzen Mantel, schwarze Lackstiefel und einen schwarzen Mini an. Mit meiner Hündin im Schlepptau schlenderte ich eine halbe Stunde vorher zum vereinbarten Treffpunkt.

Abgestorbene Blätter wehte der Wind hin und her. Die Sonne kämpfte gegen die hereinbrechende Dämmerung an. Der Park war bis auf ein paar spielende Kinder leer. Laika konnte also bedenkenlos von der Leine gelassen werden, solange keine anderen Hunde in der Nähe waren. Uns verband ein starkes Band. Stärker als es eine Leine je sein könnte. Mit einem Stöckchen verschwand die Kleine zwischen dichten Sträuchern.

Ein hochgewachsener Mann kam direkt auf mich zu. Seine Hände steckten lässig in den Taschen eines grauen Wollmantels. Jeder Schritt von ihm wirkte so elegant wie der kobaltfarbene Seidenschal um seinen Hals. Ganz wohl war mir nicht bei der Sache. Was brachte einen Pornodarsteller dazu, mit einer sechzehnjährigen Göre Geschäfte zu machen? Sein rechter Arm schnellte in die Höhe und salutierte in meine Richtung. Ich erwiderte den Gruß.

Zwei Tage später holte Kevin mich direkt von meiner Schule ab. Mit elegantem Hüftschwung schritt ich an einer Gruppe verdutzter Mitschüler vorbei. Meine Badetasche hing lässig über der Schulter. Kevin stand vor der geöffneten Beifahrertür seines tiefergelegten Wagens. Wir begrüßten uns mit einem Rechts-links-Küsschen. Sein würziges Aftershave bereitete mir Vorfreude auf unsere Zusammenarbeit. Gentlemanlike nahm er mir die schweren Taschen ab. Beide landeten im Kofferraum.

»Na, Püppie, machen wir uns 'nen schönen Tag heute?«

»Klaro.«

Die fünfminütige Fahrt zur Therme nutzte meine Verabredung dazu, sich selbst zu beweihräuchern. Er faselte über Sport und in welchen Filmen er schon mitgewirkt hatte.

»Für was verwendest du denn meine Fotos?«, unterbrach ich seine Lobeshymne über sich selbst.

»Na mal kieken. Solche Fotos sind gefragt, meine Liebe.«

»Und wann erhalte ich mein Geld?«

»Sobald ich einen Käufer dafür gefunden habe.«

Wir erreichten den Parkplatz. Das Pornosternchen rangierte den Wagen in eine der wenigen freien Parklücken.

«Biste aufgeregt?«

»Nö, wieso? Ich bin öfter hier.«

»Aber bestimmt nicht, um Fotos zu machen.«

»Das nicht«, gab ich zu. Seine Hand klatschte auf meinen Oberschenkel.

»Los, Prinzessin, ich kann es kaum erwarten, dich in Aktion zu sehen.«

Kommentarlos stieg ich aus seinem Auto, steckte mir erstmal aus Gewohnheit eine Zigarette an.

Meine Begleitung nahm die Qualmerei zum Anlass, eine Predigt vom Stapel zu lassen: »Wenn du für mich arbeitest, dann rauchfrei.«

Ich blieb stumm und ließ graue Dunstwolken gen Himmel steigen. »Zahlst du mir einen Stundenlohn?«

»Ne, wieso sollte ich?«

»Solange du mich lediglich für Fotos bezahlst, rauche ich, wann immer mir danach ist!«

»Ich kann den Gestank von Zigaretten nicht ausstehen«, verteidigte er sich.

»Und ich kann Kerle nicht ausstehen, die mir sagen wollen, was ich zu tun habe.« Energisch zerdrückte ich den qualmenden Kippenstummel mit meinem Lackstiefel.

Kevin lief wortlos zum Eingang der Therme. Meine Badetasche hatte er sich umgehängt.

Wir teilten uns eine Umkleidekabine. Meine Begleitung zog sich ungeniert vor mir aus. Die Kabine war eng. Unsere Körper berührten sich. Provokativ drückte ich mein Becken an seines. Langsam streifte ich meinen Pulli herunter.

Büstenhalter und Hose waren schnell ausgezogen. Meinen Hintern rieb ich ganz selbstverständlich an Kevins Gemächt. Das passierte automatisch. Eigentlich wollte ich keine falschen Signale senden. Ich denke, dass es mir wichtig war, meinem Gegenüber einen Schritt voraus zu sein. Bevor er sich an mir rieb, tat ich es.

Er reagierte mit einer kräftigen Latte. Ich spürte seine Eichel, die sich fordernd ihren Weg bahnte.

»Am liebsten würde ich dich gleich hier auf der Stelle ficken.« Er zog mich fest an sich. Grob wurden meine Brüste geknetet. Seine Nase steckte tief in meinen Haaren.

Ich ließ ihn gewähren. Blieb unberührt davon. Innerlich spürte ich nichts außer einer Vorfreude auf grüne Scheinchen.

Während das Pornosternchen weiterhin meine Titten bearbeitete, streifte ich mir den Slip herunter. Das kleine Stoffdreieck hing nun an meinem Fuß. Gezielt bugsierte ich es in die Tasche. Währenddessen begutachtete ich Kevins steif gewordenes Kapital-Gehänge.

Durchaus brauchbar, das Bürschchen.

So elegant wie möglich rutschte ich auf Höhe seines Beckens. Kevin seufzte, ich lutschte. Er stöhnte, ich würgte. Die Größe seines Pimmels war nicht zu unterschätzen.

»Du musst durch die Nase atmen«, zog er

mich auf.

Ich gab mir alle Mühe, nicht auf die Kacheln zu kotzen. Meine Begleitung würde bald zum Höhepunkt kommen.

Als ob er meine Gedanken lesen konnte, zog er mich an den Haare nach hinten. »Bevor du hier noch 'ne Maulsperre kriegst, hören wir lieber auf. Ich hatte heute schon dreimal Sex und habe zweimal gewichst. Es würde jetzt Stunden dauern, bis ich kommen würde.« Wie einem Hündchen tätschelte er meinen Kopf.

»Lass das!«, bellte ich zurück und band mir schnaufend mein Saunatuch um. »Also. Wo hast du denn jetzt bitte vor, Fotos zu schießen?«

»Zuerst einmal gehen wir saunieren.«

Wir hatten den ersten Saunagang hinter uns gebracht. Ich wollte mich gerade von Schweiß und abgestorbenen Hautpartikeln befreien, als Kevin mich an der Schulter festhielt. »Warte! Ich will dich verschwitzt fotografieren.«

»Und wo?«

Er nahm mich bei der Hand. »Das Solarium kann man von innen abschließen.«

Sanft schob mich Kevin in eine von insgesamt drei Kabinen. Die gelben Wände, ein Beistelltisch mit Rattan-Stuhl und zwei Bilder in mediterranem Stil ließen den Raum behaglich erscheinen. Ohne auf ein Kommando zu warten, legte ich mein Handtuch auf der Stuhllehne ab. Ich fuhr mir durch das verschwitzte Haar. Elegant schritt ich auf das offen stehende Solarium zu und setzte mich vorsichtig – man weiß doch nie ob die Dinger stabil sind – auf die Liegefläche.

»Bleib so.« Kevin knipste mich in diversen Posen. Ungefähr fünfzehn Minuten und ein Paar gespreizte Beine später legte er die Kamera auf dem Tischchen ab.

»Komm her! Setz dich auf den Stuhl hier.«

Ich verließ meinen Posten und kam seiner Anweisung nach.

»Und nun?«, fragte ich, nachdem ich Platz genommen hatte.

Kevin ergriff meine Waden und zog sie nach oben. Halb liegend, halb sitzend schwante mir, was Mr. Riesenpimmel mit mir vorhatte. Ohne den Blick von mir abzuwenden, spuckte er auf seine Handfläche.

»Hey warte! Ich ...«

Kevin hielt inne. »Was hast du?«, fragte er ungeduldig.

»Ich hab meine Tage.«

»Ach so.« Er konzentrierte sich wieder auf die Befeuchtung seines Schwengels.

»Aber ich hab da was drin«, stammelte ich.

Sein Griff um meine Beine verstärkte sich. »Ich schieb ihn nicht ganz rein. Für die Bilder reicht es.« Kevin drang in mich ein. »Schade eigentlich. Du fühlst dich verdammt eng an.« Keuchend griff er nach der Kamera. Seine Stöße wurden härter.

»Pass doch auf! Soll mir der Tampon oben wieder rauskommen?«

Die Bewegungen wurden sanfter. Konzentriert schoss Kevin eine ganze Reihe Fotos.

Unser zweites Shooting fand in einem dreißig Kilometer entfernten Sex-Kino statt. Ich hatte zum zweiten Mal meine Französisch-Nachhilfe geschwänzt, um mich zuhause auf die Session vorzubereiten. Meine Mutter und Hans waren noch arbeiten. So konnte ich ungestört duschen gehen. Das heiße Wasser tat gut.

Genau das Richtige bei diesem nasskalten Wetter.

Meine Kleiderwahl bestand aus einer roten Lack-Hose und einem weißen Top. Kaum war ich in meine Garderobe geschlüpft, klingelte das Handy. »Eine Minute«, japste ich. Kommentarlos legte mein Date auf. Eilig zog ich mir meine oliv-grüne Steppjacke drüber. Ein kurzer Blick in den Spiegel zauberte mir ein Lächeln aufs Gesicht.

Sexy Motherfucker!

Kevin musterte mich von oben bis unten, als ich zu ihm ins Auto stieg. Kommentarlos öffnete ich meine Jacke und präsentierte mein jugendliches Dekolleté. Durch die Kälte bohrten sich steife Nippel durch dünnen Baumwollstoff.

»Du wirst einmal eine wunderschöne Frau

sein, Maren. Aber du solltest mit dem Rauchen aufhören, das macht Falten.«

»Und wenn schon«, gab ich flapsig zurück. »Wer bist du, dass du mir Vorschriften machst, hm?«

»Ich bin ein guter Freund, der um dein Wohl besorgt ist.«

Provokativ zündete ich mir eine Zigarette an. Kevin startete kopfschüttelnd den Motor.

»Du bezahlst mich für Fotos, mehr nicht. Wir sind keine Freunde, Kevin.«

Eine stinkende Rauchwolke hüllte das Wageninnere ein. Mein Chauffeur wedelte fluchend in der Luft herum.

»Jetzt enttäuschst du mich. Aus uns könnte noch ein Liebespaar werden«, zwinkerte er mir zu.

Unser Ziel war ein heruntergekommenes Gebäude mit einer grünen Leuchtreklame. Der Schuppen stand mitten in der Pampa, fernab von der Großstadt.

»Hast du uns denn da angemeldet?«, wollte ich wissen. Mir kam das alles ziemlich komisch vor.

»Wozu anmelden? Hast du eine Ahnung, was in so einem Etablissement abgeht?«

»Nein, ich bin sechzehn Jahre alt. Woher soll ich das denn wissen?«

»Sei einfach ruhig und lass mich reden.«

Während Kevin dem Sex-Kino-Betreiber unser

Vorhaben erläuterte, schaute ich mich um. Die Regale mit Dildos hatten es mir angetan. Ein niedlicher Delfin lächelte mir aus seiner Verpackung entgegen. Schade, dass ich kein Geld mithatte. Dann musste ich mich mit Kevins dreiundzwanzig Zentimeter langem Pimmel zufriedengeben. Diesmal würde er mich nicht schonen.

Der Inhaber warf mir einen verächtlichen Blick zu. »Macht mir bloß nichts kaputt«, näselte er mit wedelnden Armen.

Kevin führte mich in einen dunklen Raum. Außer einer flimmernden Leinwand war es stockfinster. Es brauchte ein paar Sekunden, bis ich etwas erkennen konnte. Zwei schemenhafte Gestalten saßen auf Stühlen und schauten in unsere Richtung. Auf der Leinwand wurde eine Möse in Nahaufnahme gezeigt.

Gelangweilt ließ ich mich auf einen der Stühle nieder. Kevin saß eine Reihe weiter vor mir. Er unterhielt sich mit einem älteren Mann. Beide schauten mehrmals zu mir nach hinten.

Was hat Kevin denn jetzt schon wieder vor?

Um mich abzulenken, sah ich mir rauchend den Porno an. Die nicht mehr ganz so frische Darstellerin bearbeitete einen Mann mit rotem Schnauzbart. Ihr Stöhnen hallte durch den ganzen Saal.

Was bitte treibt jemanden hierher?

Der Porno war von minderwertiger Qualität.

Da hatte ich schon bessere im Fernsehen gesehen.

Kevin und der andere Typ erhoben sich. Meine Begleitung zupfte mich am Jackenärmel.

»Komm mit«, befahl er.

Ächzend erhob ich mich. Die Ruhe und das gedimmte Licht hatten mich müde gemacht. Wir gingen zu dritt in einen Nebenraum. Außer grauem Teppichboden, einer Leinwand und Stühlen gab es dort nichts. Kevin übergab seine Kamera an den anderen Mann. Dieser grinste, als hätte er einen Pokal überreicht bekommen.

»Zieh dich aus und leg dich hin«, ordnete Kevin an. Er zog sich ebenfalls aus. Ich wollte widersprechen, traute mich aber nicht.

Dafür ist es jetzt zu spät. Mitgehangen, mitgefangen.

Ich versuchte, den fremden Kerl auszublenden und stellte mir vor, dass dies ein romantischer Abend mit Kevin wäre. Ich hatte mich bis auf meinen Slip ausgezogen, als ich die Blicke des Anderen auf mir spürte. Getriggert davon, verdeckte ich meine Brust.

»Bist du bald mal fertig, Maren?«

Der Typ bemerkte mein Unwohlsein und drehte sich mit dem Gesicht von mir weg. Mit der rechten Hand hielt er die Kamera, mit der anderen Hand rieb er seinen Schritt.

Bah, wie ekelhaft!

Nur mit Socken bekleidet lag ich auf der

rauen Auslegware. Einen halben Meter weiter lag ein Zigarettenstummel.

Passiert so etwas, wenn man Französisch schwänzt? Ist das die Strafe für meine Faulheit?

Mein Pornosternchen schob den Fotografen in die linke Ecke. Fachmännisch checkte Kevin das Licht. Zu guter Letzt korrigierte er meine Position.

»Winkel die Beine an!«

»Meinst du so?« Peinlich berührt bedeckte ich mit den Händen Brüste und Scham.

Mein Stecher zwängte sich zwischen meine Schenkel. Die Höhe stimmte ihn noch nicht ganz zufrieden. Er robbte am ungeduldigen Fotografen vorbei, griff in seine Sporttasche und beförderte ein weißes Handtuch hervor. »Heb dein Gesäß an.«

Tief durchatmend hob ich mein Becken an. Mit der Handtuchrolle lag es sich um einiges angenehmer. Kevin zwängte sich zum zweiten Mal zwischen meine Beine. Sein Penis drückte gegen meine Schamlippen. Er rotzte sich auf die Hand und schmierte mich wie ein Brathähnchen vor der Füllung ein.

Ich hätte sicher Gefallen an all dem gehabt, wenn da nicht der wild fotografierende Widerling gewesen wäre. Henri wäre mir als Fotograf lieber gewesen. Der war zwar auch ein Perversling, allerdings mit Stil und gewaschenen Unterarmen. Mit einem knackenden Geräusch ließ sich Mister *Ich-fotografiere-bis-ich-geil-werde* auf die Knie fallen. Er peilte auf meine Brüste. »Darf ich denn später auch mal?«, fragte er an Kevin gerichtet.

Der führte gerade seinen Schwanz in mich ein. Ich kniff die Augen zusammen und versuchte alles um mich herum auszublenden. Es fühlte sich gut an, und nur das zählte.

»Wenn du deine Arbeit gut machst, darfst du auch mal drauf, klaro.«

Sie gaben sich ein High Five. Ich riss die Augen auf.

Das kann doch jetzt nicht sein! Ich stecke in einem Alptraum.

Wie gelähmt lag ich am Boden eines Sex-Kinos und konnte nicht fassen, dass mein Auftraggeber mich wie ein Spielzeug verleihen wollte.

»Ich will das nicht!«, krächzte ich Kevin zu. »Autsch!«

Seine Stöße wurden härter. Er tat mir weh. Als ob er Gedanken lesen konnte, hielt er meine Hände fest im Klammergriff, damit ich ihn nicht von mir schieben konnte.

»Das werden gute Fotos«, stöhnte der Fotograf. Er stand über mir und hielt die Linse auf mein schmerzverzerrtes Gesicht. Seine Hose war heruntergezogen. Ein mickriger gelblich verkrusteter Schwanz zeigte Richtung Süden.

Mit einer Hand knipste er, mit der anderen Hand wichste er.

»Bitte, hört auf. Ich will das nicht!« Doch mein klägliches Wimmern brachte die Männer erst recht auf Hochtouren. Kevin rammelte inzwischen mein anderes Loch. Ohne Vorwarnung.

»Hast du gewusst, dass ein guter Pornodarsteller auf Befehl abspritzt? Möchtest du, dass ich abspritze, Maren?« Ohne auf eine Antwort zu warten, zog er seinen Schwanz aus mir und ejakulierte auf meinen Bauch. Das Handtuch zog er mir sprichwörtlich unter dem Arsch weg, um sich damit die restliche Wichse abzuputzen.

Mr. Krusten-Pimmel überreichte Kevin freudig die Kamera. «Darf ich sie jetzt ficken, ja? So eine Gelegenheit bekommt man ja nicht alle Tage.«

»Maren könnte sicher noch ein wenig was lernen. Stimmts, Puppe?« Verächtlich warf er mir sein beschmutztes Tuch entgegen. Dankbar bedeckte ich meinen Körper damit. Ich wagte nicht, ihm zu widersprechen. Meine Freeze-Position verhinderte jegliches Gegenargument. »Ich werte das mal als ein Ja«, zwinkerte mir Kevin zu.

Warum tut er das?

»Dann ist heute dein Glückstag, Mädchen. Ich bin richtig in Fahrt gekommen.«

Meine Schockstarre hielt an. Stöhnend warf

sich der Typ auf mich. Seine Ausdünstungen waren kaum zu ertragen. Vielleicht hätte ein klares »Nein« ausgereicht. Aber ich sagte niemals Nein. Außerdem war ich davon ausgegangen, dass Kevin mich beschützen würde. Doch das tat er nicht. Im Gegenteil. So ist das halt, wenn man sich mit Wölfen einlässt. Im Rudel zerfleischen sie dich wie ein Stück Papier.

Wie ein Häufchen Elend lehnte ich mit dem Kopf an der Seitenscheibe. Kevin trällerte wie ein Kanarienvogel, als ob nichts gewesen wäre. Er hatte mich verschenkt wie einen Blumenstrauß. Aber keinen hübschen vom Floristen. Nein, eher wie einen Strauß von der Tankstelle.

»Darf ich die Lady noch auf einen Imbiss einladen?« Ohne meine Antwort abzuwarten, verließ er die Hauptstraße und wir steuerten einen Imbiss an.

Wenn Kevin Imbiss sagt, meint er es auch. Mehr war ich also nicht wert!

Er drückte mir ein zwei Mark teures Hotdog-Brötchen in die Hand. Schweigend standen wir an einem versifften Imbisstisch und kauten auf Geflügelwürstchen herum.

»Was ist? Warum sagst du nichts?«

»Ich will nach Hause«, gab ich zur Antwort.

Kevin wischte sich mit einer Serviette Senf

vom Mund.

»Du könntest schon etwas dankbarer sein.«

»Inwiefern?«

»Ich fahre dich durch die Gegend, lade dich zum Essen ein. Und du ziehst hier 'ne Fresse vom feinsten.« Der Rest seines Hotdogs landete einen Meter weiter im Gras. Kevin wedelte wütend mit den Armen herum. »Ihr Weiber seid alle so was von undankbar.«

»Siehst du, was du angerichtet hast? Jetzt ist er wütend. Du kannst auch nichts richtig machen«, musste sich die böse Stimme wieder zu Wort melden.

Kann ich wohl!

»Danke, lieber Kevin, dass du mit mir heute diesen Tag verbracht hast. Und vielen Dank für die großzügige Einladung«, zwang ich mir ab.

Wie auf Knopfdruck entspannte er sich wieder. Ein Lächeln umspielte seinen Dreitagebart. »Hab ich doch gern gemacht.«

Die Heimfahrt zog sich wie Kaugummi. Die Fassade meines Pornosternchens bröckelte. Natürlich war er so, wie er war. Ich hatte es nur nicht gleich erkannt. Als er mir zu guter Letzt noch damit drohte, mich fertigzumachen, wenn ich über die Fotoshootings sprechen würde, konnte ich nur noch Hass für diesen Menschen empfinden. Es war das letzte Mal, dass wir miteinander zu tun hatten. Ich sah weder ihn noch einen einzigen Taler.

Kapitel 21 – Trautes Heim

Das ganze Leben ist ein ewiges Wiederanfangen.
(Henri Ford)

»*Wallah*! Was ziehst du so ein Gesicht? Freust du dich nicht auf deinen Mann und deine Kinder?«, will Fatima wissen. Wir beide stehen mit gepackten Sachen mitten auf dem Marktplatz in jenem Ort, in dem das Frauenhaus steht. Frau Piepsstimme hat mich eindringlich darauf hingewiesen, den Treffpunkt mit Rene so weit weg wie nur möglich von unserem Zufluchtsort zu wählen.

Hier stehe ich nun, zwei gepackte Koffer und eine optimistische Fatima neben mir. In ihren Augen ist Rene ein Prinz, der mich zurück ins Schloss holt. Ein paarmal sind Rene und Fatima aufeinandergetroffen. Eigentlich viel zu kurz, um sich ein Urteil bilden zu können. Meine ehemalige Zimmernachbarin hat von uns beiden wohl das schwerere Los gezogen. Ihr Mann drohte damit, sie umzubringen.

Fatima lebte in einem ganz anderen Bundesland. Für sie und die Kinder konnte es gar nicht weit genug weg sein. Jetzt droht ein weiterer Umzug, weil Fatima keine geeignete Wohnung fand. Die Frauenhausmitarbeiterinnen hatten Fatima meines Erachtens nach auch nicht ausreichend beraten.

Eines ihrer Kinder leidet an einer chronischen Erkrankung mit schweren Verläufen. Salopp gesagt, ein Pflegefall. Der Mutter wurden Wohnungen im vierten oder fünften Stock vorgeschlagen. Es war ausgeschlossen, dass sie auf Dauer dort ihr krankes Kind hinauftragen könnte. Es kann zwar laufen, allerdings keine längeren Strecken und schon gar nicht bis in die obersten Etagen.

Das Jobcenter übernahm die Miete von der alten Wohnung und die Miete für die Schutzwohnung. Die Frist für die Kostenübernahme der alten Wohnung sollte zum ersten Januar ablaufen. Was würde dann mit den Möbeln passieren? Für mich war klar, dass Fatima sich in einer Ausnahmesituation befand und da andere Regelungen greifen. Man musste nur wissen, wie man diese beantragte. Das wäre eigentlich die Aufgabe der Sozialarbeiterinnen vor Ort gewesen, aber sie taten es nicht.

Daher klemmte ich mich drei Tage vor meinem Auszug noch dahinter, um ihr irgendwie etwas Unterstützung zu verschaffen. Zuerst vereinbarte ich einen Termin beim sozialpsychiatrischen Dienst. So wie ich Fatima erlebte, litt sie unter Depressionen und schien auch ein Trauma erlitten zu haben. Als Frau

Piepsstimme davon Wind bekam, wollte man Fatima den SPDI ausreden. Es war mir ein Rätsel, warum so mit ihr verfahren wurde.

Das nächste Problem war ihr krankes Kind. Es musste den ganzen Tag bei seiner Mutter bleiben, weil man keinen Kita-Platz fand. Jedenfalls nicht in der Nähe. Dass es sich um einen Vorschulplatz handelte und das Kind somit der Zugang zu Bildung und Sozialisierung verwehrt wurde, schien im Büro des Frauenhauses niemanden zu interessieren. Ein Anruf genügte, um herauszufinden, dass ihrem Kind aufgrund der Beeinträchtigung eine Inklusionsbegleitung zustand. Wenn man sich also im Vorfeld darum gekümmert hätte, hätte jeden Tag ein Krankentransport vor der Tür gestanden, um das Kind zur Einrichtung zu befördern. Auch die Frage, wer die Medikamente während der Kita-Zeit verabreichte, hätte gelöst werden können. Das Zauberwort hieß: Inklusionsbegleitung. Ich erreichte noch viel mehr: Freie Nutzung aller öffentlichen Verkehrsmittel und einen Termin bei einer Beratungsstelle. Die Frage für die Kostenübernahme der Wohnung wurde auch geklärt. Ich frage mich also allen Ernstes, warum qualifiziertes Fachpersonal mit einem vorangegangenen Studium in Sozialarbeit dieser Familie nicht ausreichend helfen konnte. Fatima hatte ständig ein pflegebedürftiges Kind am Rockzipfel und nach Schulschluss noch weitere Kinder zu versorgen. Das zerrte an den Nerven. Ihr psychologische Unterstützung zu verwehren, war ein Verbrechen!

Ihre Lebensfreude hat sich Fatima, allen Widrigkeiten zum Trotz, bewahrt. An ihr sollte ich mir ein Beispiel nehmen.

Sie versteht nicht, dass ich gar nicht nach Hause will. Mein schlechtes Bauchgefühl ist immer noch da. Auch wenn Rene sich vorbildlich verhält, weiß ich, dass es nicht von Dauer sein wird. Das sage ich Fatima auch.

Sie winkt meine Bedenken weg. »Ach, quatsch! Das wird schon alles gut werden. Du hast eine tolle Mann, eine tolle Haus und so hübsche Kinder. Was willst du mehr? Frauenhaus ist nix gut. Ich würde alles darum geben, so wie du zu leben.«

Kapitel 22 – Ab in den Süden

Egal, wer du bist, es sind deine Freunde, die deine Welt ausmachen.
(William James)

»So leid es mir tut, dir das sagen zu müssen, aber in deinem Abstrich wurden Chlamydien nachgewiesen.« Ein warmherziger Blick des Frauenarztes ruhte auf mir.

Der Blick meiner Mutter, die neben mir saß, war nicht ganz so warm. Eher schockiert. »Wie bitte bekommt man so etwas?«, wollte meine Frau Mama wissen und zupfte dabei an einem Taschentuch herum. Kleine Zellstofffetzten rieselten zu Boden.

Ich blickte ebenfalls zu Boden. Im Gegensatz zu meiner Mutter wusste ich, woher die Parasiten kamen. Der Sexualkunde-Unterricht war noch nicht lange her.

»Durch ungeschützten Geschlechtsverkehr«, antwortete Dr. Möllemann knapp. »Hattest du häufig wechselnde Sexualkontakte?«

Wenn der wüsste …

»Ich weiß nicht genau«, druckste ich stattdessen herum.

Dr. Möllemann schielte über den Rand seiner Brillengläser. »Naja. Ich hoffe, du wirst ab jetzt mehr darauf achten und verhüten?«

»Hm.« Ich versuchte, die Stimmung meiner Mutter auszumachen. Von der Seite betrachtet, nahm ich deren Handbewegungen wahr. Ein bedeutender Großteil des Taschentuches wirbelte wie Schneeflocken durch die Luft.

Mit einem Antibiotikum aus der Apotheke ging es nach Hause. Meine Mutter verlor kein Wort mehr darüber. Das war mir recht. Über so etwas wollte ich mich nicht unterhalten. Zumindest nicht mit der Person, die mich auf die Welt gebracht hatte. Wahrscheinlich wurde der Umstand, dass ihre eigene Tochter eine Schlampe war, wie alle unangenehmen Tatsachen verdrängt. Noch dazu befanden wir uns im Umzugsstress. In zwei Wochen sollte Bayern unsere neue Heimat werden. Hans arbeitete bereits seit einem Jahr dort, als Leiharbeiter in der Automobilbranche. Ich sollte im August meine Ausbildung beginnen. Das war ein Segen für mich. Ich hasste meine Klasse und beschloss sogar, nicht an der Abschlussfahrt teilzunehmen. Daher bat ich meine Mutter darum, für die letzten zwei Schulwochen befreit zu werden. Ich wurde entschuldigt, so einfach war das.

Hans und meine Mutter stemmten den Umzug zusammen mit meinem damaligen Freund. Ich hatte den Kerl schon lange satt. Aber meine

Mutter schärfte mir ein, ihm erst nach dem Umzug den Laufpass zu geben.

»Er ist uns eine so große Hilfe, Maren. Männer muss Frau sich warmhalten. Sei ein bisschen kooperativer, bitte! Oder willst du deine Schränke selbst aufbauen?«

Nein. Das wollte ich nicht. Aber ihn auszunutzen missfiel mir auch. Ich wollte Jan nicht um mich haben, weder hier noch im neuen Zuhause in Bayern. Meine Mutter riet mir, mit ihm zu schlafen, damit er keinen Verdacht schöpfte. Das tat ich nicht. Es war schon schwer genug, freundlich zu ihm zu sein. Dabei war Jan kein schlechter Mensch.

Drei Tage vor der endgültigen Abreise fand eine zeremonielle Abschlussfeier der Abschlussjahrgänge statt. Die Zeugnisübergabe wurde in demselben Saal wie die Jugendweihe zwei Jahre zuvor abgehalten. Während zahlreiche Familien ihre Kinder beklatschten, als diese zur Übergabe des Zeugnisses aufgerufen wurden, erntete ich Schweigen. Der Gang zum Rednerpult fühlte sich wie eine Folter an. Nicht ein einziger Klassenkamerad bejubelte meinen Aufruf. Einzig Jackys Klatschen war zu hören. Sie saß in der hintersten Reihe.

Dem grellen Scheinwerferlicht hatte ich es zu verdanken, nicht in die Gesichter des Publikums sehen zu müssen. Die fünf Minuten auf dem Podest kamen mir wie eine Ewigkeit vor. Nichts würde ich hier vermissen. Ich schwor mir, in der neuen Heimat alles besser zu machen.

Nochmal ganz von vorn anfangen!

Mein inneres Ich verließ wieder einmal den Körper und schwebte über den Köpfen des Publikums hinweg. Ich betrachtete die traurige Hülle meiner selbst. Wie sie dort stand, mit verkniffenem Lächeln, das Zeugnis fest umklammert, während die Knie gefährlich weich wurden.

»Ach Maren, ick werde dir vermissen«, schniefte Anne an meiner Schulter. Eng umschlungen standen wir im Treppenflur des Stadttheaters. Zum ersten Mal seit Wochen weinte ich.

Ich würde in ein Bundesland ziehen, in dem andere Urlaub machten und würde eine Ausbildung in einer Bäckerei beginnen. Ich, die überhaupt keine Zukunftspläne hatte.

Die Schwägerin meiner Mutter arbeitete in derselben Bäckerei. Damit wurde mir die Entscheidung über eine Ausbildung abgenommen. Wenn es nach meinem Vater gegangen wäre, hätte ich eine duale Ausbildung in Österreich starten sollen. Das ließ meine werte Frau Mama aber nicht zu. Sie setzte mich wochenlang unter Druck. »Wenn du nach Österreich gehst, brauchst du dich nie mehr bei mir blicken lassen!«

Hin und hergerissen sagte ich meinem Vater ab. Er war enttäuscht, machte mir ebenfalls Druck. Dass meine Mutter mich erpresste, ließ er nicht gelten. Er verlangte von seiner Tochter Loyalität, setzte voraus, dass ich mich gegen meine Mutter durchsetzen würde, egal, mit was diese mir drohte. Das war also die Sicht meines Vaters: Er hatte sich für mich eingesetzt und kassierte eine Zurückweisung. Das kratzte an seinem Ego. Er wusste als Erwachsener natürlich, dass meine Mutter mich so nicht behandeln durfte. Da er pragmatisch veranlagt war, kam für ihn nur die Option infrage, dass seine Tochter sich gegen die Erpressungsversuche ihrer Mutter zur Wehr setzen würde.

Dann gab es da noch die Sichtweise meiner Mutter: Wenn sie ihre Tochter nach Österreich gehen ließ, hätte sie den verhassten Exmann viel lieber als sie. Ihr Ex würde sich schön ins Fäustchen lachen, weil er gewonnen hätte. Und das könnte sie niemals zulassen! Außerdem wäre damit bewiesen, was für eine undankbare Tochter sie doch hätte.

Meine Sicht: Ich wollte weder Mutter noch Vater unglücklich machen. Die Ausbildung in Österreich erschien mir eine gute Wahl. Außerdem fühlte ich mich mit meinem Vater verbunden. Aber wenn die Mama traurig ist deswegen, muss ich sie doch trösten. Das schaffte ich, indem ich nachgab.

Nach den Sommerferien würde ich Brötchen verkaufen. Was das für meine Zukunft bedeutete, begriff ich nicht. Bäckereifachverkäuferin ist einer der schlecht bezahltesten Berufe überhaupt. Mit meinem Realschulabschluss hätte ich bessere Möglichkeiten ergreifen können. Das versuchte mir mein Vater klarzumachen. Dennoch machte er nur mich dafür verantwortlich. Seine Vorwürfe fraßen sich tief in meine Eingeweide. Und da sind sie bis zum heutigen Zeitpunkt geblieben.

Kapitel 23 - Go! GO!

Die Mitte der Nacht, ist der Anfang des Tages.
(Demokrit)

Der Qualm einer gläsernen Bong kratzte in meinem Hals. Trotzdem versuchte ich, das Zeug noch etwas tiefer in meine Lunge zu inhalieren, bevor ich es wieder auspustete. Ganz langsam beförderte ich das THC-haltige Abgas nach draußen. Mit bleiernem Kopf und verschwommener Sicht plumpste ich zurück aufs Sofa. Lauschte dem Sänger einer Grunge-Rock-Band, die aus verstaubten Lautsprechern dröhnte.

Ein Feuerzeug klickte neben mir. Der Geruch von geröstetem Gras war zu riechen.

»Kannst du mir ein wenig Geld leihen?«, hallte es dumpf an mein Ohr.

»My girl, my girl don't lie to me ...«

Ich wollte etwas antworten. Jedoch kostete es zu viel Anstrengung in diesem Zustand zu reagieren.

Erst als ich einen leichten Stoß in die Rippen bekam, drehte ich den Kopf zur Seite. Mein Freund saß zusammengekrümmt auf einem abgenutzten Ledersessel. Wie ein verängstigtes Kind hielt er seine Beine umschlungen. Neben ihm am Boden stand eine geleerte

Weinbrandflasche.

Die muss er schon in den frühen Morgenstunden geext haben.

Die vergilbten Gardinen waren zugezogen. Kaum ein Sonnenstrahl drang zu uns herein. Wie versifft diese Wohnung wirklich war, verschleierte die Finsternis. *Gott sei Dank.*

»*My girl, my girl, where will you go?*
I'm going where the cold wind blows ...«

Zwischen dröhnender Musik und vernebeltem Kopf war es schwierig, einen klaren Gedanken zu fassen. Aber ich vermutete, dass es Symptome eines kalten Entzuges waren. Markus war nämlich sowohl Alkohol- als auch Heroinabhängig.

Er wollte eigentlich clean werden. Das versprach er mir vor zwei Tagen in der Badewanne. Freudig hatte ich mich anschließend in seine Arme geschmissen und ihm den Schaum aus seinen roten Bartstoppeln gestrichen. Innige Küsse wurden ausgetauscht, Worte der Zuneigung heraufbeschworen.

Badewannenzeit war eine der wenigen privaten Momente zwischen uns. Von früh bis spät empfing mein Freund Besuch: Drogendealer, Nachbarn, Freunde, Menschen, die taten, als wären sie Freunde. Selbst Kinder wussten die Gastfreundschaft in diesem Hause zu schätzen. Verteilte doch Markus die Drogen, als wären es Süßigkeiten. Ein Tutorial über die

Verarbeitung von Heroin und Venenkunde gab es inklusive. Mein Flehen und Bitten, die Kinder da rauszuhalten, traf auf taube Ohren. Waren es doch potenzielle Geldquellen.

»Versteh doch. Die können das ganze Gift am Anfang gar nicht allein konsumieren. Da fällt eine Menge für mich ab. Ich hasse mich selbst dafür. Aber wenn ich es ihnen nicht gebe, holen sie es sich woanders.«

Da mochte er recht haben. Einige der Kids waren mit dem Umgang harter Drogen bestens vertraut. Heroin ist in den seltensten Fällen eine Einstiegsdroge. Dafür bedarf es jahrelanger Sensibilisierung mit anderen Substanzen.

Dass Markus den Drogen abschwören wollte, war eine große Erleichterung für mich. Ich hatte ja keine Ahnung, dass nicht der Entzug entscheidend für eine abstinente Lebensweise war, sondern die emotionale Einstellung. Ein Teil von ihm wollte aus dem Drogensumpf, mir zuliebe. Der andere Teil lebte für den Kick.

Zittrig griff Markus nach seinem Besteck. Er versuchte in größter Verzweiflung etwas Ace aus dem Filter herauszuköcheln. Dann zog er die braune Flüssigkeit in eine Spritze auf, um sie sich in eine verkrustete Venenöffnung zu jagen.

»Bitte, nur zwanzig Euro. ICH BRAUCHE DEN SCHEISS, JETZT SOFORT!«

»My girl, my girl, where will you go
I'm going where the cold wind blows ...«

»Warum brauchst du den Scheiß? Kannst du nicht einfach jetzt den kalten Entzug machen? Das hast du doch schon öfter getan. Drei bis vier Tage und dein Körper wäre entgiftet.«

»Ist nicht so einfach. In meinem Kopf dreht sich alles um das Gift. Dafür lebe ich.«

»Ich raffe das nicht. Wieso rammt man sich freiwillig eine Nadel in den Arm?«

»Früher hätte ich das auch nie für möglich gehalten. Mit dem Kiffen fing es an. Ich schwor mir, nichts Härteres als Dope zu nehmen. Irgendwann gewöhnt sich dein Körper daran. Man ist immer auf der Suche nach dem ultimativen Kick.« Ein Krampfanfall brachte Markus zum Schweigen.

Der Morgen bestand aus Krampfen und daraus, die Reste aus herumstehenden Schnapsflaschen zu trinken.

»Und Heroin gibt dir den ultimativen Kick?«

»Mehr als das! Es ist die Königin unter den Drogen.«

Was konnte ich dem noch entgegensetzen? Ich wollte, dass es ihm gut ging. So oder so würde er an sein Gift gelangen. Neulich spritzte sich Markus Speed. SPEED! Eine Verzweiflungstat, weil wie so oft nichts anderes zu haben war. Würde ich ihm das Geld nicht leihen und keinen fahrbaren Untersatz besorgen, würde mein Freund sich alsbald zu Fuß aufmachen, um zu seinem zwanzig

Kilometer entfernten Dealer zu gelangen.

»Na gut. Aber nur dieses eine Mal«, sagte ich kleinlaut.

»Ich bin dir ja sowas von dankbar«, beteuerte er. Mit neuer Lebenskraft, stürmte Markus hinaus.

»Chris! Komm runter, Maren spendiert uns ’nen Schuss.«

Im Flur polterte jemand die alten Holztreppen hinunter. Das konnte niemand anderes sein als Chris, Nachbar und Kumpel von Markus. Ich musste mich zum Aufstehen zwingen und schlurfte grimmig an den zwei Kerlen vorbei. Die strahlten wie zwei Honigkuchenpferde. Noch vor weniger als fünf Minuten hätte man meinen können, Markus wäre todkrank.

Der Bankautomat gab noch zwanzig Euro her. Eine Kollegin aus der Bäckerei erklärte sich bereit, Markus und seinen Kumpel zum Dealer zu fahren. Ich übernahm derweil ihre Arbeit im Geschäft. Schichtete Plundergebäck, säuberte die Auslagefläche mit Scheuermilch, putzte die Öfen und polierte die Vitrine.

Meine Abschlussprüfung stand kurz bevor. In sechs Wochen würde ich den Gesellenbrief erhalten. Ich hatte schon eine kleine Wohnung in der Stadt in Aussicht. Zusammen mit dem Gehalt und meinem Nebenjob in der Diskothek könnte ich mich relativ gut über Wasser halten.

Ich wollte unbedingt von Zuhause weg. Die Situation mit Hans spitzte sich zu. Er ließ keine Gelegenheit aus, um sich nackt zu präsentieren. Immer schön darauf bedacht, seinen Schwanz in Szene zu setzen. Selbst meine Nacktfotos hatte der Mistkerl entdeckt und durchwühlte regelmäßig die Fotomappe. Er versteckte sogar einige Bilder zwischen meiner Unterwäsche. Ich hatte eine Zeit gebraucht, bis mir klar wurde, was er da trieb.

An dem Abend, als ich die durchwühlte Mappe vorfand, blitzte der Übergriff in jener Sommernacht wieder auf. Obwohl ich es nicht wollte, ergab sich ein erschreckendes Gesamtbild. Was ich dabei fühlte, kann ich nicht mehr genau wiedergeben. Mein Unterbewusstsein wusste es schon viel länger. Gekonnt unterdrückte ich die aufkeimenden Gedanken, mit meinem Stiefvater könnte etwas nicht stimmen. Bewusstsein und Unterbewusstsein verschmolzen miteinander.

Ein Klumpen aus unbeschreiblichen Gefühlen sickerte in jede Faser meines Körpers, machte mir das Atmen schwer.

Die letzten zwei Jahre waren alles andere als leicht. Eine Zeit voller Unbehagen, die mit quälenden Gedanken einhergingen. Etwas veränderte sich. Oftmals verspürte ich eine Art Unruhe. Sitzen war in diesem Zustand fast unmöglich. Teilweise hielt ich die Anspannung nicht aus, wurde aggressiv oder schluckte wahllos Medikamente.

Mein damaliger Freund wusste manchmal gar nicht, wie ihm geschah. Er war einer von den Guten. Selten gab es einen Grund, weshalb ich mich hätte aufregen können. Das brauchte es aber auch nicht. Wenn ich litt, bekam das jeder in meiner unmittelbaren Nähe zu spüren. Meine Stimmungen schwankten wie ein Boot bei Wellengang. Einmal weinte ich sogar, als wir miteinander schliefen. Ich täuschte Schmerzen vor, wo gar keine waren. Nach zwei Jahren Beziehung fing ich wieder an, mit anderen Männern zu schlafen. Die Beziehung zerbrach.

Ich hatte Josephs Grenzen überschritten und er trennte sich von mir. Das war mir dann auch wieder nicht recht. Das Gefühl der Ablehnung erzeugte noch mehr Anspannung. Nach zwölf Monaten konnte ich ihn dazu bringen, wieder mit mir zu schlafen. So etwas wie Vertrautheit stellte sich zwischen uns ein, bis ich Markus kennenlernte. Joseph war rasend vor Wut, er verstand nicht, warum es ausgerechnet ein Junkie sein musste.

Mir schmeichelte seine Eifersucht. Hauptsache, ich hatte die Kontrolle. Es war ein geiles Gefühl! Aber dann wuchs mir die Beziehung über den Kopf. Ich hatte die Sucht meines neuen Freundes unterschätzt. Anfangs glaubte ich noch, er sei mein persönliches Projekt und ich würde es schaffen, dass er clean wird. Meine Passion bestand darin, die Drogen durch Liebe und Zuneigung zu ersetzen.

Ihm Geld zu leihen, damit er sich davon wieder gestrecktes Heroin kaufen konnte, war nicht vorgesehen.

Die Türglocke holte mich zurück in die Gegenwart. Meine Kollegin Steffi war wieder da. Mit leuchtenden Augen schaute sie sich um.

»Oh. Du hast ja alles geputzt.« Sie verstaute ihre Autoschlüssel nebst Zigaretten unter der Kasse. »Hui. So sauber war es schon lange nicht mehr«, sagte sie mit aufrichtigem Lächeln.

Dennoch erkannte ich imaginäre Fragezeichen in ihrem Blick. Steffi konsumierte selbst fragwürdige Substanzen. Aber Heroin war kein Speed oder Shit. Trotzdem verschonte sie mich mit Vorhaltungen. Noch bevor meine Kollegin mich doch hätte ins Kreuzverhör nehmen können, platzte die eine Frage aus mir heraus:

»Wo sind denn die Jungs hin?«

»Die habe ich bei diesem Typen, der aussieht wie Jesus, rausgelassen.« Sichtlich angestrengt in ihren Überlegungen kaute sie auf ihrem manikürten Zeigefinger herum. «Ich hab ganz vergessen wie der heißt.«

Dieser Penner!

Mir stieg die Hitze in den Kopf. Es verlangte mir einiges ab, nicht vor meiner Kollegin die Beherrschung zu verlieren. Stattdessen kramte ich ein Tütchen mit Graspollen hervor. Es hatte die ganze Zeit in meiner Hosentasche gesteckt.

»Hier. Und danke fürs Fahren. Rede bitte mit niemandem darüber.«

»Guti«, kicherte Steffi. Das Tütchen landete in einer Gesäßtasche ihrer Jeans und hinterließ eine kleine Delle.

Markus hatte sich noch nicht bei mir gemeldet. Ich saß mit meiner Mutter in der Küche und stocherte in meinem Nudelauflauf herum. Wir führten eine hitzige Debatte über mein »furchtbares« Verhalten.

»Du bist kaum noch Zuhause. Und wenn du da bist, liegst du nur in deinem Zimmer. Gott sei Dank hat das bald ein Ende. Ich bin wirklich gespannt, wie du allein in deiner Wohnung zurechtkommen willst«, versuchte sie mich aus der Reserve zu locken.

»Keine Sorge, wenn ich putzen muss, dann mach ich das auch.«

»Und warum tust es dann hier nicht?«

»Deshalb nicht.« Ich stopfte mir eine Ladung Nudeln in den Mund.

»Du bist anders in letzter Zeit. Du bist so ... Ach, ich weiß auch nicht. Ich kann dein

Verhalten einfach nicht verstehen.«

Das wars. Mir ist gerade der Appetit vergangen.

Ich stand auf und leerte den halb vollen Teller in den Mülleimer. Während ich die klebrigen Käsereste vom Porzellan kratzte, spürte ich den bohrenden Blick meiner Mutter.

Das Thema ist also noch nicht vom Tisch.

»Warum bist du immer so seltsam?« Ihre Augen waren zu Schlitzen verzogen. Die Gabel stach erbarmungslos auf ihrem geleerten Teller herum. Das Klappern ließ meine Eingeweide brodeln.

»Also gut.« Impulsiv landete mein Geschirr ebenso klappernd in der Spüle. »DU. WILLST. ALSO. WIRKLICH. WISSEN. WAS. MIT. MIR. LOS. IST?« Einen dicken Kloß herunterwürgend, versuchte ich die Situation einzuschätzen. Nicht umsonst hatte ich jahrelang geschwiegen. Immer nur mit der besten Absicht, sie zu schützen.

»Als ich vierzehn Jahre alt war, hat Hans mich angefasst«, sagte ich mit dünner Stimme.

»Was meinst du mit ›angefasst‹?«

Ich war kurz irritiert, wie ruhig und gefasst sie klang. Ein Gedanke schoss mit voller Wucht in mein Hirn: *Oh Gott! Sie weiß es.*

Als würde ein Teil von mir meinen Körper verlassen und mich aus einer Ecke heraus beobachten. Die Hände ans Spülbecken gekrallt stand ich vor meiner Mutter.

Ein unsichtbarer Schutzschild schien sie zu umgeben. So, wie sie dasaß, kerzengerade mit versteinertem Blick.

»Er hat mich an der Brust berührt.«

»Nur an der Brust? Weshalb regst du dich darüber auf?«

Ich hatte das Gefühl, als würde ein ICE von einem Ohr zum anderen rasen. Mit erhitztem Kopf und pochenden Schläfen versuchte ich meiner Mutter klarzumachen, dass ich gute Gründe hatte, um mich aufzuregen. »Weil. Väter. Sowas. Nicht. Tun. Dürfen!«

Ihr desinteressierter Blick verunsicherte mich. Das Gedankenbild ›Mutter‹ bekam große Risse. Eine ewig lange Zeit schien zu verstreichen. Ein Moment bedrückender Stille. Wut und noch etwas anderes Bedrückendes lag in der Luft.

Diese Wut ist aber nicht meine.

»Du bist doch selbst schuld an deiner Situation«, knallte sie mir entgegen. Pfeilspitzenartig bohrten sich ihre Worte in mein Herz. »So wie du immer rumläufst ... Und dann erst diese ganzen Nacktfotos. Ist doch klar, dass dein Papa da die Kontrolle verliert.«

Vor Scham schoss mir die Hitze in den Kopf. Den Worten meiner Mutter hatte ich nicht viel entgegenzusetzen. Ich wusste, dass sie unrecht hatte, konnte aber nichts zu meiner

Verteidigung hervorbringen. Ich wünschte mir doch nur ein bisschen Mitleid und Empörung. Ich hätte gern ihre Entrüstung darüber als ein Spiegel meiner Gefühle gesehen. Mir taten ihre Worte mehr weh, als das, was Hans mir angetan hatte.

»Das war noch nicht alles«, versuchte ich es ein letztes Mal. »Hans durchsucht ständig meine Fotomappe.«

»Wie kommst du darauf? Welche Mappe meinst du?« Stöhnend massierte sie sich die Schläfen.

»Na, die Mappe, in der meine Nacktbilder drin sind«, antwortete ich kleinlaut. »Du hast doch selbst einmal dieses Nacktfoto von mir in meinem Unterwäschefach gefunden.« Erschöpft sackte ich auf einen der Küchenstühle zurück. Meine Erzeugerin saß unberührt da und schien durch mich hindurchzusehen.

»Du weißt doch gar nicht, ob es Hans gewesen ist. Bei so vielen Typen, die hier täglich ein und aus gehen«, spie sie mir entgegen. Das Gespräch wurde ihr unangenehm. Unsichtbare Giftspritzer trafen mich wie Säure. Bohrten sich tief in meine Eingeweide und schlugen Wurzeln.

Es war Hans, ganz sicher.

Wieder ein Moment der Stille. Die Anspannung kam zurück. Ich sprang auf und lief kreuz und quer durch die Küche, wie ein eingesperrtes Raubtier.

»Wenn es wirklich so ist, bist du selbst schuld daran.«

Ein Gefühl der Ohnmacht breitete sich in mir aus. Wankend fand ich am Türrahmen Halt. Jedes weitere Wort von ihr fütterte das wachsende Pflänzchen in meinen Eingeweiden.

Ich soll schuld sein?

»Klar, bist du schuld! Was hast du erwartet?«

ALLES! NUR NICHT DAS!

Da war diese innere Stimme wieder, die mir zusetzte. Sie gab meiner Mutter recht. Ein Teil von mir war überzeugt, Schuld zu sein. Ich versuchte nicht, diesen Teil vom Gegenteil zu überzeugen, denn es war erträglicher, mit der angeblichen Schuld zu leben, als mein Mutterbild zu überdenken. Und irgendwie machte es auch Sinn. Nicht selten tänzelte ich in knapper Kleidung vor meinem Stiefvater umher. Außerdem hingen auch ein paar Aktfotos, die Henri von mir geschossen hatte, eingerahmt im Flur.

Habe ich die Situation vielleicht doch selbst heraufbeschworen?

Als ich mich gerade mit der Rolle als ›Sündenmädchen‹ abgefunden hatte, setzte die liebe Frau Mama noch eine Kirsche auf die beschissene Torte: »Ich kann Hans verstehen. Du musst wissen, unser Sexualleben ist etwas eingerostet. Er würde ja, aber ich … Na ja, wie soll ich sagen. Ich schlafe kaum noch mit ihm. Da muss der Ärmste halt Druck ablassen.«

Entsetzt von so viel Dreistigkeit verließ ich die Küche.

»Sind wir jetzt durch mit dem Thema? Du bist manchmal wirklich anstrengend, Maren. Ich hoffe, du nervst mich jetzt nicht mehr mit deinen Sorgen. Wirklich. Ich habe nur Scherereien mit dir. Man könnte annehmen, Hans wäre ein Krimineller, so wie du das darstellst.«

Ich wollte in mein Zimmer gehen, als es an der Haustür Sturm klingelte. Markus stand mitten im Oktober in kurzen Hosen, nur mit Socken an den Füßen, wie ein reumütiger Hund vor mir. Zähneklappernd versuchte er seine Abwesenheit von vorhin zu entschuldigen.

»Mensch, Markus! Ich bin dir nicht mehr böse. Aber bitte geh jetzt wieder. Ich habe gerade echt die Kacke am Dampfen hier.«

»Was ist los, Mausi? Soll ich hierbleiben?«

»Bloß nicht!«, sagte ich schroffer als eigentlich beabsichtigt. Markus blickte mich verständnislos an.

»Und du bist dann auch wirklich nicht sauer, wenn ich wieder gehe?«

Sein Blick wirkte verklärt. Sicher lag das an der extra Portion Heroin.

»Mann ... Ja! Bitte geh.«

Und weg war er. Das Gartentürchen fiel

knarzend ins Schloss. Ich sah ihm solange hinterher, bis sein Körper von der Dunkelheit verschlungen wurde.

Außer Jacky wusste noch meine Freundin Bine von Hans' Übergriffen. Bine lernte ich in der Berufsschule kennen. Wir verbrachten viele Stunden miteinander: Discobesuche, an der Donau bekifft rumliegen, Fressorgien, Kerle anbaggern und abschleppen lassen. Eine intensive Zeit.

Als ich Markus kennenlernte, verlagerten wir unsere Partys in seine Wohnung. Bine war beim Konsumieren illegaler Substanzen bei weitem nicht so zimperlich wie ich. Alles, was man ihr unter die Nase hielt, wurde wie von einem Staubsauger eingesaugt.

Wenn ich genügend geraucht hatte, wurde ich oft sentimental. Geplagt von Flashbacks kuschelte ich mich an ihren Busen und weinte. Ich wollte die Vergangenheit hinter mir lassen, aber es gelang mir nicht immer. Sobald ich zur Ruhe kam, meldeten sich die traumatischen Erinnerungen. Meine Freundin half mir dabei, indem sie mich einfach weinen ließ.

Irgendwann hatte sie ihre Mutter eingeweiht. Frau Bürger war eine liebenswerte Mitfünfzigerin. Ihre lockige Haarpracht trug sie stets offen. Eingehüllt in Kimonos oder Samtkleidern, wirkte sie wie eine Zeitreisende aus den Siebzigern. Eines Abends – wir Mädels kamen von einem unserer wilden Ausflüge zurück – rief sie meinen Namen. Mit verschwitzten Händen betrat ich das verrauchte Wohnzimmer. Frau Bürger saß in einem grünen Mantel aus Seide im Sessel und zündete sich eine Zigarette an. »Komm! Setz dich«, wies sie mich an. Etliche Silberarmreife klimperten vor sich hin.

Ich nahm neben ihr auf dem Sofa Platz. Bine machte es sich neben ihrer Mutter auf der Sessellehne gemütlich. Verlegen blickte ich hinunter, zählte die Ornamente des verdreckten Perserteppichs. Frau Bürger zog genüsslich an ihrer Zigarette. Falten legten sich dabei um ihre Mundwinkel.

»Du machst ja Sachen«, sagte sie, während sie eine Rauchwolke ausblies.

Kopfschüttelnd drückte die Woodstock-Tante ihre Fluppe in einem von insgesamt drei Aschenbechern aus. Knallroter Lippenstift klebte am Zigarettenfilter. Ich zündete mir ebenfalls eine Zigarette an. Wohin würde dieses Gespräch noch führen?

»Was meinen Sie denn mit ›du machst ja Sachen‹? Ich habe doch gar nichts gemacht.«

»Hast du doch auch nicht«, mischte sich meine Freundin ein. »Mei Mum hat sicher was anderes damit g'meint.«

»Was ist dein Vater denn ...«

»Stiefvater», fiel ich ihr ins Wort. Seit dem Gespräch mit meiner Mutter konnte ich zu Hans nicht mehr Papa sagen.

»Gut. Okay. Dann halt Stiefvater«, winkte Frau Bürger gleichgültig ab, wobei die Armreife abermals um die Wette klimperten. »Was ist dein Stiefvater für ein Sternzeichen?«

»Skorpion.«

»Ahja. Das erklärt natürlich seine Übergriffigkeit. Skorpione sind sehr sexbesessen. Wenn sie etwas haben wollen, dann ohne Rücksicht auf Verluste.« Sie trank einen kräftigen Schluck Rotwein, ehe sie weitersprach. »Bine sagte, du willst von Zuhause ausziehen?«

»Was bleibt mir anderes übrig, als mit neunzehn Jahren auszuziehen?«

»Gute Entscheidung. Du musst da weg.«

»Hm. Ist ja bald soweit. In ein paar Wochen kann ich in meine Wohnung ziehen.«

»Weißt du seinen Aszendenten?«

»Ähm. Nein, keine Ahnung.«

Sie schenkte mir einen mitleidigen Blick, ehe sie den Ton des Röhrenfernsehers lauter schaltete.

Eine Liste mit Hilfsorganisationen hätte mir weitergeholfen. Stattdessen wurde das Verhalten meines Stiefvaters mit astrologischen Konstellationen gerechtfertigt.

Meine neue Wohnung war ein echter Glücksgriff. Mein Arbeitsplatz war gut erreichbar, die Miete erschwinglich und die Diskothek, in der ich nebenher jobbte, war um die Ecke. Um den Umzug musste ich mich auch nicht kümmern. Meine Mutter und Hans planten alles durch.

Nebenbei konnte ich mich zusammen mit Markus unserer Geschäftsidee widmen: Ein Kumpel besorgte kiloweise Gras, das ich beim Arbeiten in der Disco verkaufte. Die Drogenkunden waren von der normalen Laufkundschaft kaum zu unterscheiden. Sie kamen zu mir an die Theke und sagten mir, wieviel sie wollten. Ich ging nach hinten in den Aufenthaltsraum, füllte die Pollen in Brottüten und wog sie vorn auf der Brotwaage ab. Dann wechselten Geld und Tüte den Besitzer. Ich schrieb den Betrag auf, packte die Kohle normal in die Kasse und bei der Abrechnung nahm ich mir einfach meinen Anteil heraus. Das eingenommene Geld landete fast komplett bei Markus und seinen Freunden. Die wiederum ballerten sich mit Heroin zu, bis sie blöd wurden. Einmal erlitt Chris sogar einen Herzstillstand.

Am Tag meines Umzugs packten Chris und Markus mit an. Zusammen mit Hans schleppten sie die Möbel in mein Appartement.

Die Jungs verschwanden dabei mehrmals auf meiner Toilette, um sich ihr Heroin zu drücken. Blutspritzer an den weißen Badkacheln verrieten es. Markus und Chris würden am nächsten Tag in eine Entzugsklinik gehen. Daher war es mir egal, wie oft sie sich an diesem Tag abschossen. Ich gab ihnen sogar Geld, damit sie sich den Dreck kaufen konnten. Ihr Dealer kam diesmal sogar fast bis zu meiner Haustür. Wie bei einem Lieferdienst: Ab einem bestimmten Betrag war die Lieferung frei Haus. Mir war es recht, da sie mit ordentlichem Heroin-Spiegel durchaus produktiv arbeiteten.

Meine Mutter und ich packten Geschirr und Kleinkram aus, die Männer bauten meine Schrankwand auf. Immer wieder beobachtete ich Markus dabei, wie er fachmännisch die Schranktüren einhängte. Handwerklich versierte Männer – eine Vorliebe, die noch bis heute besteht.

Ich war mir sicher, dass wir nach seinem Entzug eine glückliche Beziehung führen würden. Doch da wurde ich leider enttäuscht. Die Jungs brachen ihre Therapie in der Entzugsklinik nach einer Woche ab. Markus versicherte mir, dass diese eine Woche gereicht hätte, um clean zu werden. Er schlug vor, eine Zeit lang zu mir in die Stadt zu ziehen, damit er nicht rückfällig werden würde. Das klang alles plausibel für mich. Dennoch zweifelte ein Teil von mir an seinem Vorhaben. Das Bauchgefühl wurde wie immer ignoriert. Es überwog die Freude, ihn wieder bei mir zu wissen.

Am Anfang begleitete er mich zur Arbeit. Stand wie ein braves Hündchen in der Ecke und wartete darauf, wieder mit mir nach Hause zu gehen. Ich bewachte Markus drei Tage lang. Dann schlug er vor, allein in meiner Wohnung zu bleiben. Mir blieb nichts anderes übrig, als ihm seinen Willen zu lassen. Außerdem hatte ich eh genug davon, ihn mit zur Arbeit zu nehmen.

»Hier. Ich lasse dir zehn Euro und ein paar Kippen hier«, verabschiedete ich mich von ihm.

Es war ein regnerischer Oktobertag. Ich fuhr wie immer mit dem Bus zur Arbeit, verkaufte Brötchen und fuhr mit meiner Mutter am Abend wieder zurück. Schon im Treppenhaus hörte ich laute Musik. Die kam ausgerechnet aus meiner Wohnung. Die Art von Mucke hörte Markus immer dann, wenn er drauf war. Zitternd schloss ich die Tür auf.

»Mother, please don't cry …«

Glenn Danzig ballerte mir um die Ohren. Markus hatte es geschafft, die kleine Wohnung auf den Kopf zu stellen: Ein Teller mit angetrockneter Marmelade war bis zum Tellerrand voll mit Zigarettenstummeln. Dicke Qualmschwaden hingen wie ein drohendes Unheil über unseren Köpfen. Es stank nach

Schweiß, Zigarettenrauch und Alkohol. Zu Markus' Füßen lag eine leere Weinbrandflasche. Die letzten Reste sickerten in die neue Auslegware.

Dafür brauchte der Arsch also Geld von mir.

Schwankend versuchte er, sich in aufrechter Sitzposition zu halten und gab unverständliche Worte von sich. Als er sich zurück auf das Bett fallen lassen wollte, stürzte ich wie eine Irre auf ihn zu. »Du verpisst dich sofort aus meiner Wohnung, verstanden?«

Unbeeindruckt streckte er die Beine aus.

»Steh jetzt auf!« Energisch zog ich an seinem Oberarm.

»Lass mich in Ruhe, du blöde Kuh«, murmelte er und drückte den Kopf noch tiefer ins Kissen. Hilfesuchend schaute ich meine Mutter an. Die stand an der Zimmertür und spielte mit dem Autoschlüssel. »Mama, kannst du mir mal bitte helfen?«

Kapitel 24 – Bitterkalter Januar!

Alles, was der Mensch insgeheim im Schutz der nächtlichen Finsternis tut, wird einmal ans Tageslicht gelangen.
(Khalil Gibran)

Ganz wohl war mir nicht. Wir näherten uns Kilometer für Kilometer meiner Heimatstadt. Pias und Lottis Ferien neigten sich dem Ende zu. Rene und ich sind heute in den frühen Morgenstunden aufgebrochen, um die Mädchen wieder nach Hause zu holen. Bis eben ist die Stimmung recht ausgelassen gewesen. Jetzt hat irgendein komisches Gefühl von mir Besitz ergriffen und tobt sich in meinen Eingeweiden aus.

Sollte ich mich nicht freuen, wieder vertraute Heimat zu spüren? Habe ich überhaupt so etwas wie Heimat?

Nein! Da muss ich nicht lange drüber sinnieren. Ein Zuhause-Gefühl habe ich nur bei meinen Großeltern. Der Geruch der Havel und der Anblick von Plattenbauten fühlen sich vertraut an. Wohnungsgerüche in Treppenfluren, das Brummen, das beim Lichteinschalten entsteht, die rauschenden Blätter alter Weiden und das holprige

Kopfsteinpflaster.

Ich wurde in der Vergangenheit oft gefragt, ob ich gern in einem Bundesland lebe, in dem andere Urlaub machen. Meine Antwort lautet: »Nein!« Bayern ist für mich ein Leben auf Zeit. Ich würde meine Doppelhaus-Neubau-Hälfte sofort gegen eine Drei-Zimmer-Plattenbauwohnung eintauschen. Und das meine ich ernst.

Ich bin ein Seelenzigeuner. Immer in Bewegung, hier und dort und überall, aber nirgends fest.

Rene bemerkt mein Unwohlsein. »Alles okay?«, fragt er mit hochgezogener Augenbraue.

»Es geht gleich wieder. Lass uns die Kinder holen und sofort nach Hause fahren«, lautet meine Antwort auf seinen kritischen Blick.

Ein altes Reihenhaus mit heruntergezogenen Rollos, abgebröckeltem Putz und einer maroden Treppe ist unser Ziel. Rene und ich schauen uns kommentarlos an. In seltenen Fällen – wie hier – klappt die Kommunikation zwischen uns ausgezeichnet.

Bevor ich die Türklingel drücke, atme ich kühle Januarluft in mich ein.

Sollte es nicht ein schönes Gefühl sein, die Mutter nach so langer Zeit wiederzusehen?

Warum entschied sie sich überhaupt dazu, nach achtzehn Jahren Bayern wieder in die alte Heimat zu ziehen? Es dauerte, bis mir da ein

Licht aufging: Als ich mit meiner kleinen Familie den gemeinsamen Wohnort verließ, beschloss meine Mutter ebenfalls die Koffer für immer zu packen. Mir sollte das recht sein. Seitdem uns hunderte von Kilometern trennten, stabilisierte sich meine Psyche. Die depressiven Schübe kommen nicht mehr so häufig vor. Wie sehr ich unter der Nähe meiner Erzeugerin litt, wird mir just in dem Moment bewusst, als ich vor ihrer Tür stehe.

»Ja hallöchen! Kommt doch rein«, trällert meine Mutter. Sie trägt dieselbe Strickjacke, die sie schon vor einer Woche trug, als sie die Kinder abholte.

Ich sehe an meiner Mutter vorbei und blicke in die blauen Augen von Lotti. Der Wirbelwind lacht und rennt davon.

Kapitel 25 – Die Abnabelung

Nachdem Markus und ich nicht mehr zusammen waren, blühte ich wieder auf. Der Job in der Diskothek lenkte mich ab. Wenn ich weder in der Disko noch in der Bäckerei arbeitete, tat ich das, was ich am besten konnte: ficken. An Material mangelte es nicht. War ich einmal allein – was selten der Fall war – litt ich an Flashbacks. Die Vorfälle mit Hans schlichen sich immer wieder in mein Bewusstsein. Doch wer glaubt, ich hätte mich mit der Thematik auseinandergesetzt, der irrt! Ein Psychiater hätte mir gutgetan. Ich hätte mich mit meinem Trauma auseinandergesetzt und Skills gelernt, um mit meinen Gefühlen umzugehen. Doch das ließ ich nie zu. Meine Emotionen hatten die Klappe zu halten! Alkohol, Partys und Kiffen hielten die lästigen Gefühle in Schach. Dass ich dadurch noch mehr in Schwierigkeiten geriet und meine Probleme nicht verschwanden, kam mir nicht in den Sinn. Mit mir war alles in Butter. Und seit ein paar Tagen war ich auch nicht mehr allein. Ich hatte eine neue Mitbewohnerin.

Susi lernte ich bei der Arbeit in der Diskothek kennen. Sie war dort die neue Personalchefin. Doch ihr Job wurde ihr nach wenigen Wochen gekündigt. Aus der bisherigen Unterkunft musste die junge Frau ausziehen. Mich interessierte weder der Umstand, warum sie plötzlich gekündigt wurde, noch weshalb die gebürtige Oberbayerin nicht wieder zurück in die Heimat konnte. Also nahm ich sie bei mir auf.

Mein Bett konnte man ausziehen. Mit dem Tag, als Susi einzog, verschwanden die Gedankenmonster. Wir freundeten uns an, teilten Bett und Küche. Uns sah man nur noch im Doppelpack. Bine trug eine beachtliche Babykugel vor sich her und hatte andere Dinge im Kopf, als mit mir um die Häuser zu ziehen. Dann nahm Susi eben ihren Platz ein.

Ich tanzte inzwischen als Gogo-Tänzerin, was die Haushaltskasse mit Geld fütterte. Meine Mitbewohnerin begleitete mich zu den Tanzabenden. Wurde zu meiner persönlichen Assistentin, die mir fein säuberlich Outfit für Outfit zurechtlegte und mir Getränke orderte. Ja, unsere Freundschaft schien etwas Besonderes zu sein. Doch manchmal störte die liebgewonnene Zellengenossin. Und zwar immer dann, wenn ich Kerle mit nach Hause brachte. Außerdem gab es noch einen Umstand, der mir gewaltig auf die Nüsse ging: Unter Menschen zu sein war mir zwar wichtig, doch ab und an hätte ich gern etwas Privatsphäre genossen. Bei der Arbeit waren es die Kunden, in der

Diskothek die Gäste. Überall wo ich mich aufhielt – außer beim Scheißen – da waren auch Menschen. Eine verlassene Wohnung, nur für mich allein, hätte gut als Ausgleich dienen können. Allzu oft traf ich Entscheidungen, die ich im Nachhinein bitter bereute. Manchmal wusste ich schon während der Entscheidung, dass es falsch war, und tat es dann trotzdem. Ich war einfach unbelehrbar.

»Lass uns 'ne größere Wohnung suchen«, schlug Susi eines Tages vor. Wir saßen auf dem Balkon, um Rommé zu spielen. Ich hatte verloren und musste zur Strafe die Karten mischen. Meine Mitbewohnerin steckte sich eine Zigarette an und nahm einen Schluck Kaffee, während sie auf meinc Antwort wartete.

»Eigentlich 'ne gute Idee!«

»Nebenan scheint 'ne Wohnung frei zu sein.« Sie zeigte auf das Gebäude schräg gegenüber.

Ich blinzelte gegen die Sonne an. Die Rollos waren heruntergezogen. Am helllichten Tag. Das war ein Zeichen!

»Ich frage gleich Morgen mal bei der Hausverwaltung nach.«

»Tu das!«, prostete ich ihr zu.

Wir bekamen die Wohnung! Mit Hilfe meiner Mutter und Hans verlief der Umzug in unser neues Drei-Zimmer-Domizil reibungslos. Susi nahm das Zimmer im ersten Stock und ich das untere. Bad, Wohnzimmer und Küche nutzten wir gemeinsam. Unsere Freundschaft verfestigte sich. Susi holte mich vom Busbahnhof ab, wann immer es ihr möglich war. Ein schönes Feierabendritual für uns beide. Wir besorgten uns einen Imbiss und spielten im Schatten von Linden und Birken Karten.

An den Wochenenden begleitete ich meine Mitbewohnerin zur Arbeit. Einem Club für Studenten.

An einem der unzähligen Abende im Club hatte Susi frei und konnte mit mir feiern. Bine beehrte uns ebenfalls mit ihrer Anwesenheit. Ein leider selten gewordener Moment seit ihrer Schwangerschaft.

Die Freundschaft von Bine und mir hatte Risse bekommen. Ihr Partner zählte nicht gerade zu meinen Freunden. Als die beiden zusammenkamen, erzählte ich ihr von meinen Bedenken. Bine glaubte, ich sei nur neidisch und würde ihr das Liebesglück nicht gönnen. Trotz unserer Versöhnung hinterließ unsere Meinungsverschiedenheit einen bitteren Nachgeschmack. Eine unsichtbare Mauer entstand zwischen uns. Nach außen hin blödelten wir wie immer herum, umarmten uns und ab und an tätschelte ich ihren Bauch.

»Weißt du schon, was es wird?«, wollte Susi eines Abends wissen.

»Ja, ein Mensch. Ha ha ha!« Bine hielt sich lachend den gewölbten Bauch.

Susi reagierte darauf, in dem sie mit den Augen rollte. »Ah ja, na dann ... herzlichen Glückwunsch!«, rang sie sich ein Lächeln ab.

»Es wird bestimmt ein Mädchen.« Liebevoll legte ich meine Hand auf ihren Bauch.

»Und was bringt dich zu dieser Schlussfolgerung?«, wollte Bine wissen.

Susi hatte inzwischen das Interesse verloren. Sie stand ein Stückchen abseits mit einem mir unbekannten Mann.

»Dein Bauch ist rundherum dick. Das lässt Rückschlüsse auf das Geschlecht zu.«

»Willst du mir damit sagen, dass ich fett bin?«

»So meinte ich das nicht! Aber du wirst mir doch recht geben, keinen hervorstehenden Bauch zu haben.«

»Oh Gott, weißt du, wer mir über dem Weg gelaufen ist?«, unterbrach uns Susi.

»Du wirst es uns sicher gleich mitteilen.« Mit langem Hals versuchte ich den Mann ausfindig zu machen. Er war einen Kopf größer als ich, hatte eine Glatze und trug Bart. Er schaute in unsere Richtung. Ungeniert hielt ich seinem Blick stand.

»Schau da nicht so auffällig hin! Der merkt doch, dass wir über ihn reden.«

»Und wer ist das jetzt?«

»Das ist Ralf, meine erste große Liebe.«

Kapitel 26 – Die Offenbarung

Man löst keine Probleme, in dem man sie auf Eis legt.
(Ludwig Börne)

»Gerald ließ mich irgendwann auch nicht mehr in mein Schlafzimmer. Sein Solarium befand sich dort und er verbrachte sehr viel Zeit unter der künstlichen Sonne. Was er anfangs gern zu teilen bereit war, forderte mein neuer Stiefvater nun Stückchen für Stückchen zurück. Selbst vor meiner Maus machte der Kerl nicht Halt. Er verbannte die kleine Pelznase in den Heizungskeller. Der war abgeschlossen, genauso wie das Badezimmer. Ich musste betteln, damit mir einer der Räume aufgeschlossen wurde.«

Ich muss tief durchatmen. Mein Puls schlägt mir gefühlt bis in die Schläfen. Pia liegt neben mir und lauscht in die Stille hinein. Ein Nachtlicht spendet uns Licht, gerade so viel, um die Gesichtszüge meiner Großen zu offenbaren.

»Warum wirkst du so nachdenklich? Soll ich mit dem Vorlesen aufhören?«

»Nein, das ist es nicht. Du kannst sehr gut schreiben, Mama. Es ist nur …« Ein schwerer Seufzer platzt aus ihrem Inneren hervor. Ihre Gesichtszüge wirken beängstigend erwachsen –

erwachsener, als es für eine Dreizehnjährige gut ist.

»Tut mir leid. Ich hätte dir das nicht vorlesen dürfen. Ich dachte nur, dass du die Ähnlichkeiten zwischen unser beider Leben erkennst. Gerald war nicht gut zu mir. Deshalb verstehe ich die Problematik mit Rene und dir.«

»Oma erzählt oft von früher, als du noch ein Kind warst.«

»Ja, sie ist der Meinung, dass ich eine ungehorsame, freche Göre war. Ich weiß! Und? Glaubst du nicht auch, dass es die Aufgabe der Mutter ist, die Kinder zu erziehen? Dass Kinder niemals ein Problem darstellen?«

Pia richtet sich auf. Kerzengerade und mit leerem Blick schaut sie an mir vorbei

»Früher hätte ich der Oma mehr geglaubt als dir. Du bist ja oft gemein, Mama.«

Ich schlucke meine Worte hinunter. Versuche, mir den Groll nicht anmerken zu lassen. Diesen Moment möchte ich nicht mit einem unbedachten Konter kaputt machen. Sie ist mein Kind, nicht mein Feind.

Ich habe einiges wiedergutzumachen bei Pia. Ich würde sie beschützen, das schwor ich mir im Frauenhaus. Eine erste Vorkehrung, um mein Vorhaben in die Tat umzusetzen, war ein Gespräch mit Rene, der Familienhilfe und mir. Wir legten Umgangsregeln fest. Nun klammere ich mich an einem Strohhalm der Hoffnung, dass wir als Familie zusammenwachsen würden. Es war keiner dieser Plastikstrohhalme, sondern eher einer aus Pappe. Eine blödsinnige Erfindung, Plastikmüll zu vermeiden. Ein Pappstrohhalm, den man in einen Spritzschutz aus Plastik steckt. Genauso fühlt sich das mit Rene an. Ich habe ständig Angst davor, dass sich die friedliche Stimmung wie der Papphalm auflösen könnte.

»Mama?«

»Ja?«

»Ich verrate dir ein Geheimnis, okay?«

Will ich das jetzt wirklich wissen?

»Du wirkst schon eine ganze Weile so verstört. Hat Rene wieder …«

»Nein, mit Rene hat es nichts zu tun. Es hat was mit Opa zu tun und der Oma.«

In mir schreit alles. Instinktiv weiß ich, was jetzt kommt. Es wird sich gleich ein Loch auftun, das nie wieder verschlossen werden kann. Eine Angst, ein Gefühl der Ohnmacht bahnt sich den Weg aus meinem Unterbewusstsein.

»Jetzt zahlst du den Preis dafür, deine Kinder zu diesen Psychopathen gelassen zu haben.« Es war ja klar, dass sich die böse Stimme ausgerechnet jetzt zu Wort melden musste.

Ich konnte doch nicht wissen, dass er mein

Kind missbraucht.

»Konntest du nicht? Wie oft hast du gespürt, dass etwas nicht stimmt? Wie oft kam dir der Gedanke in den Sinn, deine Kinder verkauft zu haben, für ein bisschen Frieden?«

Ich wollte nicht, dass meine Mutter sauer auf mich ist. Hätte ich ihr die Kinder vorenthalten, dann … Ach fuck, du kennst sie doch!

»Und weil ich und du sie kennen, wussten wir, dass Hans früher oder später seine Finger oder schlimmer noch, seinen Schwanz, nicht unter Kontrolle halten würde. Eine tickende Zeitbombe.«

»Schieß los, Pia. Was brennt dir auf der Seele?«

Kapitel 27 - Liebe zerstört, Hass heilt

Es war ein heißer Julitag. Lichtspiegelungen projizierten in Wasserpfützen artige Gebilde auf dem Straßenasphalt. Ich hatte die Fensterscheibe unten und atmete den Geruch von Kiefern und Wald ein. Der Fahrtwind glich einer Savannentour. In der Ferne konnte ich den nächsten Wald ausmachen und dahinter blitzten silbrige Fäden hindurch.

»Ist dort der Badesee?« Ich hob meinen Arm nach oben und zeigte in die Richtung, wo ich das Wasser vermutete. Eine Duftwolke von Deo und Sonnencreme kroch in meine Nase. Ich selbst verströmte den Geruch. Hinter mir roch es nicht so gut. Ein hechelnder Rottweiler pustete seinen Atem in den Fahrerbereich. Morphel, so hieß das Tier, hielt seine Nase in Richtung meines geöffneten Fensters.

»Gleich kannst du baden.« Tätschelnd fuhr ich über sein Fell, wobei eine beträchtliche Menge Haare an meiner Handfläche kleben blieb. »Wie alt ist er?«, fragte ich den Fahrer.

Der Typ überlegte kurz. Ich betrachtete ihn von der Seite. Im Club, als er mir als Ralf – Susis Ex – vorgestellt wurde, fand ich ihn keinesfalls attraktiv. Warum war das heute anders?

Nachdenklich kratzte er sich an seinem frisch rasierten Kopf und fuhr sich über seinen gepflegten Bart, welchen er wichtigtuerisch mit Daumen und Zeigefinger glättete. »Morphel müsste ungefähr sechs Jahre alt sein.«

»Für die Größe ein fortgeschrittener Jahrgang«, stellte ich fest.

»Der steht noch gut im Saft. Außer seiner Hüftarthrose ist Sir Morphel kerngesund.«

Sein großer Hundekopf lehnte auf meiner Schulter, Sabberfäden tropften dabei herunter. »Hund müsste man sein«, seufzte meine Begleitung, während er aus dem immer heißer werdenden Wagen ausstieg.

Ich blieb noch kurz sitzen, beobachtete das dargebotene Spiel aus Rücken und Oberarmmuskeln bei Ralf.

Warum ist mir das bisher nur nie aufgefallen?

Ich verstand langsam, warum Susi für ihn schwärmte. Eigentlich sollte sie an meiner Stelle hier sein. Im letzten Moment hatte sie ihm abgesagt und mich gebeten, mit zum See zu fahren.

Da hat sie doch bestimmt auch nichts dagegen, wenn ich mit diesem gut aussehenden Mann flirte.

»Nutz die Gelegenheit und lass dich richtig durchficken!«

Das wäre Verrat an meiner Freundin!

»Verrat? Sie hat dich doch deswegen

angebettelt. Oder warum sitzt die jetzt zuhause, während du hier bist?«

Ich glaube, ich weiß, wieso sie nicht mitwollte. Ralf und Susi waren doch letzte Woche zusammen hier. Außer ein bisschen fummeln ist aber nichts gelaufen, weil Ralf es sich mittendrin anders überlegt hatte. Vielleicht möchte sie nicht nochmal zurückgewiesen werden. Ihr deswegen den Kerl auszuspannen wäre nicht fair. Unter Freunden tut man so etwas nicht.

»Papperlapapp. Wenn es um deine Libido geht, musst du knallhart sein! Offensichtlich steht er nicht mehr auf sie.«

Lass das jetzt! Ich werde mich mit ihm unterhalten, mehr nicht.

»Wir wissen doch beide, wo dieser Ausflug endet. Du hast noch nie ein männliches Wesen verschmäht. Es liegt in deiner Natur, alles zu poppen, was nicht bei drei auf dem Baum ist. Schlampe, Schlampe, Schlampe ...«

»Jetzt reicht es aber!« Ich hielt mir die Ohren zu. Die andere Stimme verstummte in dem Moment, als sich meine Beifahrertür öffnete.

»Komm.« Seine Berührung auf meiner Schulter fühlte sich gut an. Gedanklich sah ich uns auf der Decke liegen. Hart drang er in mich ein, während ich wie ein Schweinchen quiekte. Schockiert über die eigenen Gedanken, stieg ich mit wackeligen Beinen aus dem Auto aus. Ein leichter Wind verschaffte Abkühlung. Die

Schweißperlen auf meinem Gesicht verschwanden dank der kühlen Brise.

Wir parkten ziemlich weit hinten. Um diese Uhrzeit herrschte hier Hochbetrieb. Immer wieder musste ich meine Sandalen von pieksigen Tannennadeln und Kieselsteinchen befreien. Ralf hingegen trug Turnschuhe, welche ihn vor so etwas bewahrten. Morphel trottete gemächlich neben seinem Herrchen her. Ein älterer Mann in Badeshorts kam auf uns zu. Seine Haltung wirkte feindselig. Sicherheitshalber vergrößerte ich den Abstand zu meiner Begleitung, denn ich ahnte, was dieser Mann von uns wollte.

»Der Hund muss an die Leine oder sie dürfen hier nicht rein.«

»Mein Hund hört auch ohne Leine auf mich, wie Sie wohl erkennen können.«

»Das tut nichts zur Sache, entweder er trägt eine Leine …«

Ralf drehte schlagartig um. Fast wäre er in mich hineingelaufen.

»Komm, Maren, wir fahren woanders hin.« Zum Abschied zeigte Ralf den Stinkefinger in die Richtung des Ordnungsdienstes. Sein Verhalten brachte mich zum Fremdschämen. Außerdem war ich genervt davon, wieder in das warme Auto steigen zu müssen.

Unser Ziel war ein FKK-See, etwa zwanzig Autominuten vom ersten See entfernt. Nachdem mich einige ältere Männer dabei beobachteten, wie ich mir Sonnenmilch auf die Oberarme auftrug, beschloss ich, auf keinen Fall mehr als meinen BH auszuziehen. So offenherzig, wie ich immer schien, war ich eigentlich gar nicht. In mir wohnte ein schüchterner, unsicherer Teil, der sich gerade sträubte, sich zu entblößen. Hänseleien von früher über meinen ausgeprägten Schambeinhügel spukten mir im Kopf herum. Ich wollte niemals mehr deswegen ausgelacht werden.

Mein Date behielt auch seine Badehose an. Immer wieder fiel mein Blick auf die große Beule in seinem Schritt. Ob ich wollte oder nicht, mein Körper hatte schon längst darüber entschieden und über den Verstand gesiegt.

Scheiß doch auf Susi, ich will ficken!

Ihm ging es wohl genauso. Noch am selben Abend hatten wir unser erstes gemeinsames Mal und von da an trafen wir uns täglich.

Ich war noch nie gut darin, etwas zu verheimlichen. Und Susi roch Lunte. Natürlich bekam sie mit, dass da etwas zwischen mir und ihrem Ex-Freund lief. Daraufhin fing unsere Freundschaft an zu bröckeln. Wir redeten nur noch das Nötigste miteinander. Ich wollte sie natürlich nicht als Freundin verlieren. Wie immer wollte ich es allen Recht machen. Meine Harmoniebedürftigkeit verschlimmerte die Situation nur noch mehr.

Ich verstand meine einstige Freundin nicht. Schließlich hatte sie mir ihren Ex doch regelrecht aufgezwungen. »Geh du mit Ralf zum schwimmen«, so hatten ihre Worte doch gelautet.

Da ich die Stimmung bei uns Zuhause nicht mehr ertrug, verbrachte ich immer mehr Zeit bei Ralf. Er holte mich täglich von der Arbeit ab und wir fuhren zu ihm in die Firma. Er führte diese zusammen mit seinem besten Freund Timo. Der wiederum hatte eine Freundin namens Cindy. Ein freundschaftliches Band zwischen Ralfs Freunden und mir war schnell geknüpft. Wir gingen zusammen weg, verabredeten uns zum Bowlen, Brunchen und was man sonst noch so alles unternehmen konnte.

Mein neues Leben gefiel mir. Was mir besonders gefiel, war der Sex mit meinem Freund. Es war anders, als ich es jemals für möglich gehalten hätte. Ralf erweckte die Lust in mir. Ich konnte dank ihm etwas fühlen, während er seinen Schwanz in mir drin hatte.

»Bist du schon mal so gefesselt worden?« Ralf hielt mir ein BDSM-Magazin vor die Nase. Auf den Abbildungen waren verschnürte Frauenkörper zu sehen. »Diese Praktik nennt man Bondage«, erklärte er mir mit erregter Stimme.

»Wozu soll das denn gut sein?« Mit dem

Finger leckte ich mir über den Mund und blätterte Seite für Seite durch, um irgendwo eine Antwort zu finden.

»Soll ich dich auch so verschnüren?«

Ein kribbelndes Gefühl entstand in meinem Unterleib und breitete sich über den Bauch bis hin zu den Brüsten aus. Mit steifen Nippeln und tiefblickendem Dekolleté rutschte ich noch etwas näher an ihn heran.

»Ich kann mir nicht vorstellen, dass mir das irgendwie Freude bereiten würde.« Jetzt war ich es, die erregt klang. Insgeheim war ich Feuer und Flamme. Alte Fantasien aus Kindheitstagen schlugen gerade Purzelbäume. Er war der Richtige. Ralf würde mir endlich die sexuelle Befreiung schenken, die ich mir so sehnsüchtig wünschte.

Mit seinen Fingern umfasste er meinen Nacken, sein Bart kitzelte mich an der Wange, sein warmer Atem bereitete mir Gänsehaut. »Ich fessel dich nur an den Hand- und Beingelenken.«

»Mehr nicht?«

»Möchtest du mehr?«

»Nein, glaube nicht.«

»Gut. Fürs Erste reicht das auch. Leg dich aufs Bett!«

Ich gehorchte. Er legte sich zu mir. Sein Schwanz drückte durch seine Shorts gegen meinen Außenschenkel. Er rieb sich förmlich daran. Hätte ich ebenfalls einen Schwanz gehabt, wäre dieser nicht weniger steif gewesen. Seine Küsse waren hart, die Berührungen ebenfalls. Wie ein wildes Tier fiel er über mich her. Setzte sich mit all seinem Gewicht auf meinen Unterkörper, knetete dabei meine Brüste. Der Schmerz fühlte sich seltsamerweise angenehm an. Auch als er mich würgte, während seine Zunge am Hals entlangfuhr. Seufzer der Lust und des Schmerzes drangen aus meiner Kehle. So hatte ich noch nie empfunden. Ralf war im Begriff sämtliche emotionalen Mauern einzureißen und eine Begierde zu entfachen, die ich sehr tief vergraben hatte. Ich hätte niemals geglaubt, dass diese Lust sich noch um ein dreifaches steigern könnte, als mein Freund anfing, mich ans Bett zu fesseln. Zufriedenstellend zog er an dem Seil, das meine Handgelenke fixierte. Ich wand mich wie ein Regenwurm am Angelhaken, flehte um Gnade. Ohne darauf Rücksicht zu nehmen, zog er sich seine Shorts aus und drang in mich ein. Wie ein Bär, der gierig einen Honigtopf plünderte. In mir explodierten Milliarden von Nervenzellen.

Kapitel 28 – Ich habe es dir gesagt.

Alles was ich über Enttäuschungen weiß, habe ich von Menschen gelernt, die mir wichtig waren. (Quelle: www.visualstatements.net)

Pia braucht eine gefühlte Ewigkeit, bis sie mit der Antwort, die alles verändern würde, herausrückt.

Ihre Worte fühlen sich wie Faustschläge in die Magengrube an.

»Der Opa hat mich angefasst.« Oh Gott, ich muss gleich kotzen.

Ich liege stocksteif neben Pia. Alles scheint sich zu drehen. Irgendwie kam es nicht überraschend, trotzdem bin ich schockiert darüber. Ich kann es nicht genau beschreiben, wie ich mich gerade fühle.

»Bitte erzähl es nicht der Oma. Ich musste ihr versprechen, dir nichts zu sagen.«

Das wird ja immer schöner!

»Oma hat mir noch Nacktfotos von dir gezeigt. Du wärst so ein schlimmes Kind gewesen und zum Opa wärst du immer gemein gewesen. Deshalb sei der Opa auch so traurig, als ich ihn beschuldigt habe, mich angefasst zu haben. Denn genau das gleiche hättest du damals auch behauptet.«

Okay, jetzt bin ich wütend. Was soll diese Psychoscheiße?!

»Dein Verhalten war absolut richtig. Der Opa darf sowas nicht. Und dass sie dir auch von meinem Missbrauch erzählt haben, geht eindeutig zu weit. Oh fuck, ich hätte euch da gar nicht mehr hingehen lassen dürfen.«

DAS HÄTTE NIEMALS PASSIEREN DÜRFEN!

»Mama, bitte sag es der Oma nicht.« Tränen laufen ihr über die Wange. »Bitte sag es der Oma nicht!«

»Die Oma und der Opa sind diesmal zu weit gegangen. Das Versprechen kann ich dir nicht geben. Aber heute passiert nichts mehr. Du bist jetzt in Sicherheit. Sie werden dir und deiner Schwester nichts mehr anhaben können.«

Ist sie hier wirklich sicher? Wird Rene sein Wort halten?

Ich fertige Pia mit einer flüchtigen Umarmung ab.

»Ich muss jetzt erstmal die Informationen verarbeiten. Kann ich dich allein lassen, Süße?« Alles in mir tobt und ich weiß nicht wohin mit all den Gefühlen und Gedanken. Mit versteinerter Miene gehe ich zu Rene ins Wohnzimmer.

»Du hast keine Ahnung, was mir Pia gerade erzählt hat.« Sofort schnappe ich mir ein Kissen, umklammere es wie einen Rettungsring. Es dauert mehrere Minuten, um ihm das gerade

Gehörte in eigenen Worten wiederzugeben. Ich verfalle in einen Heulkrampf, der in eine Panikattacke übergeht. »Bitte, geh nochmal nach ihr schauen«, bringe ich gerade noch heraus, ehe alles um mich herum dunkel wird.

Kapitel 29 - Liebesnest

»Wo soll der Esstisch hin?« Stöhnend wuchteten Ralf und ich den besagten Tisch in meine Wohnung. Nachdem seine Firma pleiteging, zog er bei mir ein. Die alte Wohnung konnte er sich nicht mehr leisten. Da lag es nahe, ihn bei mir aufzunehmen.

Susi hauste ebenfalls noch hier. Ich bekam sie nicht aus der Wohnung. Ihren Mietanteil zahlte sie schon seit Monaten nicht mehr. Davon wusste ich lange Zeit nichts, weil Madame regelmäßig den Briefkasten leerte und somit die Mahnungen abfing. Nun drohte eine Räumungsklage. Mein Freund übernahm die Hälfte der Miete und die Rückstände beglich ich mit Hilfe meiner Ur-Oma.

Die verhasste Mietnomadin belagerte also rotzfrech weiterhin das Zimmer im ersten Stockwerk, während andere ihre Miete übernahmen. Von einem ehemaligen Arbeitskollegen aus der Diskothek wusste ich, dass sie die gleiche Nummer schon einmal abgezogen hatte, kurz bevor sie bei mir eingezogen war.

Das Leben zu dritt war die Hölle. Wenn ich zum Beispiel das Bad putzte, verwüstete sie sofort wieder alles. Die einstige Freundin hinterließ Dreck und Unrat, zahlte keine Miete, beteiligte sich nicht an den Stromkosten und bediente sich an unseren Lebensmitteln. Das ging noch vier weitere Monate so, bis Ralf der Kragen platzte. Die ungebetene Mitbewohnerin hatte einen Müllbeutel aus ihrem Zimmer einfach in die Küche gestellt. Ihre beste Freundin und sie waren gerade dabei, die Wohnung zu verlassen. »Halt! Nimm wenigstens deinen Müll mit raus«, rief er ihr hinterher. Als keine Antwort kam, drückte er unserer Müll-raus-bring-Verweigerin barsch den Beutel in die Hand. Aber Susi wäre nicht Susi gewesen, wenn sie Ralfs Sticheleien in Demut ertragen hätte. Der Müllbeutel landete mit einem Tritt wieder in der Küche. Daraufhin stürmte er Susi hinterher.

Was vor der Tür tatsächlich passierte, konnte ich nur erahnen. Jedenfalls stand zwanzig Minuten später die Polizei vor der Tür. Unsere verhasste Mitbewohnerin hatte die Männer für Recht und Ordnung gerufen, weil sie sich von Ralf bedroht fühlte.

Die Polizei fand jedoch keinerlei Gründe, um Ralf zur Rechenschaft zu ziehen. Sie störten sich lediglich an unserem trägen Rottweiler. »Schaffen Sie den Hund raus! Sofort!« Der Uniformierte zeigte auf die geöffnete Balkontür.

Ralf nickte. »Morphel. Ab!«, kommandierte er mit einem Handzeichen.

Morphel sah zu mir hinauf. Seine kleinen

Kulleraugen blickten mich fragend an. »Geh.«, bestätigte ich Ralfs Kommando. Ächzend setzte sich das Tier in Bewegung. Zweimal sackte ihm das Hüftgelenk weg. Laminat ist nicht für Hundepfoten gemacht!

Die Stimmung war angespannt. Die Polizisten ließen den Hund nicht aus den Augen, verfolgten jeden Schritt des Tieres. Vor was hatten sie denn Angst? Dass Morphel es sich plötzlich anders überlegt, dreimal über das Laminat rutschte und im Zeitlupentempo auf sie losging? Oder dass Ralf dem Hund befahl sie anzugreifen? Bei beiden Situationen hätten die Ordnungshüter ausreichend Zeit gehabt, das Weite zu suchen.

Als die zwei Streifenmänner wieder von dannen zogen, verlor mein Freund kurz die Beherrschung. Auch wenn die eigentliche Tat nur wenige Sekunden andauerte, erschien es mir wie Minuten: Seine Hand schnellte nach vorn und packte Susis Hals.

»Jetzt hast du wirklich einen Grund, die Polizei zu rufen«, waren seine Worte, ehe er sie würgenderweise zu Boden drückte. Anna, Susis Freundin, schrie panisch nach Hilfe. Für mich fühlte sich das Ganze wie ein schlechter Traum an. Selbst ich schrie ihn an, dass er aufhören sollte.

Der Angriff hatte keine Konsequenzen für Ralf. Im Gegenteil. Die Geschädigte erstattete zwar Anzeige, diese wurde aber nicht rechtlich verfolgt. Der beherzte Griff meines Freundes war selbst für die abgebrühteste Mietnomadin zu viel. Zwei Tage danach zog sie aus. Anfänglich fühlte sich ihre Abwesenheit noch unreal an. Wir trauten uns auch nicht, ihr verschlossenes Zimmer aufzubrechen. Noch war Susi offizielle Mieterin. Wir hätten wegen Hausfriedensbruch belangt werden können. Meine ehemalige Freundin besaß den einzigen Schlüssel zu ihrem Zimmer. Das war wohl so gewollt. Wenn diese Frau das Kriegsfeld räumte, dann nicht, ohne nochmal irgendwohin zu scheißen. Wir warteten zwei Wochen, bis die Ungeduld siegte und Ralf die Tür aufbrach.

Nachdem wir um ein Zimmer reicher waren, stellten wir die komplette Einrichtung um. Ralf kam auf die Idee, dass wir noch einige Möbel benötigten, um unser Heim zu komplementieren. Doch von welchem Geld? Meine Ur-Oma konnte ich nicht noch mal anpumpen.

»Du bist kreditwürdig und könntest ein Darlehen aufnehmen, welches ich dann abzahle«, lag mir Ralf in den Ohren.

»Ach ja? Das geht so einfach?«

»Klar, dein Bausparvertrag zum Beispiel. Wie lange zahlst du da schon ein?«

»Seit meinem sechzehnten Lebensjahr.«

»Also müsste da auch was zu Holen sein!«

Er behielt recht. Mein Bausparvertrag wurde geteilt: Eine Hälfte floss in eine andere Verssicherung, während der andere Teil in Ralfs Geldbeutel landete. Nachdem etliche Möbel angeschafft wurden, kaufte der selbst ernannte Finanzchef noch einen Fernseher, eine Campingausrüstung und etlichen anderen unnützen Kram.

Ganz glücklich war ich mit den neuen Möbeln nicht. Meine Vorlieben berücksichtigte der Mann meiner Träume nur bedingt. Schmollend half ich ihm, Kiste für Kiste auf unseren Wagen im Lager eines schwedischen Kaufhauses aufzuladen. Ralf war ein Alphatier. Zu widersprechen wagte ich nicht. Ich redete mir ein, dass mir die Möbel auch gefielen, und dass ich selbst zu blöd für derartige Entscheidungen wäre. Blind folgend sah ich den nahenden Abgrund nicht.

Manchmal sah ich tatsächlich nichts mehr. Und zwar immer dann, wenn er mir die Augen verband. Es blieb nicht bei Fesselspielchen. Seine Praktiken überstiegen irgendwann meine Vorstellungskräfte. Reizstrom, übergroße Dildos und Brustwarzenfolter kamen zum Beispiel zum Einsatz. Ich hatte Angst vor dem, was noch folgen würde. Dass er mich ans Geländer fesselte, mit Mundknebel und Liebeskugeln im

Arsch, ertrug ich noch. Aber die Brustwarzenklemmen waren dann doch zu viel des Guten. Panisch zappelte ich, gefesselt und geknebelt, windend und bettelnd, er möge aufhören. Schnaufend löste Ralf die Fesseln, befreite mich vom Knebel und der Augenbinde.

»Ist das echt zu viel verlangt?!«

»Es hat wehgetan!«

»Wehgetan? Dabei habe ich doch noch nicht einmal richtig angefangen.«

Ich fühlte mich klein. Hatte ich versagt? Was für ihn eine Lappalie war, überschritt meine Grenzen.

»Ich hab doch noch nicht mal richtig angefangen!« Seine Worte spukten immer wieder in meinem Kopf herum. In Gedanken hegte ich die krankesten Fantasien. Dort sollte das Meiste davon aber auch bleiben! Seine Zurückweisungen verunsicherten mich. Er brauchte viel mehr, als ich bereit war zu geben. Lange würde er meine Verweigerungen nicht mehr hinnehmen.

Ein paar Tage danach fischte ich ein benutztes Kondom aus dem Müll. Es war mit Kot beschmiert und ich konnte mir darauf keinen Reim machen. Zunächst befürchtete ich, dass er mich betrog. Doch was wirklich dahintersteckte, war noch schlimmer als aufgesetzte Hörner.

»ICH HABE MIR DEN DILDO IN DEN ARSCH

GESCHOBEN«, war seine Antwort. Aus heutiger Sicht – ich hatte selbst schon meinen gesamten Unterarm in einem männlichen Rektum – für mich etwas Normales. Aber damals erzeugte sein Satz nur riesige Fragezeichen. Weshalb er sich Gummischwänze einführte, wollte mir nicht einleuchten. Mit meinen einundzwanzig Jahren hatte ich schon viel erlebt und war trotzdem total unerfahren. Ralf hingegen hatte zehn Jahre Vorsprung, um sexuelle Erfahrungen zu sammeln. Er war in seiner Sexualität gefestigt. Er wusste, was ihm Lust bereitete. Ich hingegen tat oft nur das, was Männer von mir verlangten. Einen eigenen Willen besaß ich nicht. Heute weiß ich, wie wichtig es ist, über seine Vorlieben am besten ganz am Anfang der Beziehung zu sprechen. Passt es nicht, dann ist es so. Man geht getrennte Wege oder findet einen gemeinsamen Weg. Für ihn und mich schien es den nicht zu geben.

Unsere Beziehung bekam immer mehr Risse. Wenn er nicht an meiner Kleidung oder an meiner frigiden Art herumnörgelte, glänzte die Liebe meines Lebens mit Abwesenheit. Nach weiteren Wochen gestand er mir, dass unsere Beziehung keine Zukunft mehr hätte. Einige Monate zuvor hatte er mir noch seinen Zwei-Jahres-Plan erläutert: Heiraten und Vater werden. Seit meinem achtzehnten Lebensjahr wünschte ich mir ein Baby und eine Sonnenschein-Familie.

Jacky wurde mit sechzehn schwanger. Ihre Beziehung zerbrach nach einem Jahr. Sie war alleinerziehend und kämpfte sich durch den Alltag als Mutter. Aber ihr Schicksal minderte meinen eigenen Kinderwunsch nicht im Geringsten.

Trotz ihrer mütterlichen Pflichten besuchte sie mich regelmäßig. Immer dann, wenn ihr Sohn bei seinem Vater war. Ich verstand nie, was sie an diesem Typen gefunden hatte, um sich von ihm schwängern zu lassen. Generell schienen ihre Männer stets unter dem Niveau meiner Freundin zu liegen, optisch wie charakterlich.

Das es nicht immer nach der Optik zu gehen schien, brachte mir Ralf bei. Er machte Schluss, weil wir zu verschieden waren. Dass er eine Neue hatte, fand ich erst viel später heraus. Noch nie in meinem Leben fühlte ich mich so elendig. Das wir uns noch die Wohnung und das Bett teilten, hielt ich nicht aus. Ihm war es egal. Klar, er hatte ja auch schon lange mental mit uns abgeschlossen.

Kapitel 30 – Samenraub

»Ich hoffe, du störst dich nicht an der Unordnung? Ich hab's nicht so mit der Sauberkeit«, entschuldigte sich mein Date, als ich inmitten eines lichtdurchfluteten Wohnzimmers stand. Der helle Fußboden wirkte – bis auf einige Flecken – relativ sauber. Da hatte ich schon Schlimmeres gesehen. Das Sofa sah auch auf den ersten Blick reinlich aus. Die Gefahr, mir irgendwas auf der Sitzfläche einzufangen, bestand wohl nicht. Doch ich hatte mich zu früh gefreut. Mein Blick blieb am Couchtisch hängen. Das schwedische Möbelstück in schwarz hätte eine Säuberung vertragen, doch lagen so viele Gegenstände darauf, dass es eine Ewigkeit gedauert hätte, die abzuräumen. Allein drei verschiedene Grassorten, eingeschweißt in Zigarettenfolie, waren auf dem Tischbrett beheimatet. Ein Aschenbecher in Form eines Drachens fristete übervoll mit Zigarettenstummeln und Jointresten sein Dasein. Ich legte meinen Rucksack auf dem Sofa ab.

Hier werde ich also heute die Nacht verbringen.

Gestern Abend fand ich den Kerl unattraktiv. Ich lernte ihn während einer Kneipentour kennen. Als Lückenbüßer taugte er allemal. Ich tat alles, um nicht in der gemeinsamen Wohnung von Ralf und mir versauern zu müssen. Da ich Urlaub hatte, wäre das mein Untergang gewesen. Die Nähe meines Ex-Freundes war unerträglich. Schlimm genug, dass wir uns regelmäßig bei der Arbeit im Nachtclub über den Weg liefen. Er arbeitete dort als Türsteher, während ich als Gogo-Tänzerin hüftenschwingend meinen Verdienst aufbesserte.

Verliebt war ich keinesfalls. Der Kerl lenkte mich aber von einer Vielzahl übler Sorgen und Probleme ab. Seine Grassammlung vernebelte mir ordentlich die Birne. Im Hier und Jetzt zu leben und nicht an Morgen zu denken, war meine Strategie. Karsten und seine Betäubungsmittel halfen also für den Moment.

Aus einer Nacht wurden mehrere Tage. Aus Fremdheit wurde Vertrautheit. Ich arrangierte mich mit ihm. Er nahm mich zu seinen regelmäßigen Bandproben mit, wir vögelten in seiner Wohnung und fraßen uns bei seinen Eltern durch. In meiner eigenen Wohnung war ich nur noch selten. Es dauerte auch nicht lange, bis ich eine neue Bleibe hatte. Praktischerweise nur wenige Minuten von meiner Arbeit entfernt.

Karsten und sein Vater halfen mir beim Umzug. Viel nahm ich aus meiner alten Wohnung nicht mit. Ralf behielt die meisten

Möbel. Schließlich bezahlte er ja auch den Ratenkredit ab. Meine Mutter spendierte ein paar Retro-Schränke und neue Badmöbel. Eine Einbauküche war in meiner neuen Bleibe bereits vorhanden.

Trotz der günstigen Lage fühlte sich die Wohnung nie wie ein neues Zuhause an. Wenn man überlegt, wie oft ich in meinem gesamten Leben schon umgezogen war. Allein hier in der Stadt war es der dritte Wohnungswechsel. Ich kannte es nicht anders. Als Kind wurde mir ständig eine neue Wohnung vor die Nase gesetzt. Ganze siebenmal waren wir hin und her gezogen. Innerlich war ich zumindest in dieser Hinsicht abgestumpft. Mit dem Wissen, dass das hier keine ›für-immer-Lösung‹ sein würde, zog ich ein.

Außerdem hatte ich mittlerweile andere Pläne: Ich wollte Mutter werden. Die Pille nahm ich seit einigen Jahren nicht mehr. Ralf und ich hatten immer mit Kondomen verhütet. Vor ihm versuchte ich vergebens schwanger zu werden und nach ihm machte ich dort weiter. Ein Kind erschien mir als die ultimative Lösung für alle Probleme. Karsten weihte ich nicht ein. Wahrscheinlich hätte er dem auch nicht zugestimmt. Vater zu werden war nicht unbedingt der Traum eines Mitzwanzigers. Bei jeder sich bietenden Gelegenheit klaute ich seinen Samen. Er war mir ziemlich egal, bei genauerer Betrachtung mochte ich ihn nicht einmal. Seine Unordnung und sein kindisches Verhalten störten mich. Auch wie er mit seinen Eltern umging. Ganz ehrlich, wenn ich könnte, würde ich mein damaliges Ich für diese Dummheiten ohrfeigen. Ein Kind sollte nicht durch intrigantes, egoistisches Verhalten der Mutter gezeugt werden. Trotz allem. Pia ist das Beste, was ich jemals zustande gebracht habe.

Nach zwei Monaten hatte ich mein Ziel, schwanger zu werden, erreicht.

»Herzlichen Glückwunsch! Sie sind in der fünften Schwangerschaftswoche«, gratulierte mir die Gynäkologin. Den Impuls, einen Triumphschrei gen Himmel zu schicken, konnte ich nur mit Mühe unterdrücken.

Kapitel 31 - Konfrontation

Ach und könnt ich doch nur ein einz'ges Mal die Uhren rückwärts dreh'n. Denn wie viel von dem, was ich heute weiß, hätt' ich lieber nicht geseh'n. (»Kein Zurück!« von Wolfsheim)

Ein Geräusch aus dem Erdgeschoss holt mich aus dem Schlaf ins Reich der Wirklichkeit zurück. Das Gefühl von Ohnmacht und Schuld erscheint just in dem Moment, als ich die Augen öffne. Ein Blick auf den Radiowecker verrät mir, dass meine Zeit um drei Stunden überschritten ist. Rene muss die Kinder fertig gemacht und in die Schulen gefahren haben. Nach dem gestrigen Zusammenbruch gab ich mir die volle Dröhnung Benzos, um inneren Frieden zurückzuerlangen. Noch etwas benommen, schäle ich mich aus dem Bett.

Bin ich bereit, mich der Realität zu stellen?

»Wenn ich du wäre, würde ich aus dem Fenster springen.«

Nix da! Man kann alles regeln. Pia wird irgendwann darüber hinwegkommen. Vielleicht kann sie einige Tage stationär aufgenommen werden.

»Na das ist natürlich die Lösung! Seelenklempner reparieren ihren Dachschaden. Hat ja bei dir auch funktioniert, was? Ich kann

mich immer noch an die Übergriffigkeiten deines Stiefvaters erinnern, als wäre es gestern gewesen. Wie muss es also in Pias kleinem Kopf aussehen?«

ES IST JA GOTT SEI DANK NICHT DER LEIBLICHE OPA.

»Macht es das besser?!«

Nein. Man kann es jetzt doch nicht mehr ändern.

»Du hättest es erst gar nicht dazu kommen lassen dürfen!«

Ohne auf die Signale meiner Harnblase zu achten, schleppe ich mich ins Erdgeschoss. Mittlerweile bereue ich es, nicht selbst die Kinder fertig gemacht zu haben. Ich hätte Pia fragen sollen, ob für den Moment alles okay ist oder ob sie etwas braucht. Das hatte ich auf Rene abgewälzt, was unentschuldbar ist. Nach meinem Verhalten zu urteilen, könnte man meinen, ich sei das Opfer und nicht sie.

Das eigene Kind wird missbraucht und was mache ich?

Im Erdgeschoss duftet es nach Kaffee. Eine Tasse nebst dampfendem Inhalt steht auf der Anrichte. Rene muss also ganz in der Nähe sein. Ich öffne das Küchenfenster und höre seine Stimme. Er telefoniert gerade. Meine Erinnerungen kehren langsam wieder zurück. Wir haben gestern Abend einen Schlachtplan zurechtgelegt.

Rene telefoniert höchstwahrscheinlich mit unserer Familienhelferin.

Immer noch mit gefüllter Blase wähle ich die Nummer der Familienberatungsstelle. Es ist die erste Anlaufstelle, die mir auf die Schnelle eingefallen ist.

»Erziehungs-, Jugend- und Familienberatungsstelle der Katholischen Jugendfürsorge, mein Name ist Frau Angermann, was kann ich für Sie tun?«

»Guten Morgen, Bauer, mein Name. Es geht um ... Es geht um meine Tochter. Sie ... Sie ...« Der Satz will mir nicht über die Lippen. Von einem Heulkrampf geschüttelt, presse ich den einen furchtbaren Satz heraus. Worte, die surreal klingen: »MEINE TOCHTER WURDE SEXUELL MISSBRAUCHT.«

»Das tut mir leid zu hören, Frau ...«

»Frau Bauer.«

»Frau Bauer, unser Psychologe befindet sich momentan in einer Besprechung. Soll er Sie denn zurückrufen?«

»Ja. Bitte«, presse ich hervor und lege auf, ehe mich ein weiterer Weinkrampf übermannt. Das Weinen befreit. Als wäre ich das Missbrauchsopfer und nicht meine Tochter. Ich habe mein Schweigen viel zu spät gebrochen. Eine Hilfsorganisation zu kontaktieren, hätte mein früheres Ich nie fertiggebracht. Mich beschleicht ein grauenvoller Gedanke, den ich sofort wieder verbanne: Habe ich es auf einen Missbrauch angelegt, um mich nochmal damit auseinanderzusetzen? Habe ich deswegen meine Mädchen leichtfertig zu ihm geschickt?

NIEMALS!

Energisch schüttle ich den Kopf. Ein Teil meiner selbst glaubte, dass Hans sich nie an Pia vergreifen würde. Sie ist doch noch ein Kind! Ich hingegen war voll entwickelt. Während ich darüber nachdenke, schleicht sich ein weiteres Gefühl aus dem tiefsten Inneren herauf. Wie ein alles verschlingender Schatten. Tentakel drücken mir den Brustkorb zu. Mit leiser, jedoch eindringlicher Stimme, höre ich: *Erinnere dich! Du warst viel kleiner als Pia.*

Meine Gedanken werden durch das Klingeln des Telefons unterbrochen. Ich nehme den Anruf entgegen. Es ist der Psychologe der Beratungsstelle. Ich wiederhole, was ich bereits der anderen Dame erzählt hatte und er stellt mir unzählige Fragen, die mich immer wieder kurz vor einen Weinkrampf bringen. Mitunter kann ich dem Gespräch kaum folgen. Einer Panikattacke nahe, nehme ich die Stimme des Psychologen als Echo wahr. »Ziehen Sie es in Erwähnung, den Täter anzuzeigen?«

»Ja. Da muss ich nicht lange drüber nachdenken«, antworte ich forscher als beabsichtigt.

»Überlegen Sie sich ganz genau, ob Sie wirklich Strafanzeige stellen wollen, Frau Bauer.«

»Warum?«, krächze ich. Mein Hals schnürt sich zu. Die Worte des Seelenklempners kann ich in keiner Weise nachvollziehen.

»Weil ein Großteil der Strafanzeigen abgelehnt wird. Es ist oftmals frustrierend für die Opfer, wenn man ihnen keinen Glauben schenkt oder die Angelegenheit bagatellisiert wird. Wenn ich Ihnen einen guten Rat geben darf, kümmern Sie sich schnellstmöglich um einen Therapieplatz.«

»Pia hat bereits einen Termin. Wir werden heute noch mit ihr dorthin fahren.«

Was bin ich nur für eine Heuchlerin. Natürlich wird es Rene oder Frau Fischer sein, die Pia dorthin begleiten, nicht ich.

»Ist ja klar. Lass andere deine Scheiße auslöffeln. Wenn eines deiner Kinder dich braucht, verkriechst du dich.«

Fresse!

»Ich würde gern nochmal auf die Strafanzeige zurückkommen …«

»Was möchten Sie wissen?«

»Können Sie mir einen Anwalt empfehlen?«

»Bitte kontaktieren Sie den *Notruf für Frauen.*

Die werden Ihnen da sicherlich zur Seite stehen. Ich kann auch bei uns einen Beratungstermin anbieten, wenn Sie das möchten?«

»Vorerst sind wir versorgt, danke.«

Kapitel 32 - Mutterglück und Vaterleiden

»Mutterschaft musste ich lernen, es war mir nicht gegeben. Vielleicht stimmte irgendetwas mit meinem Oxytocinhaushalt nicht, vielleicht war ich zu verkopft, ich weiß es nicht. Aber als ich mit meinem ersten Kind nach Hause fuhr aus dem Krankenhaus in Hamburg, da hatte ich eher das Gefühl, es wohne jetzt noch jemand bei dem Mann und mir, um den ich mich kümmern müsse, als dass ich tiefe Muttergefühle gehegt hätte.«
(stadtlandmama.de)

»Ich bereue es Mutter geworden zu sein!«
(#regrettingmotherhood)

»Was ist? Ich bin gerade bei meinem Ticker. Ich ruf dich später an.«

»Nein! Warte. Ich muss dir was Wichtiges sagen.«

»Kann das nicht warten? Ich mache gerade das Geschäft des Jahrhunderts.«

»Ich. Bin. Schwanger.«

Außer dem Rauschen in der Leitung war nichts zu hören. Ich dachte schon, dass er aufgelegt hätte, bis er nüchterner als erwartet die eine Frage stellte, die man niemals –

NIEMALS – einer werdenden Mutter stellen sollte: »Ist das Kind auch wirklich von mir?«

»Natürlich ist es von dir, du Idiot!«

»Na dann ist ja gut. Ich melde mich später. Bye.«

Jetzt hatte der Kerl doch tatsächlich aufgelegt. Seine beschissenen Drogen waren natürlich wichtiger. Normalerweise störte ich mich nicht an seinem Halodri-Leben. Ich liebte ihn ja nicht mal wirklich. Er war ganz einfach der Lückenbüßer und Samenspender für mich.

Mit dem Wissen ein Leben in mir zu haben, veränderte sich meine Einstellung blitzschnell. Mein Kind sollte gewiss nicht mit einem drogenabhängigen Vater aufwachsen.

Seine Flausen werde ich ihm schon noch austreiben.

Generell würde jetzt alles gut werden. Ein Baby bedeutete für mich einen Neuanfang. Ich könnte es besser als meine Mutter machen, ich müsste bald nicht mehr Brot für einen schäbigen Mindestlohn verkaufen, weil ich Mutter sein würde. Meinen Job in der Bäckerei hatte ich schon seit Jahren satt. Allein den zwei Nebenjobs in der Diskothek und als Tänzerin hatte ich es zu verdanken, Miete und Strom bezahlen zu können. Ich verdiente als Filialleiterin sechs Euro fünfzig die Stunde. Noch dazu zog meine Chefin mir täglich zwei

Stunden Arbeitszeit ab. Offiziell wurden wir erst ab sieben Uhr bezahlt, fingen aber schon um fünf Uhr an, Brötchen-Teiglinge in die Öfen zu schieben und Torten zu drapieren. Urlaub hatte ich auch so gut wie nie. Und wenn, konnte ich spätestens am dritten Urlaubstag mit einem Anruf rechnen, der mich zurück in die Bäckerei beorderte. Die Arbeit als solches liebte ich. Die Bedingungen und meinen Arbeitgeber hingegen schoss ich regelmäßig gedanklich auf den Mond. Zu kündigen traute ich mich aber auch nicht. Ich hatte Angst vor meiner Vorgesetzten. Ich befürchtete, dass etwas ganz Schreckliches mit mir passieren würde, sobald ich die Firma verließ. Mutterschutz hingegen – so dachte ich zumindest – rettete mich vor deren Zorn.

Ausgerechnet noch am gleichen Abend musste ich mit meinem Verkaufsteam zur alljährlichen Hygieneschulung. Das Treffen fand in einem Restaurant statt, das etwas außerhalb lag.

Ich ging schon etwas eher los, um eine Kollegin aus der Filiale abzuholen.

Freudestrahlend betrat ich die Bäckerei.

»Ja, was schaust du so wie a Honigkuchenpferd?«, begrüßte mich Veronika, Kollegin und Freundin beschwingt.

»Ich bin schwanger«, verriet ich ihr im gedämpften Ton.

»Mei. Des is ja der Burner! Herzlichen

Glückwunsch.« Veronika drückte mich.

»Hab ich was verpasst?« Erika, eine weitere Kollegin, stand etwas irritiert vor der Theke.

»Komm mit nach hinten, eine rauchen, dann sag ich es dir.«

»Du solltest ganz schnell mit dem Gequalme aufhören«, riet mir Erika, nachdem sie einen tiefen Lungenzug genommen hatte. Ihre Blicke durchbohrten mich, trotz dicker Dunstwolken.

»Ich habe es heute erst erfahren. Ab Morgen möchte ich den Zigarettenkonsum reduzieren.«

»Reduzieren bringt da nix. Du musst komplett aufhören!«

»Ich versuche es«, versprach ich ihr halbherzig.

Wir standen am Waschbecken im Hinterzimmer. Die Tür zum Verkaufsraum war verschlossen, damit der Rauch nicht zu den Kunden ziehen konnte. Über uns ragte ein Schild mit dem Rauchen-verboten-Symbol. Es war meine Art, der Chefin indirekt ans Bein zu pissen, indem ich mich gegen diverse Regeln widersetzte.

Veronika zählte gerade das Wechselgeld. In fünf Minuten war Ladenschluss. Zeit genug, um sich nochmal eine Zigarette anzuzünden. Erika zog die Augenbrauen hoch.

»Wenn die Schachtel leer ist, dann höre ich auf. Versprochen.«

»Dann hast ja noch was vor. Das ist 'ne Big

Box, du Goas.« Wir mussten beide lachen. In dem Moment bereute ich ein wenig, schon bald auf Erika und Veronika verzichten zu müssen. Das Geschäft war mein Leben. So etwas wie Hassliebe. Auch gegenüber meiner Chefin, die mich wie ein unmündiges Kind behandelte. Mit einem Säugling konnte ich unmöglich wieder hier arbeiten. Das wurde mir gerade bewusst.

Desinteressiert blätterte ich die Speisekarte durch. Ich war zu aufgeregt, um etwas zu essen. Meine Chefin reichte den Urlaubsplan für das nächste Jahr an alle durch. Als ich an der Reihe war, nahm sie mir den Kalender weg.

»Wir machen es wie immer, gell?«

Ich nickte und schaute betroffen zu Boden. ›Wie immer‹ bedeutete so viel wie: Du machst dann Urlaub, wenn ich es dir erlaube.

Mir lag so einiges auf der Zunge, was ich gern losgeworden wäre. Zum Beispiel, warum mir auf jedem Lohnzettel mehrere Tage Urlaub abgezogen wurden. Warum ich schon wieder am Samstag Spätschicht hatte. Es war der dritte Monat, in dem ich sechs Tage am Stück arbeitete. Und trotzdem überschritt ich die tausend Euro Marke nicht. Mit Abzug der Miete und Fixkosten stand mir weniger als einem Hartzer zur Verfügung.

Bald ist es vorbei. Nur noch ein paar Monate, dann bin ich frei.

Das erste Schwangerschaftsdrittel arbeitete ich nur noch in der Spätschicht, weil ich unter Morgenübelkeit litt. In den Frühschichten übergab ich mich schon auf dem Arbeitsweg. Ich wollte nicht wissen, wie viele der vorbeiziehenden Passanten meine Kotzerei falsch interpretierten. Was andere von mir hielten, war mir wichtiger als die eigene Einstellung. Am liebsten hätte ich während eines Brechanfalls jedem einzelnen verblüfften Vorbeiziehenden die Umstände erklären wollen. War das nicht eigentlich egal? Nein, das war es damals nicht! Das Bedürfnis, alles zu rechtfertigen, wurde mir von klein auf anerzogen. Damals verfügte ich nicht über genug Selbstreflektion, um mir dessen bewusst zu sein. Schlimme Dinge, die mir wiederfuhren, sah ich als eine Art Strafe Gottes an. Ich wusste, dass vieles auf meine Vergangenheit zurückzuführen war. Die Tatsachen näher zu beleuchten, hätte bedeutet, sich mit all den verdrängten Traumen auseinanderzusetzen und sogar den Kontakt zur Familie abzubrechen.

Was täte ich denn ohne Familie?

Als Schwangere verbrachte ich meine freien Tage bei meiner Mutter. Vor einem Jahr war sie an Schilddrüsenkrebs erkrankt und hatte gerade eine *Radiojodtherapie* hinter sich gebracht. Bei dieser Therapie wird dem

Patienten radioaktives Jod verabreicht, welches sich dann in den Zellen der Schilddrüse einlagert. Wenn das Jod zerfällt, wird dabei entartetes Gewebe zerstört. Im Anschluss bedarf es engmaschigen Kontrollen und ich unterstützte sie im Haushalt. Ich benutzte ihren Zustand als Rechtfertigungsgrund, um so wenig Zeit wie möglich mit Karsten zu verbringen. Mittlerweile war er arbeitslos und wollte es auch vorerst bleiben.

Er kiffte weiterhin und feierte seine Partys. Mit Abweisung konnte er genauso wenig umgehen, wie ich damals. Anstatt Geld fürs Baby auf die Seite zu legen, kaufte er sich einen weiteren Computer. Jetzt standen zwei Monitore auf dem Sofatisch. Der Sinn entzog sich mir. Unsere Wohnsituation war ebenfalls ein Streitfaktor. Er wollte dort wohnen bleiben und ich wollte lieber in der Stadt wohnen, um weitestgehend unabhängig zu sein. Dass ich zu ihm ziehen würde, schien für den werdenden Vater selbstverständlich zu sein. Da ich immer noch keinen Führerschein besaß, wäre ich immer auf seine Gunst angewiesen gewesen. Den Krieg gegen Karsten wollte ich nicht allein kämpfen. Seinc Mutter schien die einzige Person zu sein, von der er sich etwas sagen ließ.

»Der Karsten ist nun mal a Sturschädel. Den muss man an den Hörnern streicheln, wenn man von dem was will. Stiere lassen sich ungern etwas sagen.« Beschwingt stellte sie mir einen Teller Suppe hin.

»Und ich mir auch nicht«, entgegnete ich patzig. Die Suppe musste ich im wahrsten Sinne des Wortes selbst auslöffeln. Auf die Hilfe meiner zukünftigen Schwiegermutter konnte ich nicht zählen.

»Tja, wenn das so ist, dann lass dir ein Berufsverbot ausstellen. Schwangerschaft ist keine Krankheit!«, rügte mich meine Chefin am Telefon.

»Ich war die ganzen Jahre so gut wie nie krank. Die Mittelohrentzündung habe ich mir doch nicht ausgesucht«, rechtfertigte ich meine Situation.

»Da kann man sich doch zusammenreißen! Sieh zu, dass du wieder arbeiten kommst oder lass es ganz bleiben, Mädel!«

Sie legte auf. Mit zittrigen Händen hängte ich den Hörer ein und sank zurück auf die Couch meiner Mutter. Laika, Fellnase und Seelenwauwau, lag mit dem Köpfchen auf meinem mittlerweile leicht gewölbten Bauch. Das beruhigte mich etwas.

»Weißt du, was ich jetzt machen werde?«

»Nein, was denn?« Meine Mutter reichte mir eine Tasse Tee.

»Ich werde morgen zum Gynäkologen gehen

und um ein Berufsverbot bitten. Unsere Frau Chcfin hat es mir gerade nahegelegt.«

»So eine blöde Fotze«, wetterte sie. Meine Mutter arbeitete in der gleichen Firma. Unsere Chefin hatte uns beide auf dem Kieker. Mich, weil ich mir erlaubte, krank zu sein und meine Mutter, weil sie Krebs hatte und ebenfalls ausfiel.

Am nächsten Tag ging ich zu meiner Gynäkologin, um mir mein Berufsverbot erteilen zu lassen. Doch bevor ich diesen Wunsch äußern konnte, überreichte mir die Frauenärztin ein Ultraschallbild. Ein kleines knöchernes Wesen mit deutlich erkennbaren Armen und Beinchen, lutschte an seinem Daumen. Meine Gefühle fuhren Achterbahn.

»Stellen Sie sich bitte auf die Waage«, bat sie mich. Ich tat wie befohlen und bereute es sofort wieder. »Zehn Kilo in vier Wochen ... Respekt! Sie sollten in Zukunft besser auf Ihre Ernährung achtgeben.«

»Tut mir leid.«

»Entschuldigen Sie sich nicht bei mir, Frau Bauer. Es ist schließlich Ihre Gesundheit! Gibt es denn irgendwelche Auslöser für das Essverhalten?«

»Allerdings. Zum einen leide ich noch unter der Rauchentwöhnung ...«

»Sehr gut«, lobte sie mich.

»Zum anderen habe ich Stress in der Arbeit. Meine Schicht geht acht Stunden. In der Zeit kann ich keine Pausen machen, weil wir immer allein arbeiten. Das setzt mich unter Druck. Der grippale Infekt will auch nicht verschwinden. Ich hatte eine Mittelohrentzündung und konnte diese nicht auskurieren, weil meine Chefin mich nicht ließ.« Theatralisch umfasste ich meinen Bauch.

»Ich kann Ihnen ein sofortiges Berufsverbot ausschreiben.«

Na bitte.

»Wenn es Ihnen nichts ausmachen würde, dann bitte erst nach den Osterfeiertagen. Meine Kolleginnen sollen nicht darunter leiden.«

»Gut. Die Bescheinigung wird dann ab dem 25.03. wirksam. Bis dahin achten Sie auf Ihre Ernährung und erholen Sie sich gut. Wir sehen uns dann in vier Wochen wieder.«

Nach ein paar stressigen Wochen auf der Arbeit befand ich mich endlich im Berufsverbot. Das war schon etwas Tolles! Auf Kosten der Krankenkasse befand ich mich in einer Art Urlaub. Die Versicherung übernahm bis zur Beendung des Mutterschutzes das volle Gehalt. So viel Freizeit war ich gar nicht gewöhnt.

Mit Beginn des Berufsverbotes fuhr ich zu meinen Großeltern nach Brandenburg. Ich wollte meine Oma an der Schwangerschaft teilhaben lassen. Wir gingen spazieren, saßen im Garten bei Kaffee und Kuchen oder angelten. Die frische Luft und das Rundum-Sorglos-Paket von Oma hatten Auswirkungen. Ich konnte mit Abstand meine derzeitige Situation und die damit verbundenen Möglichkeiten überdenken.

Was wird mit Karsten? Bleibe ich in der Stadt oder ziehe ich zurück aufs Land, zu meiner Mutter?

Karsten setzte mir zu. Kurz vor meiner Abreise gab es Krach zwischen uns. Er wollte mit zu meinen Großeltern und verstand die Welt nicht mehr, als ich ihm den Wunsch verwehrte.

Warum soll er sich als neuer Freund vorstellen, wenn ich doch eh vor habe, ihm den Laufpass zu geben?

Meine Gedanken kreisten wieder oft um Ralf. Bei meinem letzten Aufenthalt bei den Großeltern war er mit gewesen. Ralf, meine große Liebe. Ich verzehrte mich nach ihm. Träume suchten mich heim. Keine normalen Träume. Nein! Das waren halbe Pornos mit finalen Orgasmen. Ich hatte darüber einen Artikel in einer Schwangeren-Zeitschrift gelesen. Schwangere besaßen die Fähigkeit, im Schlaf einen Höhepunkt zu erlangen.

Doch die plötzliche Sehnsucht nach Ralf ließ kurze Zeit später abrupt nach. Schuld daran war ein Anruf bei der Hotline meiner Versicherung. Ich besaß ein Sparbuch mit gekoppeltem Bausparvertrag, mit einer nicht ganz unbeträchtlichen Summe Geld drauf. Der Unterhalt meines Vaters ging dort seit meinem achtzehnten Lebensjahr, Monat für Monat, drauf. Nun wollte ich eine gewissen Summe abheben, um einige Dinge fürs Baby damit zu kaufen. Alles, was ich tun musste, um an das Geld zu gelangen, war ein Kennwort und den Wunschbetrag zu nennen.

»Tut mir wirklich leid, aber Ihr Konto wurde aufgelöst«, beteuerte der Kundendienstmitarbeiter.

»Was? Warum?« Mir wurde heiß und kalt zugleich.

»Die Raten für Ihr Darlehen sind seit mehreren Monaten nicht mehr beglichen worden. Über die Vorgänge wurden Sie mehrmals postalisch informiert.«

Ach, daher weht der Wind.

Mechanisch beendete ich das Gespräch mit der Versicherung, um gleich darauf die Nummer von Ralf zu wählen. Es dauerte gefühlt eine Ewigkeit, bis er endlich abnahm.

»Schuster?«

»Hi! Maren hier. Sag mal ... Hast du meine Nummer gelöscht? Oder warum meldest du dich so förmlich?«

Stille am anderen Ende der Leitung.

»Ralf?«

»Nein, natürlich nicht. Ähm ... mein Handy ist

kaputt gegangen. Da sind etliche Kontakte flöten gegangen.«

»Aha. Aber die sind doch auf der SIM-Karte gespeichert und die scheint die gleiche zu sein?«

»Was möchtest du, Maren?«

Das ist ja wieder so typisch für den Herren! Resolut das Thema wechseln, als wäre nix gewesen.

»Ich wollte gerade Geld von meinem Sparkonto umbuchen lassen, aber das ging nicht. Die sagten mir, dass das Konto bis auf Weiteres gesperrt sei, weil die Raten für das laufende Darlehen seit über sechs Monaten nicht mehr bezahlt wurden.«

»Was? Kann ich mir gar nicht erklären.«

»Kannst du nicht?«

»Bisher kam noch keine Mahnung.«

»Hast du die Raten jetzt bezahlt oder nicht? Weißt du, ich wollte damit Sachen für mein Baby kaufen. Ich bin nämlich schwanger.«

»Du bist ... du bist Schwanger?«

Denkt der jetzt allen Ernstes, das Kind sei von ihm?

»Es ist nicht von dir, Ralf. Ich bin erst Ende des vierten Monats.«

»Puh. Herzlichen Glückwunsch erstmal!«

»Danke! So, wie ist das jetzt? Muss ich nun dafür aufkommen? Mit den Ausständen wären noch 2.000 Euro offen.«

»Tut mir leid. Bei mir gibt's nix zu holen.«

»Du verdienst doch als Disponent ganz gut. Die Möbel hast du auch allesamt noch. Außerdem besitze ich ein von dir unterschriebenes Schriftstück, in dem steht, dass du dich zum Zahlen verpflichtest.«

»Das Schreiben hat keinerlei Wert. Und, wie du weißt, befinde ich mich im Insolvenzverfahren, da ist nix zu holen.«

»Was willst du mir jetzt damit sagen? Ey. Puh. Ich weiß gar nicht, was ich zu so viel Dreistigkeit sagen soll. Ich meine ... Also ... Hättest du mich nicht wenigstens informieren können, dass du nicht mehr zahlst? Man, Ralf, warum tust du mir sowas an?«

Er weigerte sich, auch nur einen einzigen Cent zu bezahlen. Ich war mir sicher, dass er es auch nie wirklich vorhatte. Er kannte die Rechtslage und nutzte meine Gutmütigkeit einfach aus. Ich bat ihn, mir wenigstens die Möbel zu hinterlassen. Nach langem Kampf bekam ich einen Großteil der Sachen. Allerdings erst, als Ralf umzog und keinerlei Verwendung für die schwedischen Konstrukte hatte. Er war der erste Mann, der mich finanziell abzockte. Nach ihm taten das noch drei weitere Männer. Ich war wohl einfach zu gutgläubig.

Bald war der Aufenthalt bei Oma Doris im Brandenburgischen Havelland zu Ende. Mit ein paar Kilo mehr auf den Rippen trat ich die

Heimreise an. Anderthalb Jahre sollten vergehen, bis sie ihr Ur-Enkelkind und mich wiedersehen würde.

Nach meiner Rückkehr war ich wieder mir selbst überlassen. Mit dem heutigen Wissen eigentlich eine gute Gelegenheit, um in sich zu gehen. Die damalige Maren empfand es allerdings als eine Qual, sich selbst zu genügen. Ich hielt mich in meiner Wohnung nur noch selten auf. Bei meiner Mutter war ich nicht allein und konnte Karsten aus dem Weg gehen. Sehr zu seinem Ärger. Er verstand meinen plötzlichen Gesinnungswandel nicht, war aber auch nicht bereit, an sich zu arbeiten.

Pfingsten kippte die Stimmung gänzlich. Sturzbetrunken rief er mich am Abend an, faselte was davon, ein Kind entführt zu haben, weil der Vater Geldschulden bei ihm hätte. Im Hintergrund hörte ich eine Art krächzen. Mir platzte der Kragen.

»Du spinnst ja. Du kannst doch kein Kind entführen. Ich rufe die Polizei!«

»Das lässt du schön bleiben! Wenn du die Polizei rufst, knall ich dich ab, verstanden?«

»Bitte? Du tust was?«

Der hat sie doch nicht mehr alle!

»Ich knall dich ab, du Schlampe.«

Entsetzt legte ich auf und wählte die Nummer seiner Eltern. Mit Herzpochen wartete ich sehnsüchtig darauf, dass jemand abnahm.

»Schmidt?«, meldete sich sein Vater.

»Hallo, Gerd, ich bin's, Maren.«

»Ja grüß dich. Wie geht's?«

»Nicht gut! Dein Sohn will mich erschießen.«

»Was will der tun?«

»Mich erschießen, gottverdammt noch mal!«

»Ach, das meint der nicht so. Du, der war auf dem Starkbierfest. Das ist nur Gerede. Mach dir keine Sorgen.«

»Natürlich mache ich mir Sorgen. Ich trage schließlich sein Kind unterm Herzen«, plärrte ich.

»Ich rede mit ihm. Und du beruhig dich erst mal. Morgen ist alles wieder gut.«

Aber das war es eben nicht. Ich lag kerzengerade auf dem Sofa im Wohnzimmer meiner Mutter. Sie schlief in jener Nacht bei mir, weil ich sie darum bat. Ich hatte Todesängste, vermutete hinter jedem vorbeifahrenden Auto Karsten. Die Aufregung übertrug sich auf das Baby. Wie wild strampelte es herum und schlug Purzelbäume.

Ich bin der festen Überzeugung, dass ein Teil von Pias Angststörungen auf pränatale Erfahrungen zurückzuführen sind. Es sollte nicht das letzte Mal sein, dass ich Todesängste erlitt. Die Schwangerschaft machte mich verletzlich. Ich fühlte mich schwach und traute mich kaum, mich zu bücken. Der Gedanke, mein Kind zu verlieren, war allgegenwärtig. Als ich das Geschlecht erfuhr, verstärkten sich die Ängste noch. Ich spürte schon damals, dass Hans eines Tages gefährlich für Pia werden könnte.

Ich erinnere mich an die Situation in der Küche meiner Mutter. »Es wird ein Mädchen«, teilte ich der werdenden Oma mit.

Sie war außer sich vor Freude: »Ne derre Schnecke! Das ist ja so schön.« Ihre Stimme überschlug sich regelrecht.

Die Eingangstür öffnete und schloss sich wieder. Dem Rauchgeruch nach zu urteilen, war Hans im Anmarsch. Laika tippelte in die Küche. Erwartungsvoll setzte sich die Hundedame zu meinen Füßen. Ich kraulte ihr nervös das Köpfchen.

Gleich muss ich es Hans sagen. Ich halte das nicht aus. Es fühlt sich an, als würde mein Baby für den Missbrauch freigegeben werden. SIE IST DOCH KEINE OPFERGABE!

»Willst du dem Opa nicht sagen, was es wird?«

Nicht unbedingt.

Mein Schweigen triggerte sie.

»Sag. Es. Ihm.«

Ich verfiel in eine Art Starre. Die Worte wollten nicht heraus.

»Es wird ein Mädchen«, löste die werdende Oma auf.

Hans lächelte und goss sich beschwingt einen

Kaffee ein. Die Luft war bedrohlich aufgeladen. Meine Mutter kochte innerlich. Ich hatte mich ihrer Anweisung widersetzt. Dabei wusste sie doch, weshalb ich schwieg. Einen Tag wurde ich von ihr ignoriert. Wenn sie damit erreichen wollte, dass ich mich schlecht fühlte, war ihr das jedenfalls gelungen.

Kapitel 33 - Vergeltung

Du kannst deinen Kindern Liebe geben, nicht aber deine Gedanken.
(Khalil Gibran)

Während Pia stationär untergebracht ist, kümmere ich mich um einen Anwalt. Zunächst kontaktiere ich den Frauennotruf Regensburg e.V., eine Beratungsstelle für Frauen und Mädchen mit sexualisierten Gewalterfahrungen.

Auch dort rät man mir von einer Strafanzeige ab. Ich bleibe jedoch beharrlich. Die Beraterin empfiehlt mir eine Anwaltskanzlei, die auf Missbrauchsfälle spezialisiert ist. Außerdem würde die Organisation die Beratungskosten übernehmen.

Drei Tage später bekomme ich einen Termin bei besagter Anwältin. Die Kanzlei liegt in einem Park. Ein alte Villa, die so gar nicht an eine juristische Einrichtung erinnert. Die Anwältin begrüßt Rene und mich herzlich. Wir steigen über drei schlafende Hunde, um zu unseren Sitzplätzen zu gelangen. Die Tiere strahlen Ruhe aus. Ruhe, die ich bitter nötig habe. Nachdem ich der Juristin den Sachverhalt erklärt habe, sieht sie mich eindringlich an.

»Was ist mit Ihnen? Mein Instinkt sagt mir, dass Sie schlimmeres erlebt haben, als Sie geschildert haben.«

»Ich ... weiß es nicht.« Schlagartig verfalle ich in einen Heulkrampf. Mein Unterbewusstsein erinnert sich.

Aber an was?

Sie reicht mir eine Packung Taschentücher. »Wissen Sie, Sie könnten recht haben mit Ihrer Vermutung. Aber ich erinnere mich nicht genau. Ich kann ja keine Anzeige stellen, wenn ich mir nicht sicher bin. Das bringt doch nichts, oder?«

»Das stimmt. Ihre Angelegenheit ist leider schon verjährt und auch nicht genug, um strafrechtlich relevant zu sein.« Das Wort ›genug‹ unterstreicht sie mit einer Gänsefüßchen-Geste.

»Ist es nicht traurig? Der Missbrauch hat schließlich Spuren hinterlassen. Ich leide seit frühester Jugend. Und laut dem Gesetz ist es nicht relevant!«

»Da pflichte ich Ihnen bei. Aber die Justiz unterscheidet da. Sofern ein Geschlechtsteil mit einem Gegenstand, Finger oder Penis penetriert wird, erst dann ist mit einer Freiheitsstrafe zu rechnen.«

Ich will nur noch sterben. Darüber nachzudenken, macht mich fertig. Bis gerade eben war die Vorstellung, dass er sie da unten leicht berührt haben könnte, schon furchtbar. Eine mögliche Penetrierung ist zu viel. Das ist der Punkt, an dem das Gehirn aus Eigenschutz abschaltet. Ich spüre, wie in mir einige Synapsen durchbrennen.

FÜR IMMER!

»Beim nächsten Termin möchte ich mit Ihrer Tochter sprechen.«

»Sie wird gerade stationär behandelt.«

»Gut. Wichtig ist, dass sie bis zur Verhandlung, sofern es eine geben wird, keine Traumatherapien machen darf. Melden Sie sich, sobald Pia wieder zuhause ist.«

Langsam verstehe ich, warum mir von einer Anzeige abgeraten wurde. Schon der Beratungstermin bringt mich ans Limit.

Ich lasse meine Mutter zunächst im Unklaren. Schließlich hoffe ich, mittels der Polizei meine Nacktfotos – oder das, was noch davon übrig ist – wiederzubekommen.

Warum selbst meine Oma einige Bilder besitzt, ist mir ein Rätsel. Sie hatte Pia und Lotti während des letzten Besuches mehrere Nacktbilder gezeigt. Sollte wohl ein Beweis dafür sein, dass ich ein frivoles Miststück bin, die ihren Stiefvater verführt hat. Vielleicht dient es auch zur Erniedrigung. Egal. Ich will die Fotos haben. Auch wenn es bedeutet, vorerst gute Miene zum bösen Spiel zu machen. Wenn meine Mutter einen ihrer obligatorischen Kontrollanrufe macht, oder mir schreibt, versuche ich so neutral wie möglich zu antworten. Auf keinen Fall möchte ich auffliegen. Man kann regelrecht spüren, dass ihr Anruf einzig der Kontrolle dient, ob die liebe Enkelin auch wirklich die Klappe hält.

Pia ist seit gestern wieder aus der Klinik zurück. Corona wütet auf der Station und es dürfen nur die Akutfälle bleiben. Das wundert mich ein wenig, denn in meinen Augen ist sie ein Notfall. Ich komme mit mir schon nicht klar. Seitdem Pia ihr Schweigen brach, herrscht Ausnahmezustand bei uns daheim. Schon die Anwesenheit meiner Ältesten triggert mich. Pia steht für alles Schlechte in mir.

Ihre Zwangs- und Angststörungen sind das Resultat meiner Unfähigkeit. Oft genug bereute ich die Entscheidung, Mutter geworden zu sein. Das mag hart klingen, aber die Angst, dass meine Kinder ebenso wie ich ein Leben voller Leid und Kummer führen müssen, bereitet mir Höllenqualen.

Da Pia nun wieder zuhause ist, muss sie ihren Termin bei unserer Anwältin wahrnehmen. Nervös sitze ich im Warteraum der Anwaltskanzlei. Rene streift mit Lotti durch die Parkanlage, während Pia von der Anwältin befragt wird. Nach einer gefühlten Ewigkeit werde ich ins Büro gebeten. Pia sitzt mir mit gesenktem Kopf gegenüber. Das heißt nichts Gutes, wenn sie mir nicht in die Augen sieht. Mit weichen Knien kämpfe ich mich durch ein Knäuel schlafender Hunde.

»Frau Bauer, Ihre Tochter schildert mir den Tathergang etwas anders als Sie es taten.«

Eindringlich versuche ich in dem Gesicht des Mädchens eine Reaktion ausfindig zu machen. Was würde mich jetzt erwarten? Ich bin es gewohnt, dass Fremde mehr über Pia wissen, als ich es tue. Ob das dann auch immer der Wahrheit entspricht, ist eine ganz andere Sache. Nur mit halbem Ohr höre ich der Zusammenfassung der Anwältin von ihrem Gespräch mit Pia zu.

»Also ... das wüsste ich aber!«, rufe ich empört aus, als sie geendet hat.

»Es stellt natürlich ein Problem dar, wenn die Aussagen voneinander abweichen. Sollte Pia eine Strafanzeige in Erwähnung ziehen, wird eine Psychologin die Urteilsfähigkeit und Glaubwürdigkeit Ihrer Tochter genauestens prüfen.«

»Ich schwöre, davon heute das erste Mal gehört zu haben. Ich nahm bis dato an, dass mein Stiefvater wie vereinbart immer auf dem Sofa schlief, wenn die Kinder dort übernachteten.«

»Was hast du dir nur dabei gedacht?«, fahre ich

Pia an. Wir haben soeben die Kanzlei verlassen.

»Ich hatte Angst.«

»Warum denn nur?«

Rene wirft mit Lotti Laub in die Höhe. Als sie uns sehen, kommen sie angelaufen.

»Und? Wie lief es«, fragt Rene etwas aus der Puste. Lotti hängt glucksend an seinem Bein. Wie ein wild gewordener Terrier. Wäre die derzeitige Lage nicht so ernst, hätte ich darüber geschmunzelt.

Ich habe einige Informationen aus dem Text entfernt und mich bewusst dafür entschieden, die Missbrauchserfahrungen von Pia auf das Nötigste zu reduzieren. Sie soll nicht ständig damit konfrontiert werden.

Es vergehen Wochen, bis ich Post von der Anwältin erhalte. Pias und meine Meinung hat sich bis zum heutigen Tage nicht geändert. Im Gegenteil. Lotti hat den Übergriff an jenem Abend miterlebt. Natürlich bohrte ich nach. Das wurde mir eigentlich von der Anwältin untersagt. Ich sollte bis zur Zeugenvernehmung weder mit Pia noch mit Lotti darüber reden. Zumindest was den Tathergang angeht. Natürlich kann ich das nicht. In einigen Gesprächen mit Pia kam heraus, dass mein Stiefvater noch viel weiter ging als bisher angenommen. Auch hier möchte ich darauf aber nicht weiter eingehen, zum Schutze meiner Kinder.

Den Kontakt zu meiner Mutter und Hans habe ich abgebrochen. Es war mir einfach zu wider, so zu tun, als wäre alles in bester Ordnung. Ein anderer Grund war das Jugendamt. Mit denen arbeite ich engmaschig zusammen. Hätten die Kinder weiterhin Kontakt mit ihren Großeltern, käme das einer Kindeswohlgefährdung gleich.

Natürlich plagen Pia Gewissensbisse. Ein Teil – der übrigens sehr erwachsen ist – steht hinter der Strafanzeige. Der andere Teil spielt die Taten herunter, aus Angst vor Ablehnung. Die Großeltern waren schließlich noch bis vor wenigen Wochen wichtige Bezugspersonen.

Auch ich verspüre Schuldgefühle. Und die fühlen sich vertraut an.

Die Gehirnwäsche aus Kindertagen wirkt ein Leben lang nach.

Das Schattenkind in mir ist verletzt wie eh und je. Selbst mit gutem Zureden gibt's da nix zu rütteln. Wie kann ich da von Pia verlangen, anders zu denken?

Kapitel 34 – Vater gesucht

Es gibt Menschen, die ihr ganzes Leben eine Show spielen und dabei nicht mal merken, dass sie sich selbst belügen.
(Verfasser unbekannt)

Langsam war die Schwangerschaft nicht mehr zu übersehen. Ich fieberte jedem neuen Frauenarzttermin entgegen. In meiner Wohnung hielt ich mich so gut wie nie auf. Die Mutter-Tochter-Beziehung war besser als eh und je.

So war es auch selbstverständlich, dass ich mit meiner Familie zu Besuch zu deren Freunden mitfuhr. Es handelte sich um eine Großfamilie, die die Kommunion eines ihrer Schösslinge feierte. Auf der Hinfahrt erklärte mir meine Mutter fröhlich, dass ein lediger Mann ebenfalls dort anwesend sein würde. Ein alleinerziehender Vater, deren Tochter auch die heilige Kommunion erhielt und beide Familien zusammen feierten.

»Ein bisschen erinnert mich Axel an deinen Exfreund Ralf, Maren.«

»So? Und warum erzählst du mir das erst jetzt? Ich trage eine hässliche Leggings und Gummisandalen! Dann hätte ich mich doch zurecht gemacht«, reagierte ich.

Ob Gummisandalen oder nicht, hätte in Gesellschaft dieser Menschen keinen Unterschied gemacht. Ich stieg aus dem Auto und stand inmitten eines kleinen niederbayrischen Dorfes, dessen Mittelpunkt die Raiffeisenbank war. Direkt vor dem Wohnhaus lag eine hochgewachsene Wiese umgeben von Telefonmasten und in der Ferne sah man vereinzelte Höfe.

Kaum ausgestiegen, rannte eine Schar Kinder an uns vorbei. Zwei Jungen begrüßten aufgeregt meine Mutter. Vor dem Haus waren zwei Biertischgarnituren mit Pappbechern und Kuchen aufgestellt. Ein Stückchen entfernt fristete eine Schäferhündin an einer Kette ihr Dasein. Zwei Männer saßen auf einer der Garnituren und spielten Karten. Einer wurde mir als der Vater der Kinder vorgestellt, bei dem anderen handelte es sich um besagten Junggesellen. Wie ein aufgeplusterter Gockel in einem weißen, ungebügelten Leinenhemd saß er da. Die eine Hand in die Hüfte gestemmt, mit der anderen hielt er sich den Bauch.

Dieser Tag sollte der Anfang einer langjährigen, toxischen Beziehung werden.

Kapitel 35 – Nichts als die Wahrheit

Inzwischen ist sowas wie Alltag bei uns Zuhause eingekehrt. Das Verhältnis zwischen Rene und Pia ist schlechter denn je. Wann immer es geht, macht er ihr das sowieso schon schwere Leben zur Hölle. Ich stehe seinem Verhalten machtlos gegenüber. Bin einfach zu erschöpft, um mich noch dagegen aufzulehnen. Selbst unsere Familienhelferin weiß keinen Rat mehr. Auch die Kripo-Beamtin schüttelt gerade mehrmals den Kopf, als ich ihr die derzeitigen Familienverhältnisse offenbare. Meine Aussage wurde gerade zu Protokoll gebracht. Ich habe der Frau alles erzählt, was ich wusste. Wir haben noch zwei Termine vereinbart: Einen für Lotti und einen für Pia. Beide Mädchen müssen aussagen. Es war für mich schon harter Tobak. Wie mag es dann erst meinen Kindern ergehen? Pia soll während der Vernehmung sogar gefilmt werden.

»Sie sollten sich von Ihrem Partner trennen«, riet mir die Polizistin. »So geht man doch nicht mit Kindern um! Und Ihnen rate ich, eine Psychiatrie aufzusuchen. Sie scheinen mir nicht ganz stabil zu sein.«

»Ja, aber ist das nicht normal? Meine Tochter wurde missbraucht, mein Partner macht uns gerade das Leben schwer und ich habe gerade meine Aussage gemacht. Ist es da nicht verständlich, dass man da weint?«

Die Dame mustert mich eingehend. »Sie sollten sich wirklich Hilfe suchen!«

»Was soll das bringen? Meiner Tochter wurde Leid angetan, nicht mir! Da lasse ich sie doch nicht noch in der Obhut meines Partners.«

»Die Kinder könnten in Obhut ...«

»Nein!«

»Also gut. Entscheiden müssen Sie es selbst.«

Jawoll! Ich war Herr meiner Sinne und traf die für mich einzig richtige Entscheidung: »Ich werde mich ganz gewiss nicht in eine Psychiatrie begeben. Um mich geht es doch gar nicht. Ändert es etwas an der Situation? Mein Freund bräuchte einen Seelenklempner, von meinem Stiefvater ganz zu schweigen. Wissen Sie was?«

»Nein, was denn?« Frau Kommissarin wischt sich Schweißperlen aus ihrem Gesicht. Sie wirkt auf mich wie jemand, der mich bereits in eine Schublade gesteckt hat. Diese Erkenntnis macht mich nur noch entschlossener.

»Ich bin es leid, für das Fehlverhalten anderer therapiert zu werden! ICH STEH DAS ALLEIN DURCH.«

»Hm. Wie Sie wollen. Eigentlich müsste ich nach Ihrer Suizid-Äußerung etwas unternehmen.«

»Ach«, winke ich ab. »Ich sage sowas oft, meine es aber nicht ernst. Der Wunsch tot zu sein, existiert seit vielen Jahren. Bitte, vertrauen Sie mir in der Hinsicht. Ich werde mir nichts antun.«

Zwei Wochen nach mir muss Lotti ihre Aussage machen. Sofern man das Aussage nennen kann. Sie wird zum Tathergang befragt und soll eine Zeichnung von dem Bett anfertigen.

Erst Monate später, als der Fall abgeschlossen war, bekam ich Einblick in die Akte. Aus rechtlichen Gründen darf und will ich nicht ins Detail gehen.

Der Termin für Pias Vernehmung rückt immer näher. Zwischen Hoffen und Bangen schwebt Tyrann Dionysos mit seinem Damoklesschwert. Bereit, jeden Moment zuzuschlagen. Ich wittere potentielle Gefahr, ausgehend von meinem Partner. Der Mann, mit dem ich nun seit sieben Jahren Haus und Bett teile. Ich kann die Bedrohung regelrecht riechen. Selbst unserer Familienhelferin bleibt die Anspannung und unausgesprochene Feindseligkeit nicht verborgen. Eine Zeit lang gelingt es mir, mich hinter den Schreibarbeiten von *Sündenmädchen* zu verstecken. Renes Stimmungswechsel scheinen noch schlimmer als vor dem

Frauenhausaufenthalt zu sein. Irgendwie kennt er nun keinerlei Hemmschwellen mehr. Und immer dann, wenn ich denke, eine Trennung sei unabdingbar, kaufe ich im nächsten Moment neue Möbel oder stocke meinen sowieso schon hohen Kredit auf.

Die kurze Verschnaufpause, als Pia in der Reha war und ich bei meinem Vater, hielt nicht lange vor. Pia wird zum Fremdkörper im eigenen Zuhause. Rene attackiert seine Stieftochter verbal, wann immer sie ihm über den Weg läuft. Das zerrt an den Nerven. Nicht nur bei Pia! Ich stehe unter Spannung wie ein geladener Weidezaun. Bereit, mich wie eine Löwin vor mein Kind zu werfen. Obwohl ich durch meine permanente Gereiztheit ja teilweise nicht besser mit ihr umgehe. Wie paradox es auch klingen mag: Ich mache es, um zu verhindern, dass er es tut. Aus meinem Munde fühlt es sich weniger bedrohlich an. Nennt man das etwa Co-Abhängigkeit? Ich weiß es nicht. Nur eins ist klar: Ich vergifte, Stück für Stück. Ob er es nun vorsätzlich tut oder einfach nicht anders kann, spielt dabei keine Rolle. Es zerstört mich.

Der letzte Aufenthalt bei meinem Vater endete jedenfalls mit einem stationären Aufenthalt. Meine anhaltenden Blutungen und Schmerzen waren der Grund für die Einweisung. Gefunden wurde nichts. Auch die Bauchspiegelung verlief ohne klaren Befund. Keiner der Ärzte konnte mir die Ursache meiner Beschwerden nennen. Natürlich wurde ich auch diesmal als Simulant betitelt. Was genau passiert ist und wie der Klinikaufenthalt war, erörtere ich im zweiten Teil.

Seit 2011 weise ich eine unendlich lange Krankenhausgeschichte auf. In der Hoffnung, die Ursache für meinen Gefühlszustand – der sich zu einem psychosomatischen Dilemma entwickelte – herauszufinden.

Zuerst ging es mir nur darum, eine schlimme Diagnose wie Krebs zu erhalten, um meinen Zustand zu rechtfertigen. Das mit mir etwas nicht stimmte, war mir bewusst, auch wenn ich es auf organische Ursachen projizierte. Irgendwann kamen dann noch die Opiate hinzu, die mir während diverser stationärer Aufenthalte intravenös verabreicht wurden. Auch dieses Mal zog ich alle Register, um an mein flüssiges Glück zu gelangen. Aber als die Diagnosen feststanden bzw. nicht feststanden, drehte man mir den Rauschmittel-Hahn zu. Wer mit so etwas noch keine Berührungspunkte hatte, wird mein Dilemma sicher nicht verstehen. Es ist eine Art warme Glückseligkeit, die durch die Venen fließt. Selbst das schlimmste Problem wirkt für wenige

Augenblicke wie ein umhüllter Berg Zuckerwatte. Man weiß, dass die Probleme vorhanden sind, empfindet aber keinerlei Angst oder Druck, diesen Berg beiseite zu räumen. Als die Opiate abgesetzt wurden, probierte ich noch einmal, Schmerzen vorzutäuschen. Die Blutungen waren aber echt.

Alles, was mir dann noch an Therapie zugesprochen wurde, war ein abschließender Besuch der Klinik eigenen Psychotherapeutin. Erst dort merkte ich, was für ein Wrack ich war. Trotzdem entschied ich mich, den Heimweg anzutreten. Denn kurz nach meiner Bauchspiegelung meldete sich Rene, um mir mitzuteilen, dass Lotti an Magen-Darm erkrankt war. Es lag so viel Vorwurf und Gereiztheit in seiner Stimme, dass ich schleunigst den Heimweg antrat. Jacky brachte mich noch zum Bahnhof. Sie war von meinem Vorhaben nicht begeistert.

»Er weiß genau, wie er dich wieder an den Herd bekommt.« Ihre Worte hallten in meinem Kopf noch lange nach, während ich mit Bauchkrämpfen durch das für die Untersuchung eingeleitete Gas im Bauch gen Heimat fuhr.

Nebenbei überwies ich unsere gemeinsame Miete via Onlinebanking. Wir waren seit zwei Wochen im Verzug. Eigentlich kümmerte er sich um die Miete. Doch seine Beiträge für unseren

Lebensunterhalt wurden immer weniger. Mein Dispo dafür umso höher. Noch dazu finanzierte ich den Sprit, mit dem er zu seiner neuen Arbeit fuhr. Seine Autoversicherung zahlte ich ebenfalls.

Was tut er nur mit seiner Kohle?

Dass mir diese Dinge auffielen, war ebenfalls ein schleichender Prozess. Ich konnte dem auch nicht viel entgegensetzen, hatte ich doch keine Lust auf Konfrontation. Weder beim Einkaufen, wenn er wieder keinen Geldbeutel mit sich trug, noch beim Bezahlen seiner Mahnungen. Darunter befanden sich teilweise kuriose Rechnungen: Einmal wurde er aufgefordert, vierzig Euro an eine Fremdgeh-App zu zahlen. Ich beglich stillschweigend die Offenstände.

Es fühlte sich an wie eine abgetragene Hose, die nicht aufhört zu reißen. Man stopft Loch für Loch, mit der Angst im Nacken, sie könne wieder reißen.

Wenn sich nicht bald etwas ändert, komme ich in finanzielle Schwierigkeiten.

Nicht nur die finanziellen Nöte bereiteten mir Bauchschmerzen. Rene ist das, was man einen notorischen Fremdgeher nennt. Irgendwann verschloss ich meine Augen davor. Seine Liebeleien betrieb er schon ohne Rücksicht darauf erwischt zu werden.

Kurze Zeit später fand ich einen Zettel, auf dem Frauennamen mit Städtenamen chronologisch nach Entfernung notiert waren. Ein Teil meines Ichs zählte eins und eins zusammen: Er war bereits mehrmals in der Vergangenheit fremdgegangen. Außerdem kam es vor, dass er sporadisch beruflich bedingt auswärts übernachten musste. Ob dem nun wirklich der Fall war oder er bei einer seiner auf dem Zettel notierten Damen die Nächte verbrachte, wusste ich nicht genau. Aber ich vermutete, dass es auf das zweite hinauslief. Warum sonst sollte man solch eine Liste haben?

Natürlich sprach ich ihn darauf an und natürlich wusste mein wertester Göttergatte von nichts. Man bekam einfach keine Antworten. Auch als ich ihm den Zettel vor die Nase hielt, schien er an spontaner Alzheimer zu leiden. Weder wusste er, woher dieser kam noch wer die Frauen darauf waren. Ich hätte also genauso gut mit der Wohnzimmerwand reden können.

Rene gleicht einem glitschigen Fisch, den man nie richtig zu fassen bekommt. Er schafft es immer wieder sich herauszuwinden. Nicht selten wünsche ich mir, dass auch andere sehen, wer er wirklich ist. Nach außen hin gibt er den verständnisvollen Mann von nebenan. Die Opferrolle ist ihm wie auf den Leib geschnitten. All jene, die Rene für nützlich erachtet, zieht er auf seine Seite. So hören unsere Nachbarn immer nur mich schreien, er hingegen wird selten laut. Muss er auch nicht. Seine perfide Herangehensweise, Pia und mich in den Wahnsinn zu treiben, ist nicht abhängig von seiner Tonlage. Hunde die bellen beißen bekanntlich nicht, auch wenn er es unseren Freunden und Nachbarn anders vermittelt.

Und schließlich bin ich es ja, die beim Anflug der kleinsten Krise in Kliniken rennt, um mir dort den Hintern platt zu sitzen, während er sich aufopferungsvoll um alles kümmert.

Ich möchte fair bleiben. Zu einer Trennung gehören immer zwei! Meine Ausraster und ständigen Ausflüge ins Bezirkskrankenhaus tragen gewiss nicht zu einer harmonischen Beziehung bei. Aber es beschleicht mich immer mehr das Gefühl, dass der Mann, der mich irgendwann doch mal geliebt haben muss, seit geraumer Zeit abgrundtiefen Hass für mich empfindet und diesen an Pia auslässt. Renes Verhalten scheint komplett gegen mich zu gehen. Ob es nun die nicht bezahlten Rechnungen sind – obwohl er weiß, dass mich sowas in Rage versetzt –, ob es der Umgang mit Pia ist oder sein ständiges Fremdgehen ... er und sein Verhalten treiben mich immer mehr in den Wahnsinn.

Meine einzigen Verbündeten sind Linda und Jacky. Linda wohnt in der Nachbarschaft. Wir kennen uns noch aus Jugendtagen und haben uns hier durch Zufall wiedergetroffen. Ihnen kann ich vertrauen und über meine Sorgen und Nöte reden. Anders sieht es mit den gemeinsamen Freunden und Nachbarn aus. Zwischen ihnen und mir herrscht seit meinem Frauenhausaufenthalt Eiszeit. Sie sehen nur, was sie sehen wollen und was er ihnen wahrscheinlich eingeredet hat. Nämlich, dass er den ganzen Tag arbeiten geht, während ich nichts dergleichen tue. Doch dass trotz der Tatsache, dass er arbeitet, ich diejenige bin, die den Großteil der Finanzen trägt, sehen sie nicht. Obwohl ich nicht arbeite, sind meine Einnahmen nicht gerade gering. Habe ich doch neben der eigentlichen Rente noch eine private Berufsunfähigkeitsrente. Das Auto, was er fährt, zahle ich. Die Möbel, auf denen er sitzt, bezahle ich. Ich könnte noch stundenlang weiter so aufzählen.

Aber solche Dinge erwähnt er sicher nicht bei seinen regelmäßigen Kaffee- und Spielenachmittagen bei unseren Nachbarn, zu denen er Lotti immer mitnimmt. Da mimt er den tollen Stiefpapa, während ich dumm aus der Wäsche schaue. Sie werden ihre Gründe haben, warum sie mich nie zu diesen Nachmittagen einladen, genauso wie ich Gründe habe, nicht nachzufragen. Und ehrlich gesagt sind sie es in keinster Weise wert, noch mit einer einzigen Zeile erwähnt zu werden. Mich stört nur die Tatsache, dass ich immer mehr isoliert werde, während Renes Armee im Kampf gegen mich wächst.

Die Lage spitzt sich immer weiter zu. Streiten steht jetzt ganz oben auf dem Tagesplan. Meist ist eine Auseinandersetzung mit Pia der Auslöser.

Wie lange halte ich das noch durch?

Vorgestern habe ich das erste Mal während eines Telefonates mit Papa erwähnt, dass ich überlege, mich zu trennen und nach Brandenburg zu ziehen. Einmal laut in Anwesenheit meines Vaters ausgesprochen, muss ich Taten folgen lassen. Es erhöht den Druck auf mich selbst, an der jetzigen Situation etwas zu ändern.

Der heutige Tag trägt besonders dazu bei, meine Überlegung in die Tat umzusetzen. Rene und ich wollen im Baumarkt etliche Dinge besorgen. Natürlich auf meine Kosten. Was sonst! Und schon wieder bleibt er vor einem der ausgestellten Pavillons stehen. Das Teil hat er schon mehrmals bestaunt. Jetzt umkreist er es. Ist das Taktik? Ich weiß es nicht. In mir baut sich Druck auf. Ich fühle mich fast gezwungen, ihm den Wunsch zu erfüllen. Doch ich gehe in die Abwehrhaltung.

»Wenn du dir endlich mal einen besseren Job

suchen würdest, dann könntest du dir das Teil kaufen. Ich kann es jedenfalls nicht!«

Das Echo folgt sogleich. Wie Pfeilspitzen durchbohren mich seine Worte: »Vielleicht solltest du mal zur Abwechslung arbeiten gehen.«

Das hat gesessen. Jetzt mal ehrlich. Über meine Arbeit habe ich hier noch nicht sehr viel preisgegeben. Es ist einer von mehreren wunden Punkten, die er wie ein Akkupresseur triggert.

Der Weg zur Erwerbsminderungsrente war lang und steinig. Mir einzugestehen, nicht hundertprozentig leistungsfähig zu sein, war eine Schmach. Seitdem Lotti ein Jahr alt war, arbeitete ich bis zur buchstäblichen Erschöpfung. Zwei kleine Kinder, Haushalt und eine vierzig-Stunden-Woche brannten mich aus. Er müsste es doch besser wissen.

Meine Unfähigkeit einer geregelten Arbeit nachzugehen, ist sein Trumpf, den er jetzt gegen mich ausspielt. Damit hat er mich an dem Punkt, endlich einen Cut zu wagen. Ich teile Rene an Ort und Stelle mit, dass ich vorhabe, ihn zu verlassen. Er ist einverstanden. Eine Trennung erscheint auch für ihn sinnvoll. Ich schlafe ja auch schon lange nicht mehr im gemeinsamen Bett, sondern zusammen mit Lotti und Pia.

Zuhause angekommen fange ich an, nach Wohnungen zu suchen. Hier in der Umgebung können wir unmöglich bleiben. Bezahlbaren Wohnraum finden und dann noch mit zwei Hunden, ist ein Ding der Unmöglichkeit!

Als ich Rene frage, ob er bereit ist, einen der Hunde bei sich zu behalten, verspottet er mich.

»Dann gehen die Viecher eben ins Heim, ist mir doch scheißegal.«

Man kann sich nie sicher sein, ob er blufft oder es wirklich ernst meint. Außerdem habe ich das Gefühl, als würde er mein Vorhaben überhaupt nicht ernstnehmen. Deshalb kann ich auf Unterstützung von ihm wohl nicht zählen. Doch ich ziehe mein Vorhaben weiter durch und mein plötzlicher Tatendrang irritiert ihn. Das lässt mich kalt. Ich bin gefasst, wie schon lange nicht mehr.

Vielleicht sogar noch nie zuvor.

Das ist sicher dem Kontaktabbruch mit der Familie mütterlicherseits geschuldet. Sie kann ihr Muttergift jetzt nicht mehr injizieren. Und trotz meines beträchtlichen Betäubungsmittelkonsums, sehe ich klar und rational.

Fakt ist: Ich muss hier schleunigst weg, sonst bekommt Pia noch komplett einen an der Klatsche. Ist es das, was er will? Möchte er mein Kind brechen?

Mit mir treibt er zwar auch seine Spielchen,

jedoch nicht so offensichtlich. Das traut er sich nicht. Er lästert lieber hintenrum und hält mich den ganzen Tag auf Trapp, indem er Pia das Leben erschwert – und das ist noch milde formuliert.

Lottis Leistungen rutschen auch in den Keller. Selbst der Lehrerin fällt auf, dass ihre sonst so fleißige Abc-Schützin keine Minute lang stillsitzen kann, nicht mehr dem Unterricht folgt und ihre Mitschüler stört.

Und so wächst aus einem Wunsch ein Plan. Ich weihe die Mädchen in mein Vorhaben ein und suche nun gezielt in der Gegend meines Vaters nach einer Wohnung. Leider erzählt Lotti es Rene und damit ändert sich alles. ES HERRSCHT KRIEG! Die Angriffe gegen Pia nehmen unglaubliche Ausmaße an.

Warum nur ziehe ich sie in derartige Belange mit hinein?

Kapitel 36 - Neues Leben, alte Wunden

»Mein Baby gehört zu mir!«
(Dirty Dancing)

»Jetzt legen Sie sich hin, Beine auseinander...« Zähneknirschend wurde mir ein Gel zur Geburtseinleitung injiziert. Dreimal dürft ihr raten, wohin. Die Hebamme hasste mich dafür, dass spürte ich. Aber jetzt gab es kein Zurück mehr. Das Zeug war schon in mir drin. Ich kam mir wie eine mit Gelee gefüllte Banane vor.

»Also die zwei, drei Wochen hätten Sie doch auch noch durchgehalten.«

»Ne, eben nicht! Meine Freundin hat es mit den Nieren«, verteidigte mich Axel, mein Freund. Seit der Feier bei den Freunden meiner Mutter waren wir zusammen. Er hatte mich in die Klinik gefahren, um die Geburt einleiten zu lassen. Ich litt unter beidseitigem Nierenstau. Das verursachte Schmerzen.

»Unser Oberarzt hatte Ihnen doch letzte Woche eine Nierenschiene verordnet.«

Mehr als ein verächtliches »Pff« brachte ich nicht heraus. »Das ist unzumutbar. Der Meinung waren auch die Urologen. So eine Nierenschiene kann Frühgeburten auslösen.«

»Aha. Und was bitte schön verursachen wir

jetzt?« Hebamme Susanne saß kopfschüttelnd auf einem Bürostuhl. Sie hatte gerade etwas auf eine Karteikarte notiert und rollte jetzt langsam auf mich zu.

Ich verstand diese Feindseligkeiten nicht. Mein Gynäkologe hielt eine Einleitung für sinnvoll. Die Gebärmutter bis zur Oberkante gefüllt mit Gel, war ich der Schimpftirade von ›Schwester Rabiata‹ ausgesetzt. Selbst die Stationsärztin war auf meiner Seite. Das wollte ich gerade zum wiederholten Male beteuern. Doch bevor aus meinem geöffneten Mund auch nur irgendein Ton kam, legte Schwester Rabiata schon los, mir ein schlechtes Gewissen zu verpassen: »Manchmal leiden Babys, die in der achtunddreißigsten Schwangerschaftswoche geboren werden, unter Anpassungsstörungen.«

»Aber mein Arzt hat das hier doch alles empfohlen.«

»Und unser Chefarzt ist da anderer Meinung.«

Axel steckte den Kopf durch die Tür. Er hielt eine Tüte mit Gebäck in der Hand.

»Die Stärkung wird Ihre Frau jetzt brauchen, Herr Bauer. So eine Einleitung kann dauern. Also macht es euch ruhig bequem.«

»Herr Bauer?«, wiederholte ich ihre Worte.

Axel nahm es gelassen.

Typisch Bayern!

Hier ging man automatisch davon aus, dass werdende Eltern verheiratet sind und ich den

Namen meines Gatten trug. Doch ich hatte keine Lust, das Missverständnis aufzuklären.

Axel blieb noch bis zum Abendbrot. Ich war erleichtert, als er wieder fahren wollte. Schließlich waren seine zwei Kinder allein zuhause. Ich hätte die beiden auch nicht hier haben wollen. Was hatte ich mir eigentlich dabei gedacht, mich mit einem alleinerziehenden Vater von zwei Teenagern einzulassen? Ich war ja selbst erst frisch aus dem Teenie-Alter herausgewachsen.

Je mehr Zeit wir miteinander verbrachten, umso mehr Reibungspunkte gab es. Da war zum einen seine Einstellung zum Haushalt. Ich hatte noch nie so viel Dreck und Staub auf einem Haufen gesehen. Ich gab mein Bestes, um etwas Ordnung zu schaffen, was mir auch gelang. Jedenfalls für den Moment. Reiste ich wieder ab und kam einige Tage später zurück, konnte ich wieder von vorn anfangen. Das Problem waren auch seine unzähligen Tiere: Hund, Katzen, Hühner, Hasen, Schafe, Ziegen, Enten und Gänse. Die Katze war regelmäßig schwanger, der Hund voller Flöhe. jedoch fiel mir das durch meine rosarote Brille nicht wirklich auf.

Jedenfalls noch nicht. Hätte ich damals Zugang zu meinem jetzigen Wissen gehabt, hätte ich auf dem Absatz sofort wieder kehrt gemacht.

Für eine zweiundzwanzigjährige werdende Mutter waren dieser Ort und die Aufgaben, mit denen man dort konfrontiert wurde, absolut nicht geeignet. Vor hundert Jahren wäre das vielleicht noch anders gewesen. Aber ich konnte weder kochen, noch Feuerholz hacken. Vom Gras sensen und Heu wenden ganz zu schweigen. Axel machte sich über meine Unbeholfenheit lustig. Im Nachhinein betrachtet pushte ich wohl sein verkümmertes Ego wieder auf. Der Haushalt und die Hofarbeiten waren das eine, seine Kinder das andere. Valery war gerade mal elf Jahre alt. Sie wich mir kaum von der Seite und tätschelte ständig meinen Bauch. Mir war das zu viel Nähe und Stück für Stück rutschte ich in die Rolle der bösen Stiefmutter.

Nun ging es aber erst mal um die Geburt des eigenen Sprösslings. Axel blieb vom Zeitpunkt der Wehen an die gesamte Zeit an meiner Seite. Das musste ich ihm hoch anrechnen. Er freute sich auf die Niederkunft, als wäre es sein eigenes Kind. Das war ein unheimlich gutes Gefühl für meine mütterlichen Wünsche und für meinen krankhaften Vaterkomplex.

Doch ein Umstand hätte mir Sorgen bereiten müssen: Nämlich, dass er mir schon nach unserem ersten gemeinsamen Wochenende den Umgang mit dem Kindsvater verbat. Brav wie ich war, beendete ich den Kontakt noch am selben Tag. Karstens Verhalten machte es mir auch wirklich leicht. Immerhin hatte er oft genug Zweifel an seiner Vaterschaft geäußert. Zwar war mein plötzlicher Kontaktabbruch sicher nicht die feine Art, aber anders hätte er es nicht verstanden.

Es war der zweite Tag der Geburtseinleitung und es tat sich nichts, obwohl ich mich an alle Anweisungen hielt. Erst am späten Abend wurde ich von starken Wehen übermannt. Sofort kam die Hebamme, um mir etwas in den Oberschenkel zu spritzen. Mein erster Kontakt mit Opiaten. Plötzlich verschwanden die Schmerzen und ich wollte die gesamte Welt umarmen, so high war ich. Bevor es dazu kam, fiel ich in einen tiefen Schlaf.

Am nächsten Morgen erbrach ich mich. Da es so plötzlich kam, konnte ich mich nicht mehr abwenden und kotzte an die Wand. Ich musste mich alle zehn Minuten übergeben. Nach dem Blasensprung und Wehentropf wurde es noch schlimmer. Ich kotzte und hatte ununterbrochen Wehen, ohne dass sich der Muttermund weitete. Im völligen Schmerzdelirium fing ich sogar an, mit meiner zum Bersten gefüllten Kotzschale zu balancieren. Ich hielt die Schmerzen nicht mehr aus und verlangte eine Periduralanästhesie. Die bekam ich und der Schmerz war sofort vorbei.

»Wenn sich in einer Stunde der Muttermund nicht weiter geöffnet hat, werden wir einen Kaiserschnitt einleiten müssen«, informierte mich der Oberarzt.

Ich wollte schreien: »Schneiden Sie es sofort aus mir heraus!« Doch dank der Periduralanästhesie rückte dieser Wunsch in den Hintergrund.

Über Mütter, die jegliche Schmerztherapien zur Geburtsentlastung ablehnen – und zu denen ich damals auch zählte –, kann ich heute nur schmunzeln. Warum sollte man Höllenqualen erleiden, wenn es doch auch schmerzfrei geht? Vielleicht ist eine Spontangeburt, bei der sich der Körper langsam an die Schmerzen gewöhnen kann, anders. Da habe ich leider keinen Vergleich. Lotti war ein Notkaiserschnitt und Pias Geburt wurde eingeleitet.

Die Wehen übermannten mich und mein Kreislauf brach zusammen. Das alles war nach der Gabe des Schmerzmittels vergessen. Entspannt löste ich ein Kreuzworträtsel, bis ich plötzlich einen Druck im Allerwertesten spürte.

»Ist der Druck in meinem Hintern normal?«, fragte ich an Axel gewandt.

»Musste mal Kacken?«, witzelte er.

»Es fühlt sich so an. Es wird auch immer schlimmer. Bitte, gib der Hebamme Bescheid.«

Kapitel 37 – Lieber ein Ende mit Schrecken, als ein Schrecken ohne Ende.

»Die beste Art, die Zukunft vorherzusagen, ist, sie selbst zu kreieren.«
Peter Drucker (US Pionier der modernen Managementlehre)

Der Tag, an dem ich emotional mit Rene abgeschlossen habe, war längst erreicht. Nur das gemeinsame Haus und die Ungewissheit, wo wir hinsollten, hielt mich noch wie eine unsichtbare Kette bei ihm. *Will ich wirklich in der Nähe meines Vaters sein? Will ich in einer Drei-Zimmer-Plattenbauwohnung leben?* Diese Fragen spuken mir im Kopf herum, während ich das Geschirr einräume. Es ist ein ganz normaler Samstagmorgen. Wir sind gerade mit dem Frühstück fertig. Plötzlich schreit Pia: »Du bist so gemein, Rene!«

Ich fahre herum, sehe nach rechts, sehe nach links.

Was ist jetzt schon wieder passiert?

Pia springt vom Stuhl hoch.

»Was ist passiert?«, frage ich an beide gerichtet.

Rene zuckt nur mit den Schultern. Wie immer

würde ich aus ihm nichts rausbekommen. Mein Puls schlägt mir bis zum Kinn. Diese banale Sache löst eine Art Kettenreaktion in mir aus. Ohrenpfeifen, Herzrasen, Augendruck.

»Ich wollte nur ein Stück von Lottis Wurst abhaben. Dann hat Rene die Wurst genommen und die Hälfte vor meinen Augen abgebissen.«

»Stimmt das?«, frage ich ihn.

Schon seine Körperhaltung verrät mir, dass er es nicht zugeben wird. Doch er reagiert anders.

»Eins sag ich dir, du fährst heute nicht mit auf die Betriebsfeier!« Sein Zeigefinger ist drohend auf die weinende Pia gerichtet.

Ich explodiere. Rene hat mich genau da, wo er mich haben will. Ich flippe aus und er sitzt seelenruhig da.

Lotti bekommt Angst. »Mama, bitte schrei nicht so«, fleht sie mich an.

Ich stehe immer noch vor einem Haufen dreckigen Geschirr. Meine Stimme überschlägt sich. Lotti klammert sich an ihren Papa. Doch es gibt hier jetzt kein Zurück mehr. Sein Verhalten bringt mich zum Ausflippen und das wusste er. Darauf hat er sicher abgezielt. Es ging ihm nicht darum, Pia zu demütigen. Okay, vielleicht ein bisschen. Trotzdem will er mir damit schaden. Ich springe wie Rumpelstilzchen auf und ab und merke nicht, dass ich mich zum Affen mache. Seine Gemeinheiten bekommt ja niemand mit, mein Schreien schon. Es regt mich wahnsinnig auf, dass er mein Kind bestraft, obwohl er Bockmist verzapft hat.

»Warum regst du dich denn auf? Ich hab doch nichts gemacht.«

»Genau, Papa hat doch nichts gemacht«, stimmt Lotti mit ein.

»Lotti, komm her zu mir«, befehle ich mit zittriger Stimme. Als sie nicht reagiert, ziehe ich sie von ihm weg. »Los. Geh in dein Zimmer!« Sie muss nicht noch mehr von unseren Streitereien mitbekommen.

Das, was er heute getan hat, ist der Tropfen, der das Fass zum Überlaufen gebracht hat und ich fasse einen Entschluss, von dem mich nichts und niemand mehr abbringen wird.

Ein letztes Mal fahre ich mit ihm zum Einkaufen. Er bleibt schweigend im Auto sitzen, während ich den Einkauf tätige. Es ist mir egal. Von dem Moment an, als ich den endgültigen Entschluss gefasst habe, in ein Frauenhaus zu gehen, fühle ich eine unglaubliche Glückseligkeit in mir. Nach außen hin versuche ich mir nichts anmerken zu lassen. Er darf nichts ahnen. Sonst würde er Lotti und Pia zum Hierbleiben überreden. Er wird immer unberechenbarer. Auf der einen Seite will er mich vergraulen, auf der anderen Seite will er keinen Schlussstrich ziehen. Warum er mich so abgrundtief hasst, kann ich nur vermuten. Wahrscheinlich liegt die Ursache in seiner Kindheit. Helfen kann ich ihm nicht. Ich kann nur mich selbst und die Kinder retten, indem ich gehe.

Rene und die Kinder sind zu seiner Betriebsfeier gefahren. Erst wollte er Pia ja nicht mitnehmen, dann plötzlich doch. Ich habe sie mitfahren lassen, weil ich allein sein muss. Nicht um mich auszuruhen, sondern um meine Flucht zu planen. Die Familienhelferin ist schon eingeweiht. Sie unterstützt mein Vorhaben.

Pia und ich sitzen im Zug und sind auf dem Weg zur Kripo. Sie muss ihre Aussage machen. Rene wollte uns fahren. Er wurde misstrauisch, als ich sein Angebot ablehnte.

»Kümmere du dich lieber um Lotti«, bat ich ihn. »Wir kommen schon klar.«

»Aber weshalb nimmst du einen Rucksack mit?«, wollte er wissen. Ich stand im Hauseingang. Pia wartete draußen auf mich.

»Ich muss doch etwas zu trinken und zu essen mitnehmen«, antwortete ich wahrheitsgemäß.

Vielleicht denkt er, dass ich mit Pia abhaue. Er weiß mehr, als er zugibt. Ich habe mich dafür entschieden, nicht von ihm gefahren zu werden, weil ich unbemerkt ein Frauenhaus in

Nordreinwestfahlen anrufen muss. Als ich am Wochenende dort anrief, hatte es nur Bereitschaft und ich bekam nicht viele Informationen. Sobald Pias Vernehmung beendet ist, werde ich dort noch einmal anrufen.

Morgen soll es schon losgehen. Innerlich liegen sämtliche Nerven blank. Wir werden alles zurücklassen, um wieder in ein Frauenhaus zu gehen. Keinen Tag länger halte ich es hier noch aus. Ich empfinde nur noch Abscheu für den einst so geliebten Menschen. Bei der Betriebsfeier hat er schlecht über mich geredet, versuchte Pia gegen mich aufzustacheln und ließ andere Frauen mit meinem Auto fahren. Die Autoversicherung läuft auf meinen Namen und er ist als Fahrer eingetragen. Wenn ein anderer mit dem Auto einen Unfall bauen würde, käme die Versicherung nicht dafür auf. Und das weiß er ganz genau! Pia berichtete mir das in allen Einzelheiten. Seine Kollegin musste noch Besorgungen für die Betriebsfeier machen und Rene bot ihr an, mit meinem Wagen zu fahren. Die Frau hat dann wohl Bedenken geäußert, weil sie wusste, dass es nicht sein Auto ist. Er hat darauf mit einem Lächeln gemeint, dass es ihm egal sei.

Wenn ich nicht in ein Frauenhaus gehen würde, wohin dann mit uns? Wer garantiert denn, dass er nicht irgendwann richtig austickt?

Zwischen Bahnhof und Präsidium liegen nur wenige Kilometer. Wir steigen in einen der Linienbusse ein. Ich sehe mich nochmal um. Bald wird das hier alles der Vergangenheit angehören. Pia sitzt mir direkt gegenüber. Sie wirkt angespannt. Als sie merkt, dass sie von mir beobachtet wird, erhalte ich ein Lächeln.

»Ich finde es schön, nur mit dir etwas zu unternehmen, ohne Rene«, flüstert Pia mir zu.

Ich greife nach ihrer Hand. »Wir gehen nach der Vernehmung ein Eis essen. Nur wir Zwei!«

Ich habe nicht vor, sie mit dem Fluchtplan vertraut zu machen. Nicht vor dieser schwerwiegenden Aussage, die ihr gleich bevorsteht. Pia ist ab heute mein neues Vorbild. Sie hat selbst entschieden, den Opa anzuzeigen. Sie hat den Mut, der mir immer gefehlt hat. Eine Kämpferin in allen Belangen. Doch irgendwann gibt selbst die stärkste Kämpferin auf und das gilt es zu verhindern.

Während Pia ihre Aussage macht, telefoniere ich mir die Finger wund. Das Frauenhaus in NRW hat mich abgelehnt. Ein herber Schlag in die Fresse. Sie nehmen keine psychisch kranken Frauen auf. So lautete ihre Begründung. Nun durchforste ich die Seite, auf der alle verfügbaren Häuser in Deutschland gelistet werden. Manche nehmen keine Kinder, einige nur ein Kind. Es ist zum Mäusemelken.

Die Zeit rennt mir davon. Jacky kommt morgen Vormittag, um uns abzuholen. Was soll ich jetzt machen? Wertvolle Zeit ist bereits verplempert, und das ohne Erfolg.

Pia steht mit der Kommissarin im Schlepptau unten im Eingang.

»Ihre Tochter hat das ganz toll gemacht«, lobt die Kommissarin. Ein Teil von mir freut sich darüber, der andere Teil will ›wichtigere‹ Angelegenheiten klären. Für mich ist das hier jetzt abgehakt. Trotzdem gönne ich der tapferen Maus ein paar Minuten Ruhm.

»Jetzt heißt es abwarten«, murmelt die Beamtin.

»Kann ich Sie bitte mal kurz sprechen?«, bitte ich sie.

»Natürlich. Gehen wir doch kurz rein. Pia, warte einfach hier draußen.«

Ich betrete den klimatisierten Innenteil des Gebäudes. Frau Krüger deutet auf eine metallene Bank.

»Nein, ich möchte bitte stehen, wenn Sie erlauben? Wenn ich angespannt bin, kann ich einfach nicht sitzen.«

»Okay. Und warum sind Sie jetzt so unter Strom, Frau Bauer?«

»Können Sie sich noch daran erinnern, was ich Ihnen über meinen Ex erzählt habe? Ich werde noch morgen mit den Kindern in ein

Frauenhaus gehen.«

»Hat er Sie oder die Kinder geschlagen?«

»Das nicht. Wobei ich befürchte, dass er es irgendwann tut. Er macht Pia das Leben zur Hölle. Es ist der reinste Psychoterror.«

»Es wäre trotzdem einfacher, Ihren Freund polizeilich abführen zu lassen.«

»Aber er schlägt uns doch nicht.«

»Das ist erstmal nicht relevant. Zwei Tage könnte man ihn festhalten.«

»Und dann? Er würde mir das Leben zur Hölle machen. Die Nachbarn sind auch auf seiner Seite. Tut mir leid ... Ich brauche Abstand! Das Haus ist mir egal.«

»Tja. Nach wie vor bin ich der Meinung, dass Sie in eine Psychiatrie gehen sollten.«

Energisch schüttle ich den Kopf.

Was habe ich mir dabei nur gedacht? Wenn die will, dann reicht ein Telefonat und die Kinder sind weg.

Umso mehr versuche ich jetzt, die Worte weise zu wählen und so ruhig wie möglich zu sprechen: »Mir ging es noch nie besser! Ich habe mir das genau überlegt.«

Die Beamtin bittet mich, kurz zu warten. Sie möchte mit Frauenhäusern in der Nähe telefonieren. Kurze Zeit später kommt sie kopfschüttelnd aus ihrem Büro. »Ich konnte keine geeignete Unterkunft für Sie und die Kinder finden.«

Mental hatte ich mich damit schon abgefunden. »Ich werde noch etwas finden«, sicherte ich ihr zu. Allmählich bekam ich in dem Beisein dieser Frau Beklemmungen.

»Ihre Tochter hat die Wahrheit verdient. Warten Sie nicht zu lange damit! Wenn Pia erst Morgen erfährt, dass sie ihr Zuhause verlassen, kommt das einem Vertrauensmissbrauch gleich.«

Pia habe ich kurz nach dem Vier-Augen-Gespräch eingeweiht. Die Kommissarin riet mir, sie nicht länger im Unklaren zu lassen. Wie muss sich das für sie anfühlen? Erst eine derartige Aussage machen und dann erfährt sie noch, dass sie ihre Heimat verlassen soll. Den Beste-Mutter-Preis werde ich damit wohl nicht gewinnen.

Vollkommen aufgelöst kontaktiere ich ein Frauenhaus nach dem anderen. Ohne Erfolg. Bei einem ist eine Bandansage zu hören: »Hallo, leider befinde ich mich gerade nicht im Haus. Sie erreichen mich in dringenden Fällen unter folgender Nummer …«

Ohne einen Stift ist das leider etwas schwierig. Und dann ist auch der Akku kurz davor schlapp zu machen. Viel Zeit bleibt uns nicht mehr. In zwei Stunden müssen wir wieder im Zug sitzen. Meine Tochter ist vollkommen aufgelöst.

»Bitte, reiß dich noch ein wenig zusammen«, flüstere ich ihr zu. Doch zu spät. Tränen fließen. »Es ist auch nur für vorübergehend, versprochen.« Mit diesem Argument kann ich sie trösten. Sofort klärt sich ihr Blick. Mit der Zungenspitze leckt sie sich Rotz und Tränen weg.

Im Einkaufszentrum kaufe ich ein Aufladekabel. Wir suchen uns eine Power-Station, um die Akkus zu laden. Ich höre zum wiederholten Male den Anrufbeantworter des einen Frauenhauses ab. Nebenbei notiere ich mir die genannte Handynummer. Einen Moment später habe ich Frau Mayer an der Strippe.

Kurz vor unserem Haus halte ich Pia mit der Hand zurück.

»Geh sofort in dein Zimmer! Lass dir nichts anmerken. Bekommst du dass hin?« Kerzengerade läuft sie an Rene und Lotti vorbei, durchquert den Garten und verschwindet im Haus.

Ich bleibe kurz vor Rene stehen. Er tut so, als würde er mich nicht sehen. Lotti planscht währenddessen fröhlich im Pool herum.

Einer kurzen, schlaflosen Nacht folgt eine ungewisse Zukunft. Ich bin erleichtert, als Rene endlich das Haus verlässt, um zur Arbeit zu fahren. Das Knirschen des Schotters unter den Reifen ist der Startschuss zum Kofferpacken. Pia bekommt die Anweisung, alles Notwendige, sowie eine Tasche mit Erinnerungsstücken zu packen. Viel Zeit hat sie dafür nicht, denn sie besteht darauf, in die Schule zu gehen. Ich höre sie wimmern, entschließe mich aber, die Zeit anders zu nutzen, als sie jetzt zu trösten. Lotti muss auch noch in die Schule. Ich mache sie wie gewohnt fertig, packe eine kleine Brotzeit in den Ranzen und dann geht es Richtung Schule.

»Lotti?«

»Hm.«

»Jacky und ich werden dich später von der Schule holen und zu ihr fahren.«

»Oh toll. Wie lange denn? Kommt Papa auch mit?«

»Nein, Papa bleibt zuhause. Anton und Betty kommen mit.«

»Okay. Schau mal da vorn, da läuft eine Katze.«

Für sie ist alles paletti, wie es scheint.

»Wir werden 'ne ganze Weile nicht nach Hause kommen, Spatz. Jacky fährt uns morgen nach Sachsen-Anhalt, in ein Frauenhaus.«

»Frauenhäuser mag ich. Vielleicht sind da auch so nette Kinder wie in dem anderen Frauenhaus. Kann uns Papa da besuchen?«

»Irgendwann mal. Papa und ich streiten ja sehr oft. Mit Pia versteht er sich nicht. Es ist besser, wenn wir erstmal ohne Papa sind, kannst du das verstehen?«

»Kann ich später ein Eis haben, wenn wir irgendwo anhalten?«

Mich verblüfft es, wie schnell für ein Kind ein Thema erledigt sein kann. Fürs Erste scheint sie sich zu freuen. So übergebe ich sie ihrer Klassenlehrerin. Ein Gespräch mit dem Direktor steht noch an. Gott sei Dank hat er kurz Zeit für mich. Wir suchen uns ein ruhiges Plätzchen. Er hört mir zu, ohne mich zu unterbrechen.

»Natürlich unterstützen wir Sie in Ihrem Vorhaben. Ich werde umgehend Lottis Klassenlehrerin informieren. Sie müssen Ihr Kind spätestens nach vierzehn Tagen in der anderen Schule angemeldet haben.«

»Das mache ich gleich am Montag. Meine Familienhelferin hat befürchtet, Sie könnten eine Meldung beim Jugendamt machen, sobald ich Sie in Kenntnis setze.«

»Nein. Ich denke, dass Sie das Richtige tun und sehe keinerlei Handlungsbedarf.«

»Vielen Dank. Hoffentlich sieht es das Jugendamt genauso.«

»Da bin ich guter Dinge, Frau Bauer. Sie machen einen anständigen Eindruck auf mich. Außerdem ändern Sie ja etwas an der Lage, indem Sie sich und Ihre Kinder in Sicherheit bringen.«

Das Jugendamt gibt sein Okay. Ich vereinbare mit der Mitarbeiterin, ihr sofort nach unserer Ankunft die Adresse zukommen zu lassen.

Erleichtert widme ich mich wieder der Packerei, denn Jacky muss jeden Moment hier sein.

Stück für Stück trage ich große und kleine Pflanzen nach draußen. Eine Freundin aus der Nachbarschaft – die Einzige, die in meine Pläne eingeweiht ist – muss jeden Augenblick kommen, um sich meiner Pflanzen anzunehmen. Wir kennen uns noch aus Jugendtagen und liefen uns vor etlichen Monaten wieder über den Weg. Besser gesagt, sie mir. Denn Linda erkannte mich erst nicht. Früher wog ich über vierzig Kilo weniger. Sie hingegen hat sich kein bisschen geändert. Selbst den Sidecut, der sie als Gothik-Anhängerin kennzeichnet, trägt sie noch genauso.

Ich trage gerade die letzten zwei Pflanzen aus dem Haus, als sie schon mit einem Bollerwagen die Einfahrt runtergelaufen kommt. Wir umarmen uns. Ich bin tapfer, denn ich weine nicht, fühle mich aber wie betäubt. So als hätte ich eine Spritze vor einem Zahnarzteingriff erhalten.

»Du ziehst das jetzt echt durch, ja?« Ohne mich anzusehen, verstaut sie ihre neuen Schützlinge auf dem fahrbaren Untersatz.

»Jetzt gibt es kein Zurück mehr. Es fühlt sich komisch an, hier alles für immer zu verlassen.«

»Na ja, vielleicht beruhigt sich ja alles wieder.«

»Das wird nie passieren. Dazu müssten sich ja auch zwei ändern, verstehst du?«

»Ja. Ich bewundere dich aber trotzdem für deinen Mut. Ich könnte das nicht.«

»Du findest das wirklich mutig? Ich komme mir ziemlich feige vor. Die Kripobeamtin findet das auch und mein Vater ebenfalls. Ich hatte ihm gestern noch geschrieben, dass sich die häusliche Situation geändert hat und ich kurzfristig mit den Kindern in ein Frauenhaus gehen muss. Weißt du, was er geantwortet hat?«

»Ne, was denn?«

»Ich soll mich einfach ganz ruhig verhalten und Rene nicht reizen.«

»Krass!«

»Er will mich heute Nachmittag anrufen.«

»Ja, und? Telefoniert ihr später?«

»Ganz ehrlich ... Das ist mir zu stressig. Dafür habe ich jetzt keinen Nerv, zumal es auf der Autobahn rauscht ohne Ende. Ich will auch nicht vor den Mädels mit ihm darüber sprechen.«

»Das macht Sinn. Ihr könnt es ja demnächst

nachholen.«

»Nein, das geht dann nicht mehr.«

»Und warum nicht?«

»Weil er bis oben hin voll mit Terminen ist und dann für mehrere Wochen in Kanada.«

»Oh.«

Kommentarlos winke ich ab. Das Thema ist durch. Ich fühle mich stark, geerdet und eben auch betäubt. Angst vor einer ungewissen Zukunft habe ich nicht.

Es wird sich alles regeln. Wichtig ist nur, die Nerven zu behalten und endlich diesen gottverdammten Ort zu verlassen. Ohne dass Rene mir zuvorkommt.

Jacky gibt mir genaue Anweisungen, was ich noch mitnehmen sollte. Dank ihres Autobusses haben auch die Fahrräder, der Thermomix und etliche andere Küchenutensilien Platz. Instinktiv greife ich nach allem, was mir wichtig ist.

Vielleicht habe ich sonst nie wieder Gelegenheit dazu.

Als alles verstaut ist, kommen die Hunde ins Auto. Ich gehe ein allerletztes Mal ins Wohnzimmer und lege einen grünen Schein auf den Tisch. Rene bekommt erst in zehn Tagen sein Gehalt. Ich will nicht, dass er hungern muss oder das Auto nicht betanken kann. Vielleicht tue ich es auch, weil mich Schuldgefühle quälen.

Jacky schüttelt energisch den Kopf. »Das Geld brauchst du doch gerade mehr als er.«

»Ich kann halt nicht anders.«

»Du bist einfach zu gut, Maren.«

»Das sieht Rene aber nicht so.«

Sie nimmt mich in den Arm. »Aber wir beide wissen es. Die Familienhilfe und das Jugendamt wissen es auch. Nur das zählt. Da fällt mir noch was ein. Hast du den Fahrzeugschein fürs Auto?«

»Den habe ich gestern schon heimlich aus dem Auto gemopst. Die anderen Papiere sind bei den Unterlagen.«

Bevor es in eine ungewisse Zukunft gehen wird, holen wir die Kinder von der Schule ab. Jacky parkt ganz weit von Lottis Schule weg, damit die Nachbarn uns nicht sehen können. Ich befürchte nämlich, dass die Rene alarmieren würden. Adrenalin schießt durch meinen Körper und verhindert, dass ich mir vor Angst in die Hose scheiße.

Vor dem Schultor stehen alle Eltern, bereit ihre Kinder in Empfang zu nehmen. Sicher wartet zuhause ein warmes Mittagessen oder sie fahren zum nahegelegenen See. Nur ich bin hier, um mein Kind aus seinem gewohnten Umfeld zu reißen. Mir ist zum Kotzen zumute. Als sich meine Nachbarin zu mir gesellt und mich fragt, wie es uns geht, schlägt mir das

Herz bis zum Hals.

Bleib ganz cool! Dann merkt sie nichts.

Wir sprechen über belanglose Sachen. Monatelang herrschte Funkstille. Und ausgerechnet jetzt interessiert es meine ehemalige Freundin, wie es mir geht? Ich erinnere mich noch gut an unser letztes Gespräch. Das war ein paar Tage, nachdem Pia uns den Missbrauch gestanden hatte. Wir trafen uns zufällig. Die Stimmung war beklemmend. Ich wurde das Gefühl nicht los, dass sie schon über alles Bescheid wusste.

»Na, wie geht's?«, wollte sie damals wissen.

»Na ja«, antwortete ich. »Pia ist etwas Schreckliches …«

»Ja, ich weiß. Warum hast du sie da hingelassen? Daran bist nur du schuld!«

Seitdem ging ich jeglichem Kontakt aus dem Weg. Es ist so typisch, die Schuld immer bei den Opfern zu suchen. Sicher hatte sie recht. Ich hätte meine Kinder dort niemals hinlassen dürfen. Aber es ist nicht so einfach, wenn man so wie ich damit groß geworden ist.

Drauf geschissen! Ich schnappe mir Lotti, die gerade von ihrer Klassenleiterin gebracht wird. Im Augenwinkel erkenne ich, eine nachdenklich dreinblickende Nachbarin. Der Haufen an Schulsachen der uns übergeben wurde, leuchtet ihr wohl nicht ganz ein.

Als ich zusammen mit Lotti in den Autobus einsteige, wage ich nochmals einen Blick in Richtung Schule. “Lass uns so schnell wie möglich von hier verschwinden!“

Kapitel 38 – Herzlich willkommen!

Plötzlich lag sie in meinen Armen. Plötzlich wusste ich, dass jetzt alles anders werden würde.
(Jette Jansen)

Die Hebamme kam sofort, um den Muttermund zu prüfen. Und siehe da, er war vollkommen geweitet. Ein Kaiserschnitt war also nicht mehr notwendig. Den Druck hielt ich kaum aus. Es war ein komisches Gefühl. Automatisch presste ich wie eine Irre. Luft holen, Kinn auf die Brust, Beine in die Höhe, Luft holen, Kinn auf die Brust, Beine in die Höhe. Der Geburtsvorbereitungskurs zahlte sich aus. Doch niemand bereitet einen auf einen Dammschnitt vor. Ich sah nur die Schere und schrie aus Leibeskräften.

»Ich habe doch noch gar nicht mit dem Schneiden angefangen.«

»Nehmen Sie die Schere da weg«, brüllte ich hysterisch.

»Sie werden nichts spüren. Erinnern Sie sich? Sie haben eine PDA bekommen.«

»Ich will das aber nicht.« Eine neue Presswehe ließ mich verstummen. Der Arzt gab mir eine lokale Betäubung und schnitt mich auf. Davon merkte ich tatsächlich nichts.

»Jetzt kommt das Köpfchen. Oh. Ich sehe einen ganzen Busch schwarzer Haare.« Die Hebamme wusste, wie sie mich bei der Stange hielt. Ich wollte dieses Kind jetzt noch mehr denn je. Es würde schwarze Haare haben, genauso wie ich damals. Also presste ich wie eine Irre.

Und dann lag auf einmal ein in ein Handtuch eingewickeltes, schreiendes Baby auf meiner Brust. Ich übersäte das Köpfchen mit Küssen. Die Käseschmiere und Blutreste auf ihrem Kopf störten mich nicht. Ich war die glücklichste Mutter der Welt.

Willkommen im Leben, kleine Pia!

Nachwort

Natürlich endet meine Geschichte hier nicht einfach, obwohl ich das anfangs dachte. Die ersten Texte schrieb ich während des ersten Frauenhausaufenthaltes. Dass sich die Dinge so entwickeln würden, wusste ich zu dem Zeitpunkt noch nicht.

Ich wollte auch eigentlich noch die Gerichtsverhandlungen abwarten, bevor ich *Sündenmädchen* fertigstelle. Doch es kam nie zu einer Verhandlung und mein Leben verläuft anders als gedacht. Viele Dinge wiederholen sich ganz einfach immer und immer wieder. Deshalb habe ich mich dafür entschieden, mehrere Teile herauszubringen.

Du siehst ja selbst, dass es wenig Sinn machen würde, alles in ein einziges Buch zu pressen.

Mit diesem Buch möchte ich unter anderem aufzeigen, dass Missbrauch nicht immer bedeutet, ein in der Ecke kauerndes Opfer zu sein. Meine Sexualität ist und war ja schon immer ausschweifend. Daran kann und darf man keinen Maßstab setzen. Es sollten auch viele Jahre ins Land ziehen, bis ich mich offiziell als ein Missbrauchsopfer outete. Mein Stiefvater hatte mich ja nicht vergewaltigt. Natürlich wusste ich, dass er etwas getan hatte, was er nicht tun durfte. Ich schämte mich für meine Gefühle, bagatellisierte sie, bis irgendwann der totale Absturz kam.

Sollte dir oder jemandem aus deinem Umfeld etwas passieren, was sich nicht gut anfühlt, dann scheue dich nicht davor, dir Hilfe zu suchen. Ich habe einen Notfallplan unter Berücksichtigung sozialer Ressourcen beigefügt. Er soll Betroffenen sowie Angehörigen von Betroffenen helfen, sich Hilfe zu holen. Weitere Hilfe und Unterstützung findest du im Internet. Dabei ist allerdings zu beachten, ob es sich um bundesweite oder regionale Hilfsangebote handelt.

Eine gute Anlaufstelle ist zum Beispiel der *Weisse Ring.* Sie decken ein großes Hilfsangebot ab. Geschulte Mitarbeiter sind fast in jeder Stadt tätig und unterstützen Opfer und Angehörige.

Und nun danke ich fürs Durchhalten! Brennt dir etwas auf der Seele, oder hast du Fragen, dann kontaktiere mich gern via Messenger.

Deine Jette Jansen

Notfallplan für Betroffene

Hierbei handelt es sich um eine Art Rettungskette, egal ob der Missbrauch aktuell ist oder in der Vergangenheit liegt.

Zunächst unterscheidest du, welche Art von Missbrauch dir wiederfahren ist: körperlich, seelisch oder sexuell. Manchmal können es auch mehrere sein.

Zu einem sexuellen Missbrauch gehört auch das Berühren an intimen Stellen. Eine Penetration (also das Eindringen in eine oder mehrere Körperöffnungen) wird zwar strafrechtlich härter bestraft und ist gewiss das Schlimmste, was einem wiederfahren kann, aber auch alle anderen Taten sind strafbare Handlungen!

Missbrauch ist Missbrauch!

Dein subjektives Empfinden spielt da eine große Rolle. Ich zum Beispiel schwieg jahrelang, weil ich annahm, gar nicht ›richtig‹ missbraucht worden zu sein. Ein fataler Irrtum, da ich ja trotzdem unter den Folgen litt bzw. immer noch darunter leide.

Wurden dir also körperliche Verletzungen

zugeführt, solltest du neben einer Anzeige bei der Polizei auch in ein Krankenhaus zur Untersuchung gehen. Sonst wird es später schwieriger, etwas gegen deine/n Täter*in in der Hand zu haben. So eine Untersuchung ist kostspielig. Es kann gut möglich sein, dass man dir eine Rechnung aushändigen wird. Bitte nicht erschrecken, auch hier übernimmt der Weisse Ring in der Regel die Unkosten.

Heikel wird es, wenn der Missbrauch innerhalb einer Familie passiert. Je nach Verwandtschaftsverhältnis kann es sein, dass dir keiner glauben schenken wird/will oder sich gar Hass gegen dich richtet. Das muss nicht sein, aber es könnte passieren. Lass dir keine Schuldgefühle einreden! Du bist das Opfer! Egal ob du nun im kurzen Rock herumgelaufen bist oder nackt auf dem Küchentisch getanzt hast ... niemand hat das Recht dazu, dich gegen deinen Willen zu irgendetwas zu zwingen, dich unsittlich zu berühren oder dir verbal zu nahe zu treten.

Überlege also gut, wem du dich anvertraust. Vielleicht klingt das jetzt hart für dich. Vielleicht hasst du mich auch gerade für meine Worte. Familie kann, wenn es um die eigene Ehre geht, verdammt pissig werden. Täter werden geschützt, da sonst der gesamte Ruf beschmutzt werden könnte. Auch das muss nicht passieren, aber es kann passieren. Die

Szene, als ich mich meiner Mutter anvertraute, ist das beste Beispiel dafür. Sie suchte die Schuld bei mir, um unangenehmen Konsequenzen aus dem Weg zu gehen. Das Gleiche tat sie auch nach Pias Missbrauch. Niemand meiner Verwandtschaft mütterlicherseits wagt es noch, mit mir zu reden. Sie haben sich lieber für ein harmonisches Miteinander entschieden. Es ist einfacher, ein einziges Mitglied zu verbannen, als die komplette Familie zu entzweien.

Neben einer guten Freundin oder einem Freund, gibt es zahlreiche Notfall-Nummern, die rund um die Uhr erreichbar sind. Der *Weisse Ring* ist ebenfalls eine gute Organisation. Je nach Bundesland und Region, wird sich ein Mitarbeiter zeitnah mit dir in Verbindung setzen.

Die ultimative Lösung habe ich leider auch nicht parat. Aus eigener Erfahrung heraus weiß ich, dass es immer besser ist, einen Fachkundigen mit ins Boot zu holen. Es gibt zahlreiche Beratungsstellen. Manche übernehmen auch die Beratungskosten für einen Anwalt. Alles ist besser als Schweigen!

Danksagung

Mein größter Dank geht **an meine Kinder.** Eure bedingungslose Liebe macht mich zu einem besseren Menschen. In der dunkelsten Stunde, als ich mir selbst der größte Feind war, habt ihr nicht aufgehört, mich zu lieben.

Nun zu dir, **Jacky**. Wir haben schon viele schlechte Menschen in unser beider Leben gelassen. Wir sind wie zwei Käselaibe, die gemeinsam zu reifen beginnen. Ein Leben ohne dich möchte ich mir nicht vorstellen wollen. Und auch *Sündenmädchen* wäre ohne dich eine andere Geschichte.

Corinna, deine Lebensenergie steckt an. Du bist eine perfekte Zuhörerin und Freundin für mich geworden. Ich könnte mir auch keinen besseren Partner für die *Bernburger Lesenacht* vorstellen.

Meinem Vater danke ich für mein Tablet. Es war das Beste, was du je für mich getan hast.

Meinen Großeltern verdanke ich schöne Urlaube, Geborgenheit, Struktur und Ehrgeiz, der von Nöten war, um *Sündenmädchen* nicht nach der zwanzigsten Seite in die Ecke zu werfen.

Weird J. Mertens, einen besseren Autorenkollegen und Freund kann man sich an seiner Seite gar nicht wünschen. Auch dass ich über dich die Nicole – wird später erwähnt – kennenlernen durfte. Ich werde dir auch nie vergessen, dass ich dank deiner Unterstützung beim Autorentreffen 2022 im Bochum dabei sein konnte.

Ein großes Dankeschön geht raus an die Facebook-Gruppe *Autoren für Autoren*: Folgenden Mitgliedern gebührt ganz besonderer Dank: **Hari Patz** für seine Hilfe und sein offenes Ohr, **Suse Ra** für die ehrliche Kritik, **Ann Ett** fürs Zuhören und die Freundschaft auch außerhalb von Facebook, **Susanne Grimmelmann** für ihre lieben Kommentare unter meinen Posts.

Andre Müller-Jekosch, du warst einer der Ersten, der Ausschnitte aus *Sündenmädchen* lesen durfte. Deine Tipps und Anregungen waren äußerst hilfreich.

Alf Stiegler, wo fange ich an? Wir sind uns leider noch nicht live begegnet. Ich zähle dich trotzdem zu meinem Freundeskreis und danke dir, dass du meine Texte – *Sündenmädchen* eingeschlossen – liest und mir Feedback gibst.

Was wäre ein Buch ohne seine Lektoren? Sie sind die Aufräumer eines jeden Schreiberlings. Und was könnte noch schöner sein, als neben einem gemeinsamen Projekt auch noch befreundet zu sein? Ich danke euch für die Anregungen, Streichungen und Bemerkungen.

Nicole Schumann und **Hans Peter Roentgen**. Ihr seid die wahren Rotstift-Helden!

Sascha Fidyka, deine Freundschaft und deine Kreativität weiß ich sehr zu schätzen. Hoffentlich zeichnest du noch viele weitere Cover für mich.

Ich spreche **Herberth Dietmar** meine Bewunderung aus! Der Trailer zu Sündenmädchen ist einfach nur geil und trifft die Thematik auf den Punkt. Danke für dein Feingefühl und deine Sensibilität, die von Nöten war, um dem Streifen Leben einzuhauchen.

Zwei weitere Menschen möchte ich hier noch erwähnen: **Thomas**, ohne deine Alltagsunterstützung hätte ich nicht die nötige Energie zum Schreiben gehabt. Du bist wirklich immer für die Mädels und mich da!

Regine Sonnleitner, unser Austausch hat mir neue Blickwinkel ermöglicht und zu spannenden, gemeinsamen Projekten inspiriert. Ich freue mich schon, dich im Mai zur Lesenacht willkommen heißen zu dürfen.

Danke auch an **Jana Reich** (Verlegerin von Marta Press). Die erste Manuskript-Absage, welche auch ausreichend begründet wurde und darüber hinaus hast du mich bei der weiteren Verlagssuche unterstützt.

Sollte ich jemanden vergessen haben, so tut es

mir leid. Es gibt sicher noch mehr Menschen, die für mich da sind oder es waren.

Die Beteiligten

Autorenvita von Jette Jansen

»Die Meisterin des Sozialrealismus«

Die Kindheit der Autorin war geprägt von familiären Schicksalsschlägen und instabilen Bezugspersonen. Von Kindesbeinen an erfand sie Geschichten und zog sich mental dorthin zurück. Ihr Wunsch, ein eigenes Buch zu schreiben, erwachte schon früh, rückte jedoch im Laufe der Zeit in den Hintergrund. Es vergingen viele Jahre, bis Jette sich ernsthaft der Schriftstellerei hingab.

Im Alter von dreiundzwanzig Jahren erkrankte sie das erste Mal an Depressionen. Jahrelange Kämpfe mit sich selbst, Kontaktabbrüche zu Familienangehörigen sowie ambulante und stationäre Therapien verhalfen der Autorin zu mehr Stabilität und Lebensfreude. Depressive Episoden sind immer seltener der Fall.

Die heute siebenunddreißigjährige Frau lebt mit ihren Kindern in der Nähe von Magdeburg. Seit 2020 arbeitet sie nebenberuflich unter bürgerlichem Namen für eine Schreibwerkstatt.

Sie integriert soziale Themen wie psychische Erkrankungen, das Sterben und andere sozialkritische Angelegenheiten in ihren Büchern, um ihre Leserschaft für tabuisierte, gesellschaftliche Probleme zu sensibilisieren.

Ein besonderes Augenmerk richtet Jette dabei auf Missbrauch in all seinen Facetten.

Vita von Cover-Designer Sascha Fidyka

Sascha ist ein Künstler, Steinmetz und Bildhauer und stammt aus dem schönen, historischen Frankenland. Umringt von den alten Gemäuern eines schönen Dorfes hat er seine Leidenschaft zur Kunst sehr früh gefunden.

Zunächst erlernte er den Beruf des technischen Zeichners und Konstrukteurs und arbeitete später im Modellbau und in der Musterfertigung. Leider ging dabei die eigene künstlerische Entfaltung etwas verloren. Somit fasste er den Entschluss, sich neu zu orientieren und schulte auf das Kunsthandwerk des Steinmetzes um, welches er mit dem bayerischen Staatspreis abschloss. Diese Leidenschaft griff er in den letzten Jahren wieder auf und konzentrierte sich nun voll und ganz auf die Kunst der Bildhauerei und seiner Passion in Stein.

Anfang 2019 wechselte er in die Selbstständigkeit. Neben den gesammelten Erfahrungen im Steinmetzwesen und der Bildhauerei legte er nun den Fokus auf seine Kreativität sowie auf Ideen, die schon länger in ihm reiften.

Er ist bestrebt, in der Kunst stetig Neues, bzw. Eigenes zu erschaffen. Unter anderem entwickelte er eine spezielle Darstellungskunst um Bildnisse, Portraits, aber auch Akte in Stein darzustellen, die mit dem Material interagieren.

Ein Schwerpunkt in seinem Schaffen ist die Erstellung, Bearbeitung und Wiederaufbereitung von Grab- und Denkmälern sowie die Rekonstruktion alter Bauwerke nach historischem Vorbild. Außerdem hat er eine eigene Schriftart entwickelt, um auch bei Neugestaltungen auf Wunsch individuell bleiben zu können.

Nun fand er auch die Zeit und Muse, sich wieder auf Bilder und Zeichnungen zu konzentrieren, was den Bereich Art & Design zu einem weiteren wichtigen Standbein macht. Er fertigt Leinwandbilder an, Buchcover, Filmplakate und Artworks, Zeichnungen, Logoentwürfe, uvm. Auch hier hat er eine eigene Stilrichtung entwickelt, die mehrere Formen der Ausführung kombiniert, wie z. B. Fotografie, digitale Bearbeitung, Zeichnung und Malerei. Für sein Filmplakat des Kurzfilmes *Unhappy* von Thomas Goersch aus dem Jahr 2021 wurde er sogar mehrfach international ausgezeichnet.

Momentan arbeitet er neben Auftragsarbeiten an neuen Bilderzyklen u. a. unter dem Titel *Sinister Red*, aus welchem das Artwork der Bloodrage Anthologie entsprang. Seit 2020 gibt er mehrtägige Bildhauerworkshops für alle, die sich in dieser Kunst gern versuchen wollen.

Vita von Lektor Hans-Peter Roentgen

Emailadresse: hpr@textkraft.de
Homepage: *www.hanspeterroentgen.de*

Hans Peter Roentgen ist Informatiker und liebt die Science-Fiction, gemixt mit realem Umfeld. In den Neunzigern reiste er mehrfach in die USA und erlebte dort eine lebendige Schreibcommunity, die über Handwerk und Texte diskutierte.

Das verführte ihn, selbst Kurzgeschichten und Romane zu verfassen.

Und er wollte Diskussionen um das Schreibhandwerk in Deutschland etablieren und schrieb für den ersten deutschen Autorennewsletter *The Tempest* monatliche Kolumnen, in denen er Texte von Anfängern und Fortgeschrittenen besprach.

Daraus entstanden die Schreibratgeber *Vier Seiten für ein Halleluja*, *Drei Seiten für ein*

Exposé, *Spannung, der Unterleib der Literatur* und *Klappentext, Pitch und anderes Getier*.

Sein Blog stellt immer wieder Artikel zum Schreiben und Überarbeiten vor.

Er schrieb zahlreiche Kurzkrimis und Fantasy-Geschichten für verschiedene Anthologien sowie den Roman *Der Plotter*, der im Terrorismusmilieu der siebziger Jahre spielt.

Heute lebt er in Potsdam.

Vita von Lektorin Nicole Schumann

Nicole Schumann wurde im Jahr 1981 in Wolfenbüttel geboren. Nach erfolgreichem Abschluss der Schule begann sie eine Ausbildung als Bürokauffrau, die sie als viertbeste ihres Jahrgangs abschloss. Seitdem arbeitet sie in diesem Beruf, den sie seit der Geburt ihrer Tochter nur noch in Teilzeit ausübt.

Seit über drei Jahren arbeitet sie nebenberuflich für den Redrum Verlag als Korrektorin und Lektorin. Außerdem zählt sie neben dem Verlag auch bekannte Selfpublish-Autoren zu ihren Auftraggebern.

Heute lebt sie mit ihrer Tochter und drei Katzen in einem kleinen Örtchen am Harz.

April 2006. Das Wetter ist schön, der Dienst in einer forensischen Klinik ruhig. Bis ein neuer Patient aufgenommen wird. Was niemand weiß: Er hat ein Messer bei sich und ist fest entschlossen zu töten.

Stich ins Leben ist eine Mischung aus biographischer Erzählung, einem wahren Krimonalfall und dem Drama eines verzweifelten Lebens.

Amazon Taschenbuch 12,99 Euro
ISBN 9798374378184

Andre Müller-Jekosch, damals Stationsleiter, erzählt zusammen mit dem Autor Marcel Riepergerste (*Raum 211*) seine wahre Geschichte. Über den schlimmsten Tag seines Lebens, den tiefen Fall in Drogenmissbrauch und Traumatisierung und den langen Weg zurück in ein glückliches Leben.

Sexueller Kindesmissbrauch durch den Musiklehrer reißt eine Familie in den Abgrund.

Authentisch schildert das Buch fesselnd und dokumentarisch den Kampf der Mutter um die Bestrafung des Täters und die Auseinandersetzung mit der verdrängten eigenen Erfahrung sexueller Gewalt bis zum »Befreiungsschlag« aus allen Zwängen.

ISBN: 978 3 982406923
von Alice Grübel und Andreas Vones

Mit Förderunterricht, Geschenken und abenteuerlichen Erlebnissen eroberte Erik F. das vertrauensvolle Wohlwollen seiner Opfer ebenso wie das der Eltern. Sophies skeptische

Mahnungen verhallten ungehört. Strategisch durchdacht plante der Musiklehrer jeden Schritt voraus, um seine sexuellen Neigungen perfide auszuleben. Es gab kein Entkommen. Die Ereignisse überrollten sie unvorbereitet und zerstörten das Familienglück. Die Kinder sind nicht alleine die Leidtragenden, das Leben der Eltern und aller Verwandten wird ebenfalls nachhaltig aus der Bahn geworfen. **Sie sind die unsichtbaren Opfer solcher Verbrechen.**

Alice Grübel erlebte das Familiendrama ihrer Freundin Sophie hautnah. In Gesprächen erfuhr sie Details und erfasste zusammen mit dem Journalisten Andreas Vones das gesamte Ausmaß der zerstörerischen Ereignisse, die auch Sophies verdrängte Erinnerungen an erlebter sexueller Gewalt in ihrer Jugend ebenso offenlegten wie schlummernde Eheprobleme der Neuzeit. Das Buch erzählt Sophies Schicksal und das aller Betroffenen fesselnd aus dokumentarischer Perspektive. »Genesis« lautete der Code für die länderübergreifende Polizeiaktion. Namen und Orte wurden für das Buch zum Schutz der Betroffenen und zur Wahrung der Persönlichkeitsrechte geändert.

https://die-unsichtbaren-opfer.jimdofree.com/

Edith ist eine Frau in den besten Jahren. Nach einem »normalen« Familienleben möchte sie sich noch einmal neu erleben. Aus ihrer Ehe flieht sie in die Einsamkeit – ans Meer. Dort möchte sie ihre Gedanken ordnen und herausfinden, was für sie wirklich wichtig ist. Allein zu sein mit sich, das ist das erste Ziel. Doch als sie den jungen Musiker Mick kennenlernt, kommt alles ein bisschen anders, als sie es gedacht hatte ... Unvermittelt findet sie sich in Erinnerungen und Aufarbeitung zurückgeworfen. Jedoch wohnt auch jedem Ende ein Neuanfang inne. Und dieser hat sehr viel mit Künstlerischem als auch mit – wie könnte es anders sein? – der Liebe zu tun.

Das vorliegende Buch ist die jüngste von bisher

zehn Veröffentlichungen. Es ist in den gängigen Formaten bei Amazon, aber auch im Buchhandel erhältlich ISBN/EAN: 9789403699882

C. S. Braun wurde in den 1970er Jahren im Ruhrgebiet geboren. Dort absolvierte sie ihre Schullaufbahn wie auch ein Lehramts-Studium, das sie mit dem ersten und zweiten Staatsexamen abschloss. Daraufhin arbeitete sie auch einige Jahre in dem Beruf. Das Schreiben begleitet sie aktiv seit dem 12. Lebensjahr. Mit ihrer Familie lebt sie immer noch in ihrer Geburtsstadt.

»Geschichten sind ein Spiegel unseres Selbst«

Dies sind die Erlebnisse von Daniel, Zoe und Alice.
Drei Geschichten über die dunkle Seite des Lebens.
Über Schmerz, Angst und Einsamkeit.

Triggerwarnung
Dieses Buch behandelt ausführlich das Thema Mobbing!

Was kann diese Form der seelischen und körperlichen Gewalt in jungen Menschen auslösen? Depressionen, Panikattacken, Essstörungen, Sozialphobien und ein Leben im Schatten sind oft das Resultat.
Solltest Du direkt mit diesen Themen in

Berührung gekommen sein, kann dieses Buch dich eventuell sehr belasten. Bitte lies es nicht allein und passe gut auf Dich auf!

Juli Finn schreibt seit 2011 Bücher in queeren Genres. Unter dem Namen Juli D. Finn veröffentlichte sie die meisten ihrer Geschichten beim Main Verlag.

Juli lebt mit ihrer Familie in der »schönen« Hauptstadt Berlin, wo sie neben der Fotografie und ihrer Leidenschaft für den Eishockeysport ihre Geschichten schreibt.
Wovon sie träumt? Raus aus der Stadt! Ein Leben am Meer wäre das Größte. Doch manchmal sind Träume eben nur das eine: Schöne Geschichten, die man sich ausdenkt, um seine eigene Seele zu streicheln und mit etwas Glück auch die einiger anderer Menschen.

Klappentext Drecksweib – So nannte er mich

EINE WAHRE GESCHICHTE ÜBER GEWALT UND MISSBRAUCH IN DER PARTNERSCHAFT.

Wenn die rosarote Brille zum ersten Mal auch andere Farben durchlässt, dann ist es oft schon zu spät.
Hinter Kais attraktiver Maske und seiner Unwiderstehlichkeit verbirgt sich das nackte Grauen. Immer tiefer rutscht Anja in eine Spirale aus Manipulation, Demütigung und Gewalt, und es ist nur eine Frage der Zeit, bis es zum Schlimmsten kommt.
Drecksweib – So nannte er mich erzählt die wahre Geschichte einer Frau, die mehrere Jahre an der Seite eines gefährlichen Psychopathen überlebt hat.

Das ist die Geschichte von Anja.

Mit Erscheinen des Buchs unterstützt Lamia Flos den Weißen Ring e.V. mit 50,00 € monatlich.

HART
UNGESCHÖNT
SCHONUNGSLOS

Klappentext Liebeshure – In den Fängen eines Loverboys

Wenn einem dämmert, dass man bis zum Hals in der Scheiße sitzt, ist es meist schon zu spät, sich aus eigener Kraft aus der Misere zu befreien.

Matze hat alles, woran es Pia zu Hause fehlt: Er nimmt sie ernst und hat ein offenes Ohr für all ihre Probleme, Ängste und Sorgen. Und obwohl er fünfzehn Jahre älter als sie ist, verliebt sie sich Hals über Kopf in ihn. Dass seine Fassade nur ein mieser Trick ist, sie in sein sorgfältig gewebtes Spinnennetz zu locken, davon ahnt Pia nichts, und am Ende begibt sie sich sogar aus freien Stücken hinein.

Liebeshure – In den Fängen eines Loverboys erzählt die wahre Geschichte eines jungen Mädchens, das sich über sieben Jahre lang zwangsprostituieren musste. Die junge Frau hat es ihrem Überlebenswillen und einer helfenden Hand zu verdanken, dass sie daraus befreit wurde und das jahrelange Martyrium überlebte.

Das ist die Geschichte von Pia.

HART
UNGESCHÖNT
SCHONUNGSLOS

Mit den Erlösen aus dem Buchverkauf unterstützt Lamia Flos den Weißen Ring e.V. monatlich mit 50 €.

Lamia Flos' Kindheit ist geprägt von Hass, Gewalt und Missbrauch. Wie durch ein Wunder schaffte sie es, daraus zu entkommen.

Sie ist kein Kind von Traurigkeit, bis sie 2010 völlig überraschend in eine Beziehung stolpert, die ihr ganzes Leben auf den Kopf stellt. Sieben Jahre lang wird sie von ihrem Partner fremdbestimmt, ferngesteuert und ausgenutzt, bis sie am Boden ist. Wie durch ein Wunder packt sie sich am eigenen Schopf und zieht sich aus dem Sumpf, steigt auf wie Phönix aus der Asche in ein selbstbestimmtes, freies Leben.

Mit ihrer Biografie *Toxic – Wenn Liebe vergiftet* schließt sie endgültig das Kapitel ihrer toxischen Beziehung und hofft darauf, die Lesenden für dieses Thema zu sensibilisieren.

Mit dem zweiten Teil ihrer Biografie *NUTZKIND – Mein ganzes Leben ein einziger Missbrauch* verarbeitet sie die Gräueltaten ihrer Kindheit.

Seit 2017 lebt sie mit ihrem neuen

Lebensgefährten in einer stabilen, gesunden Beziehung und genießt jeden einzelnen Tag.

Niemand sah ihn, den dunklen Nebel der auf mir lag.
Gebrochen und verletzt in jungen Jahren.
Trauma, Selbstzweifel, mit Füßen getreten und zerstört im Inneren.
Die Rettung oder das Bekenntnis zur Dunkelheit?
Angst vor mir selbst, der Andersartigkeit, gespickt mit Selbsthass.
Gekämpft und doch gefallen im tiefen Sumpf, der alles wieder hervorholte –
Schmerz, Pein, Albträume, Erinnerungen.
Für was? Für das Leben.
Immer im Nebel verborgen und doch eine Zeitspanne beschützt und geliebt –
Bis die Zeiger der Uhr stillstanden.
Müde vom Kämpfen.

Müde von der Last der Gefühle und Erinnerungen.
Müde vor der Angst entdeckt zu werden - zeige ich MICH.

1969 in Rödental/ Oberfranken geboren und aufgewachsen, nunmehr seit 25 Jahren wohnhaft in Hagen/Westfalen. Seit 1097 schreibt sie Bücher in denen realitätsnah und authentisch das Leben wiedergespiegelt wird. Sie geht offen und brutal ehrlich an Tabu Thematiken heran und selbst lebt sie nach festen Werten. Die Melodie der Steine ist ihre Melodie und derzeit schreibt sie am Projekt *Seelenfresser*. Dabei handelt es sich um autobiografische Geschichten von Missbrauchsopfern, denen sie eine Stimme gibt. Auf Grund ihrer Vielschichtigkeit schaut gerne auf ihrer Homepage vorbei.
www.regine-sonnleitner.de